Andrée A. Michaud est née à Saint-Sébastien-de-Frontenac au Québec. Après des études de philosophie, de linguistique et de cinéma, elle entame une carrière d'écrivain. Elle est rapidement reconnue pour ses romans noirs littéraires, dont *Bondrée*, publié dans plusieurs pays et récompensé par de nombreux prix, tant au Québec qu'en France (prix Quais du polar/20 Minutes, prix Rivages des Libraires et prix du Polar SNCF.)

Tempêtes

Du même auteur
chez le même éditeur

Lazy Bird
Rivière Tremblante
Bondrée
Routes secondaires
Proies

Andrée A. Michaud

Tempêtes

Collection fondée par
François Guérif

Rivages/noir

Retrouvez l'ensemble des parutions
des Éditions Payot & Rivages sur

payot-rivages.fr

Collection dirigée par Jeanne Guyon
et Valentin Baillehache

Pour tous ceux et celles qui, comme moi,
ont vu l'orage et la montagne.

I

BLIZZARD

La nuit était tombée et les ténèbres se glissaient le long des murs, pourvues de leurs propres armes, la solitude et le silence, entre autres, qu'elles pointaient sur moi de tous les coins au même moment.

Gerard DONOVAN,
Julius Winsome

L'homme était là, debout derrière la maison, qui m'épiait depuis trois jours, ou peut-être n'était-ce qu'une ombre, un arbre figé dans la tempête auquel mon épuisement donnait forme humaine. J'avais pourtant la certitude qu'il se rapprochait, que chaque nuit il faisait quelques pas de plus, quittant peu à peu le couvert de la forêt pour l'espace dégagé qui s'ouvrait devant le hangar.

Une autre que moi aurait peut-être tenté d'aller à sa rencontre, mais j'étais tétanisée par son immobilité, par son immuable silence, un homme de pierre ou de bois qui demeurait indifférent à mes supplications et à mes injures, aux cris que je lançais depuis le pas de la porte pour lui demander de s'en aller, de sacrer son camp, de me ficher la paix : va donc chez le diable, hostie de malade !

Quand mes hurlements frôlaient ainsi l'hystérie, j'étais persuadée qu'il s'amusait, que son visage masqué par l'obscurité s'éclairait du sourire de l'homme qui vous sait prise au piège et qui prend tout son temps, pas à pas, pour vous rendre folle. Sitôt la porte refermée, je la bloquais avec un fauteuil, le fauteuil de Franck, et m'assoyais près de la baie vitrée, une hache à mes pieds, sur la lame de laquelle je voyais son sourire se refléter, un homme de pierre ou de bois qui voulait ma perte, ou la sienne, lorsque mes nerfs lâcheraient et que j'abattrais la hache sur son crâne enneigé.

Chaque fois que je tente de décrire ce lieu, c'est une musique que j'entends, un grondement d'orgue dévalant la montagne telle une avalanche, un éboulis de pierres enveloppant les arbres d'un brouillard qui s'écroule en volutes et accentue la gravité de la musique. Cold Mountain, c'est le nom que j'ai immédiatement donné à cette montagne de laquelle se dégage une impénétrable froideur. Les gens de la région l'appellent toutefois le Massif bleu, à cause des nuances bleutées qui irisent ses flancs, mais la montagne est plutôt noire, noire et de ce vert profond que même l'hiver ne ternit pas. Ici et là, la compacité de la forêt y crée des ombres que l'on peut confondre avec celles d'un amas de nuages stagnant dans l'air lourd. Cela n'est pourtant qu'illusion, car les ombres viennent de l'intérieur, du repliement de la montagne sur ses possibles lumières.

J'y suis arrivée à la mi-mars, quelques heures avant la tempête qui allait bloquer les routes et isoler les rares habitants du Massif pour ce qui m'a paru un siècle. Prisonnière d'une maison de plus en plus hostile et ne connaissant personne dans la région, j'attendrais avec une anxiété grandissante l'arrivée des redoux d'avril, allant d'une fenêtre à l'autre, tapant en vain sur les touches d'un téléphone muet et prenant la mesure de mon isolement et de l'effroi qui peut en résulter quand des visages surgis de la tempête viennent frapper à votre porte.

Je n'avais entendu parler du Massif bleu qu'à travers les histoires que mon père m'avait racontées, et même s'il m'avait parlé du charme hypnotique de l'endroit, j'étais à des lieues de soupçonner l'effet qu'il produirait sur moi. Sa beauté, ai-je constaté lorsque j'ai aperçu ce bloc de roc qui écrasait la vallée, ne tenait pas à l'harmonie du paysage, mais à son impérieuse obscurité. Cold Mountain était une veuve, une stèle érodée par des millénaires de deuil.

Quand j'ai quitté la rue principale de Fall-Jonction pour m'engager sur le chemin de l'ancienne mine de zinc, le décor était d'une platitude sans nom, des arbres chétifs, des bâtiments abandonnés, des champs gelés, rien pour m'indiquer qu'à peine deux kilomètres plus loin, l'élévation de la route me donnerait l'impression de foncer dans la montagne et, une centaine de mètres plus bas, d'être avalée par elle, happée par la force magnétique de sa masse. Au sommet de la côte, près d'un garage désaffecté dont les pompes rouillées accentuaient la désolation du lieu, je me suis sentie glisser, lentement glisser vers la vallée où coulait la rivière de la Craque, et j'ai eu le sentiment, dans le grondement des orgues qui m'accompagnaient, que je venais d'atteindre ma dernière destination, ce point de non-retour où tout ce qui avait constitué mon existence trouverait son sens et sa conclusion.

Bouleversée à l'idée que je n'aurais peut-être d'autre avenir que l'ombre de Cold Mountain, je me suis garée sur l'accotement, où s'amoncelaient des plaques de neige durcie, et j'ai ouvert ma vitre pour laisser entrer dans la voiture l'air vif cristallisant la brume accrochée aux flancs du Massif. Mon père m'avait pourtant avisée, quand il m'avait décrit la vallée, qu'on s'y enfonçait comme dans une eau traversée d'invisibles courants, de marées sournoises qui vous rejetaient nu sur la plage, perdu devant la futilité de vos rêves. Ces marées m'emportaient déjà et je me suis secouée avant que la mélancolie de Cold Mountain me dénude aussi.

J'ai repoussé les images que m'inspirait l'aura de mystère qui assombrissait la montagne et me suis allumé une cigarette en tâchant de me concentrer sur les cercles de fumée qui se perdaient dans la grisaille du temps. J'ai ensuite consulté le plan que mon père avait dessiné des années auparavant, j'ai roulé jusqu'au pied du Massif et j'ai pris l'embranchement menant à droite. La maison dont j'avais hérité se dressait au bout de la route, voilée par les premiers flocons annonçant la tempête.

*

J'ai toujours cru que les peurs qui ne se rattachent à aucun objet visible sont les plus subtiles et les plus tenaces. J'avais expérimenté ces peurs souterraines lorsque j'étais enfant et que les bruits ténus de la maison se métamorphosaient en souffles à peine audibles dans le fond de ma chambre. J'éprouvais le même type d'angoisse en me dirigeant vers le Massif bleu.

Or ce n'est pas la lente respiration de la nuit qui m'oppressait, mais l'intuition que j'étais poursuivie par des chimères s'agrippant à un passé qui ne m'appartenait pas. Je savais depuis longtemps comment nous créons nos propres fantômes, comment ceux-ci nous hantent et nous pourrissent la vie jusqu'à ce que nous ayons le courage de retirer leurs voiles pour constater qu'il n'y a rien dessous, sinon notre propre visage. Cette fois, cependant, je craignais d'y apercevoir un autre visage, celui qui justifierait toutes mes peurs et les projetterait dans une réalité friable où je perdrais rapidement pied.

Tu sais, on s'habitue même à la peur, m'avait confié mon oncle Adrien, dont la mort était à l'origine de mon départ pour le Massif bleu. On s'habitue même à la nuit, avait-il ajouté d'une voix quasi éteinte qui m'assurait du contraire, puis il s'était tu et avait scruté la pénombre qui nous entourait, y cherchant peut-être une preuve que les ténèbres peuvent être domptées. Six mois plus tard, cette voix résonnait encore à mes oreilles et s'intensifiait à mesure que j'approchais de ma destination et que le ciel s'ennuageait. Pour faire taire Adrien, j'ai inséré un CD dans le lecteur de la voiture et j'ai roulé sur environ trois cents kilomètres en fredonnant de vieux airs des années soixante, mais un pan du voile que j'avais soulevé demeurait à la périphérie de mon champ de vision, flottant comme un drap propre sur les arbres givrés.

À l'approche du Massif, j'ai refoulé les souvenirs qui s'accrochaient à la brillance du givre et me suis arrêtée pour faire le plein dans une station-service flanquée d'un snack-bar dont les relents de friture, conjugués à la puanteur de l'essence, condensaient l'odeur caractéristique de l'Amérique civilisée. J'ai suivi les effluves d'huile à cuisson et j'ai commandé un café à la serveuse qui me déballait mécaniquement le menu du jour, crème de tomate, hot hamburger, pouding chômeur. Non, un café seulement, ai-je insisté, bien noir, puis j'ai fermé les yeux pour tenter de faire le vide, d'enfouir sous les vastes champs de neige que j'avais traversés dans la journée l'immense fatigue qui m'accablait. J'étais toutefois trop préoccupée par les motifs à l'origine de mon départ précipité pour qu'un moment de répit dans un casse-croûte planté au milieu de nulle part m'apporte le repos espéré.

Je triturais ma serviette de table lorsque la serveuse, Julie, ainsi que l'indiquait le badge épinglé à son chemisier, m'a servi mon café. J'y ai plongé le nez, la chaleur a embué un instant les verres de mes lunettes, et j'ai observé mon visage vieillissant dans les miroitements qu'agitaient mes mains tremblantes. Julie m'a alors jeté un regard en coin, du genre ça ne va pas, vous ? et je lui ai souri, histoire de la rassurer quant à la triste dérive des femmes trop seules, aussi seules que cet homme installé au fond de la salle et dont je voyais le dos s'arquer sur les heures lentes à venir, pendant qu'il faisait tinter une cuillère sur sa tasse, suivant un rythme d'une lenteur ordonnée, un tintement toutes les cinq secondes, perdu dans une réflexion que les tintements ponctuaient.

J'achevais mon café quand un habitué est entré en saluant Julie, un homme au visage fermé qui traînait les pieds sans vraiment se soucier de l'endroit où il les posait, comme s'il avait depuis longtemps admis les règles de la fatalité. Il a ensuite accroché sa chemise de laine au portemanteau et s'est assis au comptoir, les épaules affaissées, pour discuter avec Julie. L'essentiel de leur conversation a porté sur l'accident qui avait eu lieu la veille dans la montagne, un drame qui avait coûté la vie à un travailleur forestier et fort probablement à son collègue, dont le corps, aux dernières nouvelles, n'avait pas été retrouvé. Ils ont ensuite enchaîné avec la tempête qu'on annonçait dans tous les médias. Quarante centimètres, a dit l'homme en avalant une gorgée de bière. Soixante, l'a corrigé Julie, soixante centimètres en trois jours, peut-être plus, avec des vents violents, de la poudrerie, de la grêle, y aura pas un chat au snack.

Sur ce, ils se sont tus, songeant probablement aux dégâts que causerait la tempête, et j'ai senti le vent annoncé soulever ma chevelure. Au fond de la salle, un dernier tintement a résonné et la cuillère de l'homme au dos courbé est tombée sur le sol.

Gênée par le silence imprévu qui accentuait la lourdeur ambiante, je me suis retournée et mon regard a croisé celui de l'homme accoudé au comptoir, un regard d'un bleu très pâle où le gris s'était installé avec l'ennui. J'ai ouvert la bouche pour le saluer, mais il repliait son corps sur son amertume pour l'empêcher de se répandre, peut-être, ou parce qu'elle constituait ce qui le reliait le plus sûrement au monde. À ce moment, j'ai eu envie de rebrousser chemin, de crainte que la froideur de la montagne déteigne aussi sur moi et que ma langueur me ramène tous les jours dans ce restaurant à demi vide, où je déverserais mon fiel devant une serveuse désabusée. Je ne serais pourtant pas allée bien loin, car j'étais déjà prisonnière du champ d'attraction de Cold Mountain. Je suis donc sortie en ramenant mon foulard sur mon visage et j'ai affronté le vent.

Dans mon rétroviseur, la station-service a disparu dans l'un de ces brouillards donnant asile aux choses irréelles et j'ai aperçu l'homme à la cuillère, qui poussait la porte du snack et se dirigeait d'un pas lent vers la forêt, de l'autre côté de la route, où le brouillard l'a englouti.

*

Lorsque je suis descendue de voiture devant la maison que m'avait léguée l'oncle Adrien, dont le suicide me paraissait inconcevable, le vent s'est de nouveau engouffré dans ma chevelure, puis sous les pans de mon manteau, charriant la neige folle accumulée sur la toiture du bâtiment, une maison modeste dont la partie droite était en rénovation. L'unique fenêtre de cette partie, qui contrastait avec la large baie vitrée s'ouvrant de l'autre côté sur la montagne, était couverte d'un plastique opaque se gonflant au rythme du vent, comme si la maison avait cherché à respirer à travers cette membrane qui l'aveuglait. Sinistre, c'est le seul mot qui m'est venu à l'esprit, un mot que l'isolement du bâtiment, à l'extrémité du cul-de-sac frappant la forêt, imprimait en lettres majuscules sur chaque élément du décor.

J'examinais ce décor, le papier goudronné qui se détachait en bandes humides près de la fenêtre aveugle, un bouleau aux branches rompues par le verglas, un pommier tordu, trois cèdres appuyés l'un sur l'autre, lorsqu'un bout de carton a heurté le coin de la maison pour slalomer entre les flocons de neige et aboutir à mes pieds : *Hautement inflammable. Manipuler avec soin.* En d'autres circonstances, j'aurais probablement éclaté de rire, car j'étais aussi à manipuler avec soin, les nerfs à vif et sur le point de m'écrouler de fatigue. Mais là, devant cette maison d'où pendaient des glaçons opacifiés par l'absence de lumière, je me suis plutôt mise à frissonner, mon corps entier parcouru de frémissements qui pouvaient aussi bien venir du froid que du malaise que je ressentais.

Je me suis penchée pour ramasser le morceau de carton et l'ai lancé derrière moi. Je m'étais à peine relevée qu'il revenait se coller à mes jambes. Cette fois, j'ai eu la nette impression, pendant qu'il virevoltait dans le vent qui forcissait, que les quelques mots qui y étaient imprimés constituaient un avertissement lancé depuis les fondations du bâtiment. Je n'étais pas la bienvenue dans ce lieu sordide, tout me l'indiquait, jusqu'aux doubles portes du hangar de bois qui grinçaient à mes côtés, prêtes à s'ouvrir pour laisser la neige envahir l'obscurité qu'elles protégeaient. Sinistre.

J'ai envoyé le bout de carton voler contre une poubelle renversée et j'ai tenté de me ressaisir. Je n'allais pas me laisser abuser par le vent. J'ai jeté un dernier coup d'œil au hangar, près duquel une pile de planches et un amas de blocs de béton disparaissaient sous la neige, et j'ai entrepris de vider la voiture, me félicitant d'avoir engagé un ouvrier de Fall-Jonction, un certain Franck Fréchette, pour déblayer la cour et chauffer la maison en prévision de mon arrivée. Le travail du froid avait toutefois fait gonfler le bois de la porte d'entrée et j'ai dû m'y reprendre à trois fois avant qu'elle consente à s'ouvrir. Elle a finalement cédé dans un grincement de bois mouillé, me révélant le grand salon où, pour les semaines à venir, je passerais le plus clair de mon temps, y établissant le poste de guet d'où je regarderais la fin de l'hiver me prendre d'assaut.

Welcome home, ai-je murmuré, de crainte que le son de ma voix se répercutant dans les pièces vides ne fasse surgir celle de l'oncle Adrien, une voix rocailleuse qui résonnait dans le souvenir de notre dernière rencontre et dont je tentais d'oublier la gravité. Pour contrer la pesanteur du silence, j'ai allumé la radio déposée sur une étagère et j'ai fait le tour de la maison en écoutant une chanson débile à laquelle a succédé un bulletin météo au ton catastrophiste qui invitait les gens de la région à demeurer chez eux ou à ne sortir qu'en cas d'extrême nécessité. Autrement dit, je serais bloquée pour les deux ou trois jours à venir dans un endroit qu'il me faudrait apprivoiser à travers les hurlements de la bourrasque et la voix d'Adrien, dont les échos se faufilaient sous la porte calfeutrée donnant sur la partie jamais achevée de la maison.

J'ai arraché le calfeutrage qui condamnait cette porte, car il n'était pas question que je dorme dans un lieu dont une pièce m'était interdite, et j'ai aussitôt senti un froid mordant s'enrouler tel un plâtrage humide autour de mes jambes. L'atmosphère glaciale qui régnait dans cette pièce ne tenait toutefois pas au seul fait qu'elle n'était pas chauffée, mais à son unique fenêtre, au papier noir qui tapissait les murs et à la lumière blafarde que répandait sur les tréteaux, sur les outils et sur les sacs de plâtre l'ampoule nue qui pendait du plafond.

J'en ai fait le tour lentement, me demandant pourquoi Adrien avait muré les deux autres fenêtres que comportait cette pièce. Leur présence était encore visible dans les rectangles de bois frais enchâssés dans le mur du fond, comme s'il avait voulu se construire un abri, une chambre qui résisterait à tout ce qui pouvait venir de l'extérieur, y compris l'air pur et la lumière. J'ai passé la main sur la poussière des tréteaux et j'ai tout à coup senti que le souffle me manquait, en même temps qu'un brusque coup de vent gonflait la membrane qui étouffait la fenêtre aveugle. J'ai quitté la pièce en haletant, un peu désorientée, et suis retournée à ma voiture chercher le reste de mes bagages.

Deux heures plus tard, la nuit était tombée et mes valises s'entassaient toujours près de l'entrée. Un verre de rouge à la main, j'étais assise devant un feu de foyer, à écouter les crépitements du bois sec dans l'âtre. J'ignorais quelle folie m'avait fait croire que je pourrais donner un sens à ma vie en suivant les traces d'un mort auquel je n'étais liée que par le sang. J'avais décidé sur un coup de tête de venir m'installer dans la mémoire enfouie d'Adrien mais, parmi les crépitements du feu, le sifflement du vent et les grondements d'orgue qui sourdaient de la montagne, je n'étais plus tout à fait convaincue d'avoir fait le bon choix.

J'ai éteint la seule lampe allumée dans le salon et me suis approchée de la baie vitrée qui donnait sur le Massif et me permettait de l'observer. À travers la neige qui tachetait l'obscurité, je ne percevais que l'à-pic de la falaise, au sommet de la montagne, qui se découpait sur le ciel chargé. La falaise du Loup, me suis-je rappelé, distinguant dans les ombres de la pierre la gueule entrouverte du loup qui s'y profilait et lançait au ciel son hurlement. C'est de cette falaise que s'était apparemment jeté Adrien, et c'était pour la gravir à mon tour et mesurer la force d'attraction du vide que j'avais abouti aux pieds de Cold Mountain, car je ne croyais pas au suicide de cet oncle étrange qui aimait trop la terre pour quitter le monde en s'envolant.

Je scrutais les maigres sapins qui surmontaient la falaise, imaginant les crocs baveux du loup auxquels les vêtements d'Adrien s'étaient peut-être accrochés dans sa chute, quand j'ai laissé échapper un cri. Une ombre s'était déplacée devant la maison. J'ai vivement reculé, certaine que l'ombre allait venir se coller à la fenêtre, puis j'ai aperçu le morceau de carton, qui planait dans la fine poudrerie précédant la tempête. *Manipuler avec soin...*

J'ai rallumé la lampe et, en fermant les rideaux, j'ai vu mon reflet dans la baie vitrée, celui d'une femme pâle au regard effaré, à l'image de ses propres fantômes.

*

Il m'épiait. Un homme de pierre ou de glace dont les membres rigides ne pouvaient se mouvoir qu'avec une intolérable lenteur, centimètre par centimètre, ses pieds poussant imperceptiblement la neige qui les recouvrait. Centimètre par centimètre. C'est ainsi qu'il progressait, du sous-bois au jardin en friche, pour que je le délivre de son épuisement ou parce qu'il avait un secret à me confier, une vérité l'obligeant à la lenteur et me contraignant à la patience.

Or j'avais rapidement atteint les limites de ma patience et mon attente n'était que peur, fièvre, panique, une attente forcée qui se résumerait dans la violence quand l'homme atteindrait la maison et qu'il s'émietterait sous le coup de hache qui voilerait de poussière le jour à venir, ou quand, son souffle court sur ma nuque, il me confierait le secret qui me laisserait aussi lourde, aussi lasse que lui, une femme de pierre ou de glace condamnée à l'inertie.

*

J'avais à peine fermé les rideaux qu'une rafale venue de la vallée a ébranlé les murs. Les flammes ont vacillé dans l'âtre puis se sont allongées, pareilles à des femmes voilées dont les longues bouches auraient quêté un peu d'oxygène, pour ensuite être aspirées dans la cheminée. La tempête s'amorçait.

J'avais essayé de ne pas trop m'en faire avec cette tempête dont on avait parlé à la radio pendant que je me dirigeais vers Cold Mountain, me disant que je serais à destination avant que le mauvais temps atteigne la région et que la maison d'Adrien, construite pour affronter les hivers de ce pays, me tiendrait à l'abri, mais depuis que j'avais entendu Julie et l'homme du comptoir détailler l'ampleur de cette tempête, cinquante centimètres, soixante centimètres, grêle, blizzard, poudrerie, y aura pas un chat au snack, leurs voix de plus en plus graves demeuraient dans le creux de mon oreille ainsi que demeuraient à la périphérie de mon regard les draps souples et blancs qui dissimulaient mes chimères.

Ce n'était pourtant pas ma première tempête. J'en avais vu et affronté des dizaines d'autres qui, pour la plupart, m'avaient mise dans des états proches de l'euphorie, car j'aimais me sentir secouée, fouettée par la poudrerie, savoir que les éléments contre lesquels je luttais étaient plus forts que moi et pouvaient m'anéantir si je les défiais et allais au-delà des limites que l'arrogance de l'humain aime à repousser.

Dans cet endroit, je ne me sentais plus aussi brave et les rafales n'excitaient en moi que l'angoisse précédant l'imminence de la catastrophe. C'est effectivement ce que j'éprouvais, debout devant les rideaux tirés, le sentiment qu'un malheur allait s'abattre sur la montagne. Je suis retournée à mon fauteuil et me suis servi un autre verre de vin. Pour faire fuir les mauvais esprits, ai-je déclaré en tenant mon verre bien haut, puis j'ai porté un toast à Adrien, l'oncle qui m'avait donné rendez-vous une semaine avant sa mort dans une brasserie qui sentait le tabac froid, prétextant un aller-retour en ville pour me rencontrer, puisque nous ne nous étions pas vus depuis la mort de mon père, trois ans plus tôt.

La brasserie était presque vide et il avait choisi une table tout au fond de la salle, qui n'était éclairée que par le néon rouge surmontant l'entrée des toilettes. Je ne saurais dire s'il avait beaucoup vieilli ou s'il était simplement fatigué. Son corps entier semblait tourmenté par une douleur venue de l'intérieur, un mal qui grugeait ses dernières forces et donnait à son regard cette intensité révélant qu'il en avait trop vu et ne se reposerait que lorsque plus rien ne pourrait se profiler sous ses paupières closes. Ses mains posées sur la table tremblaient dès qu'il les soulevait pour prendre son bock, ses lèvres se crispaient sur le verre et ses yeux se creusaient de cernes noirâtres qui pouvaient tout aussi bien indiquer la maladie que la privation de sommeil. Il renvoyait l'image d'un homme qui avait atteint ses limites et qui, d'un moment à l'autre, allait s'écrouler, heurter la table et renverser les bocks dont l'ambre se teintait du rouge du néon.

Je lui avais demandé s'il se sentait bien et il avait immédiatement redressé le torse, ramenant ainsi son visage dans la pénombre. Seules ses mains continuaient de trembler, des mains rugueuses et moites qui laissaient leur empreinte sur le verre embué.

Nous avions peu parlé, nous contentant d'apprécier la présence de l'autre, de le reconnaître dans ces longs silences qui en disaient autant sur nos solitudes que sur notre maladresse devant l'intimité puis, avant de partir, il m'avait confié que le climat de ce pays le rattrapait et qu'il lui arrivait de voir l'hiver vaciller, s'effondrer lentement sur lui-même pour s'abîmer dans un temps immuable dominé par le froid et le givre. Il avait tenté de me rassurer en me disant tu verras, ce temps s'apprivoise, la nuit aussi, la peur, tu es forte, tu arriveras à t'en sortir. Il ne m'avait rassurée qu'à demi, car j'ignorais totalement de quoi il me parlait.

Dans le nouveau silence qui avait suivi, un frisson peut-être venu des insomnies qu'il évoquait avait troublé son regard et j'avais compris qu'il était inutile de lui demander de s'expliquer quant au legs qu'il entendait me transmettre, la froideur, la nuit, la peur. J'avais avancé mes mains vers les siennes en vue de vérifier si elles contenaient encore quelque chaleur, mais il se levait déjà, son corps alourdi par les confidences qu'il venait de me faire : tu verras, on s'habitue à tout, même à l'horreur…

Cette dernière phrase était demeurée en suspens dans l'air vicié, laissant l'horreur s'incruster dans les moindres recoins du lieu, puis Adrien avait déposé trois billets de dix dollars sur la table, un baiser sur mon front, et je l'avais vu disparaître dans le jour éclatant au-delà de la large porte de la brasserie. Les mains soudain gelées, j'avais terminé ma bière en réfléchissant aux vacillements de l'hiver et aux limites de l'habitude, à la somme des frémissements que le corps peut endurer, puis à ces heures glaciales où minuit semble immobile.

Trois jours après, on m'apprenait la mort d'Adrien et on m'annonçait que j'étais son unique héritière, sans préciser que l'héritage dont j'allais bénéficier s'accompagnait des tourments de la tempête et des peurs qu'Adrien n'avait pu résoudre.

J'ai porté mon verre de rouge à mes lèvres et j'ai constaté que la bouteille était presque vide, le feu quasi éteint, et qu'un courant d'air froid, venu de la chambre condamnée, ainsi que j'avais nommé cette pièce dans laquelle Adrien désirait peut-être s'emmurer pour mieux affronter la nuit, s'enroulait autour de ma nuque. J'ai apporté deux couvertures de laine sur le divan et, devant les braises qui mouraient, je me suis rendu compte que je n'entendais plus le vent. La maison était enveloppée de l'un de ces parfaits silences que même les animaux n'osent perturber. J'ai retenu ma respiration, l'oreille tendue vers l'accalmie déroutante précédant le tumulte.

*

J'ai dormi d'un sommeil agité, m'éveillant toutes les demi-heures pour vérifier si j'avais bien poussé les verrous, si la neige avait enseveli ma voiture, si je percevais un quelconque signe de vie au pied du Massif, puis la fatigue a eu raison de ma nervosité et j'ai sombré dans une noirceur contre laquelle aucune fièvre ne peut lutter. Ce sont les coups frappés contre la porte qui m'ont tirée de mes rêves, des coups puissants, pressés, des martèlements qui traduisaient l'urgence.

J'ai rapidement enfilé un chandail, j'ai cherché mes chaussures, mes lunettes, mon pantalon parmi les objets éparpillés autour de moi, puis j'ai couru vers la porte, dont j'ai entrouvert les stores, me demandant qui pouvait venir frapper chez Adrien par un matin de tempête.

Un homme plus très jeune, vêtu d'encombrants vêtements d'hiver, le visage rougi par le froid cinglant, se tenait sur la galerie. Derrière lui, tout était blanc, mais d'un blanc instable, qui se repliait sur lui-même, courait se frapper à la masse invisible de la montagne, où il s'arquait furieusement pour s'enfuir au fond de la vallée et revenir en trombe, blanc par-dessus blanc. Pendant que je dormais, le paysage s'était volatilisé sous l'impact de vents contraires qui s'affrontaient dans une lutte rugissante et stérile. Plus aucun repère n'était perceptible, plus aucun arbre entier, plus aucun bout de chemin.

J'ai hésité un moment à lui ouvrir. Que faisait cet homme en plein cœur de la tourmente ? Conscient de mon hésitation, il a murmuré quelques mots inaudibles et a approché son visage du mien, de l'autre côté de la vitre tavelée de neige, pour m'implorer de le laisser entrer. Ses cils étaient scellés par une fine couche de glace que la chaleur de ses larmes avait fait fondre et qui encore avait gelé, ne laissant à l'œil qu'une mince ouverture à travers laquelle il devait entrevoir un univers liquide et givré. Sa lèvre supérieure était également couverte de glace, la mèche de cheveux qui dépassait de sa tuque, son foulard de laine. Je ne pouvais le retourner d'où il venait, puisque ce lieu avait disparu avec tout ce qui nous entourait.

J'ai tiré le verrou malgré ma peur de laisser entrer chez moi un cinglé qui me menotterait au lit d'Adrien ou me séquestrerait à la cave, et il est pratiquement tombé à l'intérieur, les jambes flageolantes et cherchant son souffle dans sa gorge rauque. De crainte qu'il s'évanouisse sur le tapis, j'ai repoussé les scénarios qui me traversaient l'esprit en accéléré, j'ai passé mes mains sous ses bras et l'ai conduit à un fauteuil, où il s'est écrasé comme une masse et a failli m'entraîner avec lui. Quelques larmes ont fait fondre les minuscules billes de glace qui scellaient ses cils, et son corps s'est mis à grelotter de manière frénétique.

Je me suis précipitée à la cuisine pour y préparer du thé et j'ai mouillé d'eau froide une pile de serviettes que j'ai ramenées au salon en ordonnant à l'homme de se déshabiller. Il était hors de question qu'il me crève dans les bras et que je passe les trois prochains jours avec un cadavre qu'il me faudrait confier à la tempête pour qu'il ne pourrisse pas dans la maison. L'évocation de ce corps rigide dont la neige ne parviendrait jamais à masquer la présence a parachevé le tableau et j'ai poussé l'homme à se grouiller.

Il a péniblement enlevé sa tuque, son manteau, ses gants, je l'ai aidé à retirer ses bottes, puis j'ai enroulé ses pieds dans une serviette mouillée, ses mains dans une autre, pendant que la bouilloire sifflait, que sa respiration haletante caressait mon front et que je le traitais d'imbécile pour s'être aventuré dans cette tempête. Qu'est-ce que vous foutiez là, non mais qu'est-ce que vous foutiez dehors ?

Je suis allée chercher le thé, j'ai mis des bûches dans le foyer et me suis assise face à l'homme, dont j'ai détaillé les traits en attendant qu'il soit en mesure de parler. Son visage, curieusement, m'était familier. Plus je l'observais, plus j'avais la conviction de l'avoir déjà rencontré, dans une fête, me semblait-il, mais je n'arrivais pas à mettre un lieu, une ambiance, un décor autour de lui. Puis de vagues relents de friture me sont revenus en mémoire, de lointains grésillements de radio, et je me suis penchée pour mieux l'examiner.

Se pouvait-il qu'il s'agisse de l'homme assis au fond du snack de Fall-Jonction, du type qui regardait son repas refroidir en faisant tinter sa cuillère sur la tasse où refroidissait également son café ? Je n'avais vu que sa nuque, puis sa silhouette embrumée dans mon rétroviseur, alors qu'il marchait vers la forêt. Il avait néanmoins la même stature que mon visiteur, les mêmes cheveux grisonnants et le même cercle, au sommet du crâne, indiquant une calvitie naissante.

Pendant que je m'efforçais de me rappeler son allure générale, une bûche s'est fendue dans l'âtre, produisant un claquement sec. L'homme a sursauté, s'est prestement retourné vers la porte et a renversé son thé sur le sol, où il s'est mélangé à la neige fondue entourant son fauteuil. Il a bredouillé quelques excuses, la route, le froid, ses membres engourdis, mais je n'étais pas dupe. Cet homme avait peur. J'ai enfoncé mes ongles dans le cuir fendillé du divan et me suis demandé si Adrien cachait une arme dans sa maison, un fusil avec lequel je pourrais me défendre de l'effroi qui faisait tressaillir l'inconnu que j'avais accueilli chez moi et qui, peut-être, m'avait suivie à travers bois jusqu'à l'isolement de cette maison.

Une sorcière dansait devant la baie vitrée, un tourbillon de neige qui s'enroulait sur lui-même, sitôt remplacé par un autre et un autre et un autre encore. Dix, quinze, vingt sorcières qui usaient du vent pour se matérialiser, courbaient la tête et arquaient le dos dans le mouvement du tourbillon avant d'être pulvérisées par le blizzard d'où elles tiraient leur chant, une plainte rageuse qu'elles ne pouvaient exprimer que quand la terre montrait aussi sa rage.

Derrière moi, l'homme ronflait, vaincu par son épuisement. Après avoir voulu éponger le thé qu'il avait renversé, il s'était appuyé au manteau de la cheminée, le monde tangue, avait-il murmuré, vacille, puis il s'était dirigé vers son fauteuil en suivant le mouvement de cette oscillation qui lui soulevait le cœur. Pendant qu'il résistait à l'engourdissement du sommeil, il avait cherché autour de lui une confirmation de l'instabilité du monde, puis s'était enfin endormi. Quant à moi, je n'avais plus entendu que le vacillement de la nuit dans sa voix enrouée, pareille à celle d'Adrien me parlant des métamorphoses de l'hiver.

Le pas mal assuré, je m'étais éloignée de ce visiteur improbable et en avais profité pour fouiller les poches de ses vêtements. Je n'y avais trouvé qu'un couteau protégé par un étui de cuir et un bout de bois à demi sculpté qui pouvait représenter l'esquisse d'un totem, le profil d'un homme-oiseau, grand-duc, harfang ou nyctale aux ailes refermées et au ventre creusé d'une longue entaille qui allait s'enrouler autour du cou de l'homme-animal. Aucune pièce d'identité, cependant, aucune clé, pas même un mouchoir ou un peu de monnaie. J'avais confisqué le couteau et remis en place le bout de bois qui, malgré son apparence grossière, dardait sur moi son regard d'oiseau nocturne.

Du fond de son sommeil, mon visiteur a gémi et un peu de bave a coulé de ses lèvres à son menton. Je n'aimais pas cet homme, je n'aimais pas sa peau trop pâle et ses yeux trop bleus, d'un bleu pareil à celui des aquariums, dans les centres commerciaux, où surnagent quelques poissons élevés à la lumière des néons, exsangues, quasi transparents, et ayant oublié jusqu'au sel de la mer. Je n'aimais pas les blessures encore fraîches qui marquaient ses mains, ses avant-bras, ses joues, et m'apprenaient qu'il avait lutté contre une violence qui l'avait peut-être poursuivi jusqu'ici.

J'ai observé ses bottes, de lourdes bottes de travail au cuir usé, tailladé comme la peau de ses bras, et j'ai repensé à la conversation qu'avait eue Julie avec le client qui sirotait sa bière entre deux soupirs, à l'accident dans la montagne qu'ils avaient évoqué, au corps qui n'avait pas été retrouvé, y vont le repêcher au printemps dans la rivière de la Craque, avait dit l'homme, ou gelé deboutte, avait renchéri Julie, et j'avais clairement vu ce cadavre gelé, dont les bras tendus s'étaient arrêtés dans leur mouvement pour ne pas tomber devant la mort.

J'ai songé que l'homme qui dormait dans mon salon était peut-être ce travailleur forestier qu'on avait vite réduit à un corps non retrouvé, et je me suis quelque peu détendue. Si j'avais raison, cet inconnu n'était pas l'homme assis au fond du snack. Il n'était que le rescapé d'un tragique accident.

Je suis allée dans la cuisine préparer de quoi manger et un hurlement de terreur a retenti en même temps qu'une bourrasque secouait la maison. J'ai échappé mon fouet et le bol de métal dans lequel je battais des œufs s'est renversé, répandant son contenu visqueux sur le comptoir. Quelques gouttes ont glissé mollement sur le bois des armoires, dont je n'arrivais pas à détacher les yeux, et j'ai attrapé un couteau de cuisine.

L'homme était debout face à la baie vitrée et aux sorcières, les deux mains sur le crâne. Un maigre sifflement s'échappait de sa gorge et il se balançait au rythme de ce sifflement. À contre-jour, il me paraissait immense, un arbre figé dans des temps anciens, puis ses épaules sont retombées, ses bras, et il s'est excusé, désolé, mauvais rêve, fixant toujours les sorcières qui s'éclipsaient dans le blizzard en s'enveloppant de leurs bras souples. Une giclée de grêle a subitement frappé la baie, le tirant du cauchemar qu'il ressassait, et il est revenu s'asseoir devant le foyer, indifférent au couteau que je pointais vers lui. Franck, a-t-il murmuré en pliant méthodiquement les vêtements entassés au pied de son fauteuil, Franck, comme s'il cherchait le sens de ce mot, puis il a ajouté pierre, hibou, Franck, tout en levant vers moi un regard qui m'implorait de lui expliquer ce que signifiaient ces mots.

Peut-être faisait-il allusion à la sculpture qui traînait au fond d'une de ses poches, à l'homme-hibou au ventre ouvert d'un coup de couteau, puis le nom de Fréchette m'est revenu en mémoire, Fréchette, Franck Fréchette, le type que j'avais engagé une semaine plus tôt pour qu'il déneige l'entrée de la maison.

Franck, ai-je murmuré à mon tour, Franck Fréchette. L'homme n'a pas réagi. Je me suis rapprochée, mon ombre à peine visible s'est étendue sur la sienne, et je lui ai demandé d'où il venait, pourquoi il avait surgi de la forêt en pleine tempête, pour me rendre enfin compte, après quelques minutes, que cet homme ne savait pas qui il était ni ce qu'il faisait chez moi.

*

De pierre ou de marbre. Un être dont la lourdeur ne pouvait être issue que de ces matériaux soutenant les temples et les montagnes.

*

La nuit était sur le point de tomber quand Franck, c'est ainsi que j'avais décidé de l'appeler, m'a annoncé d'une voix monocorde qu'il s'en allait. J'ai tenté de l'en dissuader. Il ne ferait pas un demi-kilomètre dans cette tempête avant de s'enliser dans la neige. Il allait crever de froid, se perdre dans la noirceur du ciel, s'enfoncer dans un ruisseau, mais il ne m'écoutait pas. Je parlais à un homme déjà perdu, qui avait tout oublié des raisons pour lesquelles il avait abouti chez moi.

Il a lentement chaussé ses bottes, se demandant peut-être sur quel terrain elles avaient marché pour s'user ainsi, dans quelle boue elles avaient pataugé, puis il a attrapé son manteau, son foulard, sa tuque, ses gants, m'a remerciée pour mon hospitalité et m'a recommandé de bien verrouiller derrière lui, comme si je risquais de recevoir d'autres visiteurs par un temps pareil.

Au bas de la galerie, il a tourné sur lui-même, ne reconnaissant manifestement pas les lieux, pour ensuite bifurquer vers la gauche, puis se raviser et se diriger péniblement vers le hangar, peinant à avancer dans l'épaisseur de la neige, un pied devant, un pas à droite, quelques centimètres à la fois, pour enfin disparaître dans la forêt, la poudrerie, le blanc.

Après son départ, un vide étrange a pesé sur la maison. Le vent continuait à hurler, la toiture à craquer, prête à céder sous l'insistance du nordet et à s'envoler dans un fracas qui me romprait les os, mais j'entendais clairement le tic-tac de l'horloge posée sur le manteau de la cheminée, le souffle des braises au fond de l'âtre, pendant que le frottement de mes chaussures glissant sur le sol s'amplifiait démesurément. Les bruits de la solitude, auxquels je m'étais depuis longtemps habituée, qui prenaient ici une autre dimension, celle de la réclusion et de la captivité.

J'ai saisi le téléphone pour tenter de joindre les services d'urgence, ainsi que je l'avais fait à maintes reprises durant la journée, mais la ligne demeurait obstinément muette. Quant à mon portable, il ne recevait toujours aucun signal. Je me suis traînée jusqu'à la cuisine, j'ai ouvert une autre bouteille de vin, et suis retournée au salon écouter la radio.

Il n'y était question que de la tempête, des accidents survenus dans la région, des routes bloquées, le tout entrecoupé des succès de l'heure, dont la consternante vacuité était censée redonner un peu d'entrain aux auditeurs retenus chez eux ou dans quelque autre endroit où ils auraient préféré ne pas se trouver. J'allais éteindre quand l'animateur de l'émission a annoncé que le corps de la deuxième victime de l'accident survenu en montagne l'avant-veille, François Fréchette, connu sous le diminutif de Franck, avait été retrouvé au matin près du pont de la rivière de la Craque.

J'ai échappé mon verre de rouge, dont la tache s'est élargie sur le tapis pour rejoindre celle laissée par le thé que Franck avait renversé, une marque sombre qui avait l'apparence d'une mare aux bords sinueux, une marque sale qui m'a fait penser aux œufs battus qui avaient séché sur le comptoir, sur le bois des armoires, sur le plancher, et j'ai ressenti l'impérieux besoin de nettoyer ces éclaboussures, tout de suite, avant qu'elles s'incrustent. J'ai couru à la cuisine, où j'ai rempli un seau d'eau chaude auquel j'ai mélangé un fond de détergent qui s'empoussiérait sous l'évier.

Je me suis d'abord attaquée au tapis du salon. Agenouillée près du feu qui mourait, j'ai frotté à m'en écorcher la peau pendant qu'une voix masculine, à la radio, chantait son putain d'amour perdu, qu'une branche du bouleau planté du côté ouest de la maison était projetée contre une fenêtre et qu'un cri semblable à celui qu'avait poussé l'homme que j'avais nommé Franck s'échappait de ma gorge. J'ai observé mes mains rougies, leur tremblement, le savon qui moussait, et me suis assise sur le tapis mouillé. Vire pas folle, Marie, c'est pas le temps de virer folle.

Je reprenais lentement mes esprits lorsque la voix de l'amoureux éploré s'est tue, que la lampe jouxtant la porte d'entrée s'est éteinte et que le ronronnement rassurant du réfrigérateur parmi les bruits de la solitude s'est arrêté net. L'électricité venait de flancher et la nuit, depuis le départ de Franck, était descendue sur la montagne. Pas ça, non, pas ça…

J'ai cherché à tâtons la lampe de poche que j'avais aperçue près de l'entrée, accrochant au passage quelques objets qui tombaient dans un bruit mou ou roulaient sur le plancher, et me suis mise en quête du panneau électrique, au cas où la panne ne serait due qu'à une surcharge. J'ai fait le tour de la maison sans succès, me suis contrainte à affronter l'humidité de la chambre condamnée, pour enfin découvrir sous le tapis déposé devant l'évier de la cuisine une trappe qui menait à la cave. Je n'avais aucune envie de descendre dans les fondations de cette maison branlante, mais c'était ça ou demeurer dans le noir.

J'ai tiré sur l'anneau incrusté dans la trappe, redoutant ce que j'allais découvrir en dessous, et j'ai été enveloppée d'un nuage de poussière. Une échelle de bois, clouée à presque quatre-vingt-dix degrés aux poutres du plancher, plongeait dans un cube de ciment rugueux dont je ne distinguais qu'une partie. Je suis descendue lentement, de peur qu'un des échelons de bois pourri cède sous mon poids, et j'ai aperçu le panneau électrique, tout au fond du cube, près d'une étagère qui croulait sous ces objets dont on ne consent à se débarrasser que quand la rouille ou le vert-de-gris les ont rendus inutilisables.

J'ai rapidement examiné le panneau et j'ai constaté qu'aucun disjoncteur n'avait sauté. La panne ne venait pas d'ici. Le vent devait être en cause, à moins qu'un camion ait quitté la route pour foncer dans un poteau dont les fils s'étaient détachés dans un giclement d'étincelles, balayant avec la poudrerie le toit incliné du camion. J'ai imaginé le chauffeur, coincé derrière son volant, le torse affaissé sur le klaxon qui projetait dans la nuit le son nasillard et ininterrompu du drame, et j'ai aperçu un bonhomme allumettes, gravé sur le métal du panneau avec un outil à la pointe acérée, qui levait les bras au ciel et ouvrait grand la bouche, figé devant quelque vision d'épouvante qui perpétuait son cri. J'ai instinctivement reculé en voyant ce dessin rudimentaire qui n'en parvenait pas moins à rendre l'horreur qui avait acculé au mur ce petit personnage et je suis remontée en vitesse.

Lorsque j'ai refermé la trappe, j'ai eu le sentiment d'entendre clairement le cri du bonhomme allumettes qui, de cri de terreur, s'était transformé en appel à l'aide à travers l'écho du klaxon. Si la tempête ne se terminait pas bientôt, cette maison allait me rendre folle à lier. Prise de nausée, je me suis appuyée sur une chaise. Le monde tangue, avait dit l'homme, vacille, et je percevais moi aussi cette houle qui soulevait le sol, allait se frapper aux murs et rejaillissait sur moi dans un incessant mouvement de ressac.

Lorsqu'une vague m'a frappée en pleine poitrine, je me suis ruée aux toilettes et j'ai vomi le peu que j'avais avalé durant les dernières heures. De la cuvette, où stagnait une eau rosâtre parsemée de grumeaux, montaient des relents de vin à peine digéré qui m'ont fait vomir de nouveau et la houle a reculé, refoulant les vagues qui dépliaient à l'envers leurs rouleaux d'écume. Je me suis aspergé le visage d'eau froide et me suis observée dans le miroir qui surmontait le lavabo.

Éclairé par le seul faisceau de la lampe de poche, mon visage paraissait avoir vieilli de dix ans depuis la veille. Des ombres creuses marquaient mes yeux, mes joues, les plis de ma bouche, et mes cheveux, plaqués sur mes tempes, se soulevaient en crêtes désordonnées sur le sommet de mon crâne. Tu fais peur, Marie, ai-je dit à mon reflet, qui m'a renvoyé qu'il me fallait dormir, absolument dormir.

J'ai déniché une lampe à pétrole dans la chambre d'Adrien, quelques chandelles dans la cuisine, et j'ai remis des bûches dans l'âtre. Ce soir, je dormirais encore dans le salon, là où le feu me tiendrait au chaud et où je demeurerais non loin de la porte, prête à sortir en cas d'urgence, c'est-à-dire si la maison décidait de m'évincer ou si la pression du silence se faisait plus forte que ma peur de braver la tempête.

Emmitouflée dans un tas de couvertures, j'ai grignoté quelques morceaux de fromage et j'ai rempli mon verre de vin. Si la houle revenait, elle m'accompagnerait dans mon sommeil, car je devais dormir, absolument dormir, me laisser assommer par l'ivresse et oublier pour quelques heures que Franck, ou plus probablement le pseudo-Franck, allait mourir au pied de Cold Mountain, à moins qu'il ne soit déjà mort, figé dans cette posture que prennent les corps qui refusent de céder, les bras levés contre le vent.

J'ai frémi devant la vision des bras du pseudo-Franck invoquant la grâce d'un ciel muet, dans une position semblable à celle du bonhomme qui hurlait au fond de la cave, et j'ai vidé mon verre d'un trait pour m'en verser aussitôt un autre. Peu à peu, mes membres tendus se sont relâchés, le vacillement des flammes que je contemplais à travers le rouge profond de mon verre s'est éloigné et je me suis allongée, la tête enfoncée dans l'épais oreiller qui m'invitait au repos.

Je sombrais dans une brume tranquille qui enroulait ses vapeurs tièdes sur mon torse quand j'ai entendu une voix grave prononcer le nom de François Fréchette et que le ronronnement du réfrigérateur a succédé à cette espèce de déclic qui lui redonne son souffle chaque fois qu'il se tait. Je me suis relevée d'un bond, me débattant avec les couvertures au cœur d'un foisonnement de couleurs traversé d'une lumière vive. Alors que je cherchais mes lunettes dans le fouillis accumulé sur la table basse, la lumière qui m'aveuglait s'est éteinte et la voix de l'animateur, à la radio, a achevé de prononcer les mots qui résumaient la mort de Franck Fréchette, bras levés au ciel, près de la rivière de la Craque. Un trou s'est à ce moment ouvert dans l'obscurité, une large crevasse où se précipitaient mes halètements, poussés par les battements désordonnés de mon cœur.

Avais-je rêvé ou le courant, pendant quelques secondes, avait-il été rétabli pour me confirmer que j'étais encore reliée au monde ? Assise dans le noir, les mains posées sur ma bouche chaude pour que mes halètements ne se transforment pas en cris qui augmenteraient ma panique, je n'étais plus certaine de rien. J'avais pourtant le sentiment que ce furtif retour de la lumière, s'il était réel, me prouvait au contraire que j'étais plus seule que je ne l'avais jamais été.

J'ai rallumé la lampe à pétrole et me suis réinstallée au creux du divan, cherchant autour de moi un livre ou un magazine qui pourrait me distraire des violentes rafales qui fouettaient les fenêtres, y laissant chaque fois un peu plus de neige, de sorte qu'à ce rythme, je serais totalement coupée de l'extérieur d'ici la fin de la nuit.

Quelques bouquins à la reliure de faux cuir s'alignaient sur une étagère, au fond de la pièce, mais je ne me sentais pas le courage de me lever pour aller en prendre un. J'étais rivée au divan, les muscles de nouveau contractés, les lèvres serrées. C'est à peine si j'osais tourner la tête, persuadée qu'au moindre mouvement suspect de ma part, la radio se rallumerait subitement et que la même nouvelle, passée en boucle, me rappellerait la mort tragique de Franck Fréchette.

J'ai allongé le bras pour attraper mes cigarettes et j'ai fumé machinalement, sans me rendre compte que j'écrasais mes mégots sur la table, dont ils brûlaient le bois de petits cercles parfaitement ronds. Dans l'âtre, le feu semblait parfois pris d'une soudaine frénésie. Il projetait ses flammes contre les parois de brique et s'étirait vers l'avaloir de la cheminée en langues vibrantes au cœur desquelles de l'orange et du bleu, quelques touches de bleu, léchaient la pureté du jaune. Des ombres passaient aussi devant les fenêtres, des formes floues poussées par le vent, qui s'avançaient et reculaient, arquaient le corps ou étaient propulsées contre les murs que la tempête érigeait les uns derrière les autres.

Les mains crispées sur la bouteille devenue poisseuse, je buvais à même le goulot, écœurée par l'alcool autant que par mon besoin de boire, mais je devais dormir, absolument dormir avant que mes nerfs lâchent et que je décide, à la suite du faux Franck, d'enfiler mon manteau pour disparaître dans la montagne, femme parmi les arbres, animal quand je tomberais et m'abandonnerais au froid sans résister.

*

L'une de ces lumières grises accentuant les couleurs de la réclusion s'insinuait à travers l'épaisse couche de neige qui bloquait les fenêtres quand la douleur qui montait de mon dos à ma nuque m'a réveillée. J'avais dormi à demi assise, le cou cassé sur l'accoudoir du divan et, outre les élancements qui parcouraient mes membres ankylosés, un tenace mal de tête me brouillait la vue. Pas assez, toutefois, pour m'empêcher de voir les ombres à peine esquissées qui fuyaient maintenant au dehors dans une course où la survie même de l'ombre était menacée. J'avais espéré une accalmie durant la nuit, mais la tempête, si la chose était possible, avait redoublé d'ardeur.

Dans l'âtre, le feu était éteint et le salon, où traînaient encore le seau d'eau, les verres et les bouteilles vides, les chaussettes dépareillées et les valises que je n'avais toujours pas vidées, ressemblait à une porcherie. Ajouté au froid, ce désordre affadissait l'atmosphère de la pièce et me donnait la nausée. Je m'occuperais de ce foutoir quand j'aurais ranimé le feu et me serais mis quelque chose de solide dans l'estomac.

Le plancher était glacé et le courant d'air venant de la chambre condamnée se mêlait maintenant à celui qui s'engouffrait dans la maison par la cheminée. Comme si ça ne suffisait pas, la réserve de bois stockée à l'intérieur était presque épuisée et il me faudrait sortir dans le blizzard, par moins quinze degrés, chercher d'autres bûches qui laisseraient au sol leur traînée de neige fondue, de sciure et d'écorce.

Je n'y arriverais jamais. Pendant un moment, j'ai été tentée de m'enfouir sous les couvertures en attendant la fin de la tempête, puis j'ai repensé aux paroles d'Adrien, tu verras, tu es forte, tu t'en sortiras, à croire qu'il avait prévu la tempête et savait dans quelle situation de merde sa mort m'entraînerait. Une saine colère a fait place à mon découragement, va te faire foutre, Adrien, et j'ai décidé que rien ni personne ne me ferait perdre pied. T'es forte, Marie, tu vas t'en sortir.

Une quinzaine de minutes plus tard, un vieux numéro du quotidien régional se consumait dans le feu naissant, ses pages volaient vers l'obscurité telles les ailes embrasées de quelque papillon nocturne, tandis que j'enfilais mes bottes en avalant deux tranches de pain sec tartinées de beurre d'arachide.

Dès que j'ai ouvert la porte, une bourrasque m'a poussée vers l'arrière, me coupant le souffle et me forçant à marcher tête baissée pour parvenir à respirer. Je n'avais pas fait dix pas que je m'enfonçais dans la neige jusqu'à mi-cuisse et progressais avec une lenteur désespérante vers la corde de bois que j'avais aperçue sous la galerie en arrivant. Mon entreprise était absurde. À ce rythme, il me faudrait la journée pour m'en sortir. J'ai rebroussé chemin pour attraper la pelle dont le manche était encore visible près de l'escalier et je me suis lancée, une pelletée à la fois, un pas à la fois, un juron à la fois.

Je n'étais plus qu'une loque chancelante quand j'ai enfin refermé la porte sur le tas de poudreuse qui s'était accumulé sur le tapis. Je me suis traînée jusqu'au feu pour y réchauffer mes doigts, dont je sentais à peine les extrémités blanchies. Je pleurais comme une maudite Madeleine et sacrais contre Adrien, contre ce pays, contre la montagne, dont les grondements d'orgue, amplifiés par le vent mauvais, enveloppaient la maison de leurs sourdes vibrations. J'étais arrivée au bout de mes forces, mais j'étais vivante, au moins j'étais vivante, même si cela signifiait qu'il me fallait vivre dans la peur, le froid, le noir.

Je me suis déshabillée avec des gestes lents, j'ai étendu mes vêtements sur les bûches que j'avais mises à sécher sur le bandeau du foyer, et j'ai pataugé dans la neige à demi fondue pour sortir d'autres vêtements de ma valise. Au passage, j'ai jeté un coup d'œil par la baie vitrée, que j'avais dégagée pour ne pas suffoquer dans la lumière grise. Bientôt, la neige couvrirait de nouveau cette fenêtre, portion par portion, pour y créer des dessins qu'aucun homme ne peut reproduire, des tavelures répondant à la seule logique du vent. Mais avant que la neige se remette à dessiner, je pouvais observer ce vent, qui me révélait parfois un arbre, un coin du hangar, le monticule formé par ma voiture ensevelie… puis ce morceau de carton, qui virevoltait dans ma direction, *Manipuler avec soin.* J'ai instinctivement placé mes mains devant mon visage, certaine qu'il allait me frapper, puis je me suis traitée d'idiote.

J'allais me précipiter dehors pour ramasser ce bout de carton que la neige aurait dû ensevelir depuis longtemps lorsque je me suis rendu compte que j'étais nue, que je tremblais à m'en donner des crampes au ventre et que j'allais attraper la crève. J'ai frénétiquement ouvert l'une de mes valises pour y prendre un chandail et des bas de laine, tout en jurant que j'allais détruire cette foutue cochonnerie. Puis une ombre a traversé la pièce, le morceau de carton s'est plaqué contre la baie vitrée, et ses lettres noires se sont nettement détachées, *Manipuler avec soin*, près du dessin grossier d'un bonhomme allumettes, d'une tête souriante qui portait une corde autour du cou.

J'ai échappé mon chandail, qui m'a chatouillé les jambes au passage, et le vent a emporté le carton au loin, en même temps qu'un hurlement dévalait la montagne, plus aigu que tous les bruits qui m'environnaient. Franck, ai-je tout de suite pensé, le pseudo-Franck, quand je savais pertinemment que Franck était mort, le pseudo-Franck aussi, et la terre entière avec eux.

*

Il s'avançait vers moi. De jour en jour plus proche. Un homme, peut-être un spectre, de pierre ou de ces matières floues fabriquant l'illusion, une projection de l'angoisse qui me coupait le souffle pendant que je me déplaçais sur un sol miné où chaque planche risquait de se fendre ou de céder sous mon poids, posant délicatement les pieds sur le bois frais, l'oreille aux aguets, le blanc de la peur au front, mais un homme, assurément, trop grand, trop large, sa démarche trop pesante pour être celle d'une femme, et qui balançait son énorme tête de droite à gauche comme si son cou avait été rompu.

Un homme, qui me savait seule et savait que la peur est muette, que ses véritables cris ne s'entendent pas.

De nouvelles formes se profilaient sur la baie vitrée, des montagnes par-dessus la montagne, un loup en chasse, un visage dont les yeux se fermaient doucement, m'aveuglant du même coup et replongeant la pièce dans la pénombre de ces jours d'ennui où il ne vous reste que l'attente, longue et lente, ponctuée de moments de panique puisant leur plus ou moins grande intensité à la profondeur du silence.

La courtepointe posée sur mes genoux était saupoudrée de miettes de pain, des vêtements s'empilaient à mes pieds, des chandails et des chaussettes usées. Sur la table basse, un verre de lait à peine entamé s'était ajouté aux verres au fond desquels séchaient quelques gouttes de vin, un vrai foutoir, auquel je n'avais pas la force de m'attaquer. Écrasée par cet accablement qui vous rive à votre chaise, je n'avais en tête que le hurlement de Franck, puis le sourire du pendu dessiné sur le bout de carton, qui se penchait sur le mot *soin*, *Manipuler avec soin*, sa bouche aux commissures tombantes s'opposant à la bouche hurlante du personnage dessiné dans la cave, déjà condamné ou attendant sa proche condamnation, avec tout ce qui s'approchait de cette maison.

L'horloge posée sur le manteau de la cheminée m'indiquait que je n'avais pas bougé depuis plus d'une heure, mais elle se trompait, j'étais là depuis beaucoup plus longtemps, à guetter le coup de vent qui remettrait la radio en marche et m'apprendrait que Franck Fréchette était mort noyé sous des glaces irisées par le ciel tempétueux.

Puis la bourrasque attendue a balayé la baie vitrée, sa large main noire a effacé les montagnes et le loup en chasse, le visage aux yeux clos, pour les remplacer par une figure mi-humaine, mi-fantomatique, un visage dont le front a frappé la fenêtre pendant que la main noire appelait à l'aide et faisait crisser le cuir de ses gants contre la vitre mouillée. Franck... le pseudo-Franck...

Un tintement de verre brisé et d'objets renversés m'a suivie jusqu'à la porte d'entrée, dans laquelle s'encadrait maintenant le visage d'un homme aux paupières brûlées par le gel qui est pratiquement tombé à l'intérieur lorsque j'ai ouvert et s'est dirigé vers un fauteuil avec des gestes mécaniques, pareil à un robot aux membres raides. L'histoire se répétait, l'homme perdu revenait après avoir suivi les méandres où le poussait la tempête, qui l'avait finalement ramené à son point de départ, une maison grise apparaissant au loin dans le flou de ses yeux exténués.

Je n'ai pas prononcé un mot, je l'ai aidé à se déshabiller, j'ai jeté ses vêtements par-dessus les miens, chandails et t-shirts rayés, puis j'ai fait bouillir de l'eau dans la casserole que j'avais suspendue au-dessus du feu et il s'est endormi. Le même scénario, la même flaque de neige qui fondait à ses pieds, et moi profitant encore du fait qu'il dormait pour fouiller ses poches, dans lesquelles un autre couteau était apparu, à moins qu'il ne se soit agi du même couteau, le même couteau dans le même étui de cuir, le même étui de cuir dans la même poche, là où il devait être et où je l'ai remis, à côté de la sculpture de bois qui représentait un homme à tête de rapace.

Franck était également identique à lui-même, avec sa barbe de plusieurs jours et ses mains blessées, qui portaient des marques d'engelure aussi troublantes que celles tavelant ses joues, qui vireraient au lie-de-vin et au violet et laisseraient des taches roses sur sa peau ridée. Un vieil homme ne devant sa survie qu'à l'instinct qui l'avait poussé vers le feu que j'alimentais en regardant respirer les braises, un souffle orange, un souffle jaune, nacré de rose tendre, un couchant sur fond de cendres dont les chuchotements m'enjoignaient de laisser Franck se débrouiller et de crisser mon camp, mais pour aller où, avec cette tempête, ce froid, cette lassitude, où ?

C'est le son de sa propre voix qui a sorti Franck du cauchemar qui le poussait à agiter son index sur le bras de son fauteuil, un index à l'ongle noir qui traçait des signes que je n'arrivais pas à décoder. Il a d'abord bafouillé quelques paroles incompréhensibles, se demandant ce qu'il faisait dans cette maison, à qui appartenaient les couvertures repliées sur ses genoux et qui était cette femme, à un mètre de lui, qui l'observait et retenait son souffle.

Marie, je m'appelle Marie, ai-je dit posément, espérant ainsi cacher la peur que m'inspirait son regard, teinté de cette angoisse viscérale engendrée par l'objet de toute véritable peur, c'est-à-dire la mort, sa venue imminente. Il a d'abord pesé la signification des mots que je venais de prononcer, Marie, Marie, il a cherché un indice dans le fouillis nous entourant qui lui prouverait que ce nom était réel, puis il a trouvé, dans le fouillis même, de quoi le rassurer. Marie, a-t-il repris, merci, Marie. Rien de plus, avant que la honte issue de ce simple remerciement le force à baisser la tête au creux de sa poitrine, là où la honte se concentre, pour répéter encore merci, merci, Marie.

Un silence a suivi, et il a chuchoté François, je crois, François, Francis, Franck, si bas que j'ai dû tendre l'oreille quand il m'a invitée à l'appeler ainsi, Franck, puisque nous étions forcés de cohabiter. Il s'est ensuite levé pour remettre du bois dans l'âtre, toujours avec des gestes mécaniques, les articulations raidies par ses trop longs séjours au froid.

À ce moment, je me suis dit qu'il devait avoir plus ou moins soixante-dix ans, le dernier âge d'Adrien, et qu'il devait avoir connu celui-ci s'il habitait dans la région et n'était pas un réel étranger, c'est-à-dire quelqu'un d'ailleurs, d'au-delà de Cold Mountain et de ses grondements. Je l'interrogerais plus tard à ce sujet, si tant est qu'il se souvienne de quelle montagne, de quelle contrée marécageuse ou de quelle forêt il venait.

*

Elle gronde, tu sais ? La montagne, elle… J'ai déposé sur la table basse le plateau de sandwichs que je nous avais préparés, près d'une bouteille de bourbon, et j'ai répondu mangez, vous êtes fatigué.

Je n'osais pas lui avouer que j'entendais aussi cette rumeur qui venait des entrailles du roc et se transformait dans mon oreille en requiem. Mangez. Puis je nous ai versé deux larges rasades de Gentleman Jack pour nous réchauffer, car la température baissait d'heure en heure malgré le feu que nous attisions à tour de rôle.

Dehors, le sentier que j'avais dégagé était quasi rempli, trente centimètres, quarante centimètres, soixante-dix centimètres, et seul un mince espace, dans la baie vitrée, n'avait pas été envahi par la neige, un hublot s'ouvrant sur la nuit là où le front de Franck s'était appuyé plus tôt, comme si la vitre avait emmagasiné le peu de chaleur qui avait tenu Franck en vie, à supposer que l'homme assis dans mon salon s'appelle réellement Franck et qu'un autre Franck soit mort l'avant-veille.

Après quelques tentatives, j'avais renoncé à l'interroger sur son travail, sa famille, ses occupations, car son passé n'était plus constitué que de couleurs, agrémentées de certaines sensations pouvant lui rappeler la chaleur d'un lieu qu'il aurait aimé, la douceur d'un matin d'été, mais l'image s'effritait dès qu'il tentait de la décrire. Ne restaient que le jaune, l'odeur d'un parfum musqué dans un éclat de lumière. Et la lumière quittait alors ses yeux pour faire place à la panique, à cet effroi que suscite le blanc. Franck ou le pseudo-Franck était désormais un homme sans patrie, né au cœur d'une tempête et n'ayant de nom que celui qu'il avait peut-être emprunté.

Pendant que le jaune se dissipait dans son souvenir, il a avalé quelques morceaux de sandwich et s'est dirigé vers le foyer. Il a ensuite craqué une allumette qu'il a penchée sur les pages de journal coincées entre deux bûches, et il s'est tourné vers moi pour me demander si j'avais déjà entendu parler de ces gens dont le sang est inflammable. Ils se coupent un doigt et vous n'avez qu'à lancer une allumette dans leur direction pour que le feu s'embrase sous la peau et qu'ils se consument de l'intérieur. Au départ, vous ne voyez rien, puis la peau devient d'un rouge intense et ils s'effondrent dans un tas de chair fumante qui se transforme lentement en cendres. La rumeur veut qu'on se soit autrefois amusé à les torturer, à faire jaillir près d'eux des flammes ou des étincelles qui les rendaient fous. Ce disant, il a approché une autre allumette des blessures qui se cicatrisaient sur ses mains et l'a éteinte avant de toucher le sang qui s'y était coagulé.

Voyant que je me tassais dans le coin du divan, il a tenté de me rassurer et a ajouté que tout cela n'était peut-être qu'une histoire, une légende qu'on lui avait racontée quand... Puis il s'est interrompu au milieu de sa phrase, ne sachant plus à quel événement il faisait allusion. Le regard perdu dans le vague, il s'est abîmé dans ce temps lointain qu'un accident ou une catastrophe avait lavé de sa mémoire, et l'idée même du temps a reflué dans ce passé insaisissable. Il est revenu à son fauteuil avec ses gestes saccadés et s'y est laissé tomber pour saisir une cuillère, sur la table basse, et la frapper contre son verre de scotch, un tintement toutes les cinq secondes, une pause, un tintement.

C'est alors que, pour la deuxième fois depuis mon arrivée à Cold Mountain, je me suis demandé si Adrien avait une arme, un fusil caché dans une penderie ou dans un coffre.

*

Pendant que Franck cédait à l'engourdissement de l'alcool, j'ai trouvé une carabine et des cartouches dans la chambre d'Adrien. Il y avait longtemps que je n'avais pas manipulé une arme et la lourdeur de cet objet entre mes mains m'a fait mesurer l'égale lourdeur des conséquences qu'entraîne l'usage de la violence. Je n'avais aucunement l'intention de percer le torse de Franck d'une balle de Remington si cela n'était pas nécessaire. Je tenais simplement à être prête en cas de nécessité. J'ai extrait deux cartouches de la boîte grise et rouge qui reposait sur la commode et j'ai chargé la carabine.

Malgré ma détermination, mes mains moites glissaient sur la crosse, la poignée, le canon, pendant qu'une sueur acidulée mouillait le bord de ma chevelure. Lorsque j'ai refermé la culasse, son déclic a semblé couvrir jusqu'aux rugissements qui se frappaient aux murs de la maison et je me suis immobilisée, convaincue que ce bruit qui annonçait le sang avait réveillé Franck.

J'ai entrebâillé la porte de la chambre et me suis collée au mur en attendant qu'il se rue sur moi pour m'arracher l'arme des mains, mais il dormait toujours. De ma position, je ne pouvais voir ses yeux. Je l'entendais toutefois gémir comme on gémit au creux d'un rêve, le cou renversé sur le dossier du fauteuil où s'étalaient quelques cheveux gris et gras.

Sur la pointe des pieds, ma lampe de poche braquée au sol, je suis sortie de la chambre en vue d'aller dissimuler la carabine dans la cuisine. Une lumière éblouissante m'a alors aveuglée et une voix trop sûre d'elle a envahi l'espace. Soixante-dix centimètres, a clamé la voix qui parlait d'un record et alignait des dates, des années, des mentions d'événements tragiques, mais je ne l'écoutais pas. Je pointais mon fusil vers Franck, qui avait sursauté au son de la voix, s'était levé d'un bond en échappant un renâclement nerveux et avait saisi le tisonnier.

Pendant de longues secondes, nous nous sommes fait face telles deux bêtes prêtes à s'entretuer pour un bout de charogne, puis Franck a échappé le tisonnier quand il a entendu son nom à la radio, Franck Fréchette, mort de froid, d'épuisement ou d'asphyxie lorsqu'il avait voulu vérifier la solidité des glaces bordant une rivière qu'il avait crue endormie pour l'hiver.

Fréchette, a-t-il répété, puis il s'est tourné vers la baie vitrée, sur laquelle des animaux difformes ouvraient l'œil parmi des reliefs de sable blanc, ou peut-être s'agissait-il de nuages, de simples nuages, d'un brouillard où couraient des coyotes amaigris par l'hiver. Tire, m'a-t-il ensuite ordonné, et j'ai abaissé la carabine, perdue dans le brouillard qui me masquait la maigreur des coyotes.

*

La chaleur était enfin revenue dans la maison, mais je grelottais comme si je m'étais trouvée nue sous une pluie froide. Le café n'y faisait rien, pas plus que l'alcool à quarante degrés à travers lequel je regardais le feu trembler et que je n'avalais qu'à petites gorgées. Je voulais garder les idées claires alors que c'était le bordel dans ma tête, une horde d'images qui se piétinaient, le chaos total, pareil à celui qui m'entourait.

J'avais confiné Franck ou le pseudo-Franck dans la chambre d'Adrien pour qu'il me fiche la paix. Il devait maintenant dormir, à moins qu'il souffre d'insomnie et écoute les fondations de la maison grincer en ressassant la scène où il m'avait suppliée de l'abattre, où il s'était avancé vers moi pour saisir la carabine, la plaquer sur sa poitrine et me dire tire, pour l'amour de Dieu, tire, sa voix rageuse contredite par ses yeux rougis, ses yeux tout à l'heure gelés dont les cils blanchâtres formaient sur la paupière une frange inégale, tire, alors que j'abaissais l'arme et la déposais au sol, refusant d'agir au nom d'un dieu dont l'amour n'apaisait que les morts.

Nous nous étions encore toisés quelques instants, deux animaux exténués, et je l'avais repoussé en jurant qu'il était cinglé et que je voulais qu'il lève le camp dès le lendemain matin puisque la tempête, avait annoncé la voix à la radio, changerait de cap durant la nuit et emporterait les vents qui s'enlaçaient dans des hurlements indécents, proches des cris incontrôlés de la jouissance.

Depuis une heure ou deux, les rafales se faisaient en effet moins rageuses, et l'atmosphère de la maison s'en trouvait allégée. Enfoncée dans le divan, je tentais de me calmer aussi. Je comptais les lattes du plancher qui craquaient là où demeurait la marque invisible de mes pas, de ceux de Franck, un, deux, trois, quatre, de ceux lointains et presque aériens d'Adrien, qui n'étaient plus qu'un chuintement s'insinuant dans la mémoire du bois.

À ces bruits s'ajoutait le tintement de la cuillère de Franck contre son verre, un tintement toutes les cinq secondes, réitéré par une main qui n'obéissait plus qu'à un esprit absent, vidé de tout ce qui n'était pas ce tintement, cette note claire qui scandait la dispersion de la pensée et accentuait les frissons qui me forçaient à arquer le corps pour me réchauffer. Car ce n'était pas l'amnésie du pseudo-Franck qui m'effrayait le plus, mais cette absence, cette simple absence me prouvant que son amnésie avait puisé sa source dans l'un de ces lieux d'où on ne revient pas.

Franck était-il cet homme assis au fond du snack, le jour de mon arrivée, tête penchée sur des images dont la blancheur annulait toutes les autres ? Si tel était le cas, Franck avait suivi la neige, et il m'avait suivie, moi, qui représentait peut-être à ses yeux l'incarnation de cette pâleur où il désirait s'abîmer.

Je me suis retournée vers la baie vitrée, où le hublot était maintenant obstrué par une mince couche de givre, puis vers les autres fenêtres, toutes pareillement blanches à côté des murs blancs. Rien ne me servirait d'en balayer la neige, puisque au-delà, il n'y avait encore que du blanc, à l'infini de mon champ de vision, du blanc, du blanc.

Le blanc m'avait toujours été indifférent. Je l'associais à la pureté, au calme, à tous ces clichés où l'œil humain le relègue. Je comprenais aujourd'hui qu'il pouvait, plus que le noir, être la couleur de l'aveuglement, qui absorbe les figures de l'horreur et ne vous en laisse que la hantise. Dès que le printemps viendrait, je peindrais les murs de couleurs vives, du jaune, du rouge, mais quelque chose me disait que le blanc résisterait, qu'il boirait le jaune ainsi qu'il occultait les souvenirs trop violents pour être mangés chauds.

Ce sont ces couleurs qui défilaient sur les murs blancs lorsque je me suis endormie, du jaune, de l'or resplendissant qui s'effaçait dans des coulées de rouge dont s'abreuvait la voracité du blanc. Et puis un peu de noir, des pans de nuit sous mes paupières, pendant que, dehors, Cold Mountain mugissait avec le vent.

*

Les cris aussi peuvent être blancs, quasi translucides, et susciter d'autres cris étranglés qui en prolongeront la blancheur. Aucun son n'est sorti de ma bouche lorsque, le lendemain, je me suis enfin décidée à ouvrir la porte de la chambre d'Adrien, seulement un bref soupir, presque feutré, que j'ai avalé plutôt que de l'expirer, jusqu'à ce qu'il me faille enfin le libérer pour ne pas m'évanouir, un long soupir rauque qui m'a fait trébucher, renverser une lampe et heurter le chambranle de la porte.

Au milieu de la pièce, une corde était suspendue à une poutre et, plus bas, deux pieds nus flottaient dans le vide. C'est tout ce que j'ai d'abord vu, ces pieds, cette corde râpeuse, et j'ai pensé couteau, couteau, manipuler avec soin, puis j'ai expiré mon soupir rauque pour me précipiter dans la cuisine et y prendre un couteau, heurtant le chambranle avec mon épaule et renversant une lampe dont l'ampoule s'est brisée, courant et ne sentant pas les débris de l'ampoule se ficher dans mes pieds, ne voyant pas le sang qui me suivait et laissait derrière moi de minces traces arrondies, couteau, couteau, mon souffle entrecoupé de balbutiements affolés, mani… mani… soin… Le couteau affûté dans les mains, j'ai refait le trajet à l'envers, avec le sang qui me suivait et le couteau qui tressaillait, puis j'ai trébuché sur la lampe et perdu pied sur le lit mou, trop mou, devant la tête lourde et renversée de Franck, pendant que s'échappaient de ma bouche asséchée des geignements pathétiques, que la corde glissait entre mes mains, que le couteau effleurait la tête échevelée de Franck, indifférent à mes geignements, salaud, hostie de salaud, hostie… Puis la corde a cédé dans un bruit flasque, le bruit du corps de Franck s'affaissant sur le sol avec ses yeux exorbités, ses yeux rougis hier gelés.

Parle, Franck, parle, joualvert. Empêtrée dans la courtepointe aux motifs surannés, j'ai sauté en bas du lit et appuyé mes mains sur sa poitrine, parle, crisse, respire, mais Franck était froid, Franck était mort, les lèvres étirées en une espèce de rictus semblable à celui du pendu qui se balançait sur le bout de carton m'annonçant depuis mon arrivée que les êtres troublés doivent être manipulés avec soin.

Prise de panique, j'ai failli arracher la prise murale en décrochant le téléphone, qui devait fonctionner maintenant que l'électricité était revenue, mais rien, aucun son ne sortait de ce maudit appareil, pour la simple raison que je n'avais pas fait rebrancher la ligne avant de venir m'installer chez Adrien. J'ai frappé le combiné contre le manteau de la cheminée jusqu'à ce qu'il n'en reste que des miettes et j'ai piétiné mon cellulaire, qui ne captait toujours pas de signal, merde, merde, merde.

Mon cauchemar devenait réalité. J'étais seule avec un cadavre que personne ne viendrait chercher ici, que personne ne chercherait jamais, peut-être, car si Franck s'appelait bel et bien Franck, il était mort trois jours plus tôt.

J'ai sacré un coup de pied sur les bottes de Franck, j'ai tiré son manteau au bout de mes bras et me suis affalée dans le fauteuil qui était devenu le sien pour me relever aussitôt. Son odeur avait imprégné le tissu, une odeur de laine mouillée, de bois et de sueur rance qui me levait le cœur alors qu'en d'autres temps, ce parfum d'homme revenant de longues heures en forêt m'aurait réconfortée telle une boisson chaude après le froid, une lumière feutrée apaisant la fatigue. Ici, les relents de la peur, qui se conjugueraient bientôt à ceux de la pourriture, dominaient tous les autres. Il fallait que je me débarrasse du cadavre avant que la maison empeste, avant que Franck se remette à marcher, avant qu'il revienne d'une autre tempête et que la radio m'annonce sa mort.

Tu dérapes, Marie, tu vires folle.

J'ai mentalement fait le tour de la maison pour trouver un endroit où déposer Franck. La cave était exclue, puisque ce sont là, dans ces lieux sombres et humides, que naissent les spectres animés par la rancœur, la chambre aussi, qui absorberait la puanteur de la chair putréfiée et la garderait entre ses murs jusqu'à ce que le corps devienne poussière et que la maison tombe en ruine. Il n'y avait qu'une solution, sortir le corps et le mettre au frais en attendant qu'on vienne dégager la route, ce qui se produirait tôt ou tard, le contraire était impossible. Première étape, envelopper

Franck pour le traîner jusqu'à l'entrée et le porter ensuite dans le hangar.

J'ai saisi les couvertures qui traînaient sur le sofa, j'ai fait deux pas vers la chambre où gisait le cadavre et me suis arrêtée. Franck était presque nu, vêtu seulement d'une camisole et d'un caleçon délavés, je ne pouvais pas le porter ainsi dehors. Il avait beau être aussi mort qu'une putain de mouche écrasée, il m'était impossible de l'imaginer nu dans la neige, avec une simple couverture pour cacher la honte qui rougissait sa peau. Franck méritait un peu de respect. Franck avait eu trop froid. Je devais au moins lui enfiler son manteau, son pantalon, ses bottes, trouver sa tuque sous les coussins, ses gants qui séchaient près de l'âtre.

J'ai ramassé tout son fourbi, pantalon, chemise, manteau, odeur de laine et de sueur, pour l'emporter dans la chambre, mais le corps trop flasque, que n'avait pas encore atteint la rigidité cadavérique, refusait de m'obéir. Les bras désarticulés retombaient sur mes genoux, mes cuisses et ma poitrine, comme si Franck essayait de me peloter avec ses grosses mains molles, salaud, hostie de salaud, ses jambes avaient la lourdeur de la pierre et sa tête roulait à gauche et à droite dès que je tentais de la soulever, m'implorant de la laisser dormir, de laisser Franck se reposer.

J'ai enfin réussi à contrôler la répulsion que m'inspirait sa chevelure graisseuse et je suis parvenue à enfoncer sa tuque sur son crâne de vieil homme. Je me suis ensuite attaquée aux bottes, je les lui avais déjà enlevées, je pouvais les lui remettre, il suffisait d'ignorer l'odeur, la sécheresse de la peau, les kilomètres infinis que ces pieds avaient parcourus. J'avais également l'intention d'enrouler son foulard autour de son cou, ne serait-ce que pour cacher la marque de la corde, mais j'ai abandonné quand ses lèvres molles se sont posées sur mon poignet. J'ai hurlé en même temps que sa tête frappait durement le parquet et j'ai dit c'est fini. Désolée, Franck. Tant pis, Franck. Je peux pas en faire plus.

Il faisait pitié à voir avec ses bottes et ses jambes velues, ses yeux globuleux que je ne pouvais me résoudre à fermer, sa tuque en déséquilibre sur le sommet du crâne, mais les corps morts sont toujours misérables, de la chair pâle qui n'arrive plus à se réchauffer et qu'il est inutile de prendre dans ses bras pour y faire revivre le sang. J'ai jeté une couverture sur Franck, une autre sur le sol, à côté de lui, et j'ai poussé à en suer toute l'eau de mon corps, le torse d'abord, les hanches, les jambes, les pieds, que j'ai ficelés aussi solidement que je le pouvais, une momie, aurait-on dit, une pièce de viande froide ayant l'apparence d'un humain.

J'ai mis une éternité à glisser jusqu'à l'entrée ce corps qui s'était alourdi, me semblait-il, du seul fait que le sang n'y circulait plus, qu'il stagnait dans les veines bleuies, désormais inutile et prenant l'épaisseur du froid qui le figeait. Aide-moi un peu, Franck, joualvert, aide-moi, pour l'amour du ciel, et je braillais en essuyant la sueur qui se mêlait aux larmes chaudes sur mon visage, la morve et les pleurs qui mouillaient mes lèvres. Quand enfin j'ai ouvert la porte, j'ai été aveuglée par la neige, qui scintillait sous le soleil et virevoltait dans le vent léger, à perte de vue, lisse et immaculée. J'ai lentement refermé la porte et m'y suis adossée. Jamais je ne pourrais traîner Franck jusqu'au hangar.

L'horloge marquait dix-sept heures quand j'ai étendu Franck dans l'espace que j'avais dégagé pour lui sur la galerie, une fosse ouverte à peine plus profonde qu'un bain que j'ai remplie de neige comme on couvre de terre les cercueils étincelants. Elle marquait vingt et une heures quinze lorsque j'ai atteint le fond de la bouteille de Gentleman Jack et me suis endormie en balbutiant une comptine dans laquelle le jour se levait sur une forêt pailletée d'or où des animaux parlants organisaient un bal.

*

De pierre ou de métal, peut-être, de glace, un homme, une bête dont la tête luisait sous les reflets de la lune.

*

J'aurais voulu dormir jusqu'à la fonte des neiges, mais j'ai été éveillée à l'aube par le grondement d'un moteur qui se rapprochait. Sur le coup, je n'ai pas compris de quoi il s'agissait. J'ai cru que je rêvais, que j'étais de retour en ville ou que le réfrigérateur rendait l'âme, puis j'ai clairement reconnu le bruit d'un hélicoptère. On cherchait Franck, le pseudo-Franck. Ses proches avaient signalé sa disparition et on avait attendu la fin de la tempête pour sortir l'artillerie.

Sans prendre le temps d'enfiler mon anorak ni de me chausser, j'ai couru sur la galerie, agitant les bras et hurlant à pleins poumons, et j'ai pensé à ces films où une pauvre innocente, les deux jambes cassées, est coincée sur une arête rocheuse grouillant de serpents. Je me suis glissée dans le rôle de l'innocente et j'ai sautillé jusqu'à ce que l'hélicoptère franchisse l'une des crêtes de Cold Mountain et pique vers l'autre flanc du Massif.

Je suis toutefois restée là, bras en l'air, et j'ai attendu qu'il revienne, car ces engins reviennent toujours au moment où la pauvre tarte croit qu'elle est foutue. Il fallait qu'il revienne. Le vrombissement allait bientôt rebrousser chemin et les hommes, à l'intérieur de l'appareil, allaient apercevoir la tache rouge qui leur faisait des signaux depuis une maison enfouie sous la neige. Je l'entendais d'ailleurs qui se rapprochait, un vrombissement chuintant qui rappelait une musique d'apocalypse. J'ai tendu l'oreille vers la crête derrière laquelle l'appareil avait disparu, j'ai retenu mon souffle dans l'attente de son retour, puis j'ai lentement baissé les bras jusqu'à ce que mon ombre, sur la neige scintillante, ne soit plus qu'un long rectangle aux bords rongés. C'est la montagne que j'entendais, son ronflement de bête endormie qui montait du sol et faisait vibrer la neige scintillante. L'hélicoptère ne reviendrait pas, pas avant la fin du jour, pas avant demain et peut-être jamais.

La tête aussi lourde que celle de Franck, je suis alors descendue de la galerie, de la neige aux genoux, et j'ai continué à avancer, de la neige aux cuisses, m'éloignant de la maison d'Adrien comme Franck s'en était éloigné il y avait deux ou trois jours. Plus rien n'avait d'importance, ni ma fatigue, ni le froid, ni la faim qui m'ouvrait les entrailles. Je n'avais qu'un seul objectif, m'en aller, marcher aussi loin que possible dans les pas de Franck pour aboutir à une rivière ou à une route où un camionneur me prendrait à son bord et me ferait boire à même son thermos une boisson chaude et sucrée. J'arrivais à cette route, j'apercevais cette rivière qui serpentait à l'horizon, quand j'ai compris que je ne l'atteindrais jamais et mourrais à court terme si je persistais à avancer. J'allais m'enliser dans les pas de Franck et servir de festin aux coyotes. Autant retourner me pendre dans la chambre d'Adrien.

Le souffle des coyotes me brûlait la nuque lorsque j'ai enfin appuyé mon visage contre la fenêtre de la porte d'entrée et que je suis tombée sur le tapis, les paupières scellées par la glace qui coulait sur mes joues. Il n'y avait toutefois personne pour m'accueillir, aucune Marie pour envelopper mes pieds et me faire boire à petites gorgées un thé brûlant.

Incapable de me remettre debout, je me suis traînée jusqu'aux toilettes, me suis déshabillée et me suis hissée dans le bain, où j'ai fait couler de l'eau glacée sur mes mains et mes pieds blanchis par le froid. Quand le sang a recommencé à circuler normalement dans mes extrémités, ramenant un peu de rose sur ma peau, j'ai ouvert le robinet d'eau chaude et me suis calée au fond du bain, puis j'ai versé sous le robinet quelques gouttes d'une huile parfumée qui avait appartenu à Adrien, car moi aussi j'empestais. J'empestais la sueur de Franck et la mienne, j'empestais l'alcool et l'urine, je puais la femme au bout du rouleau, enlaidie par l'angoisse et ses odeurs.

Mes pieds tailladés par l'ampoule éclatée étaient en feu, irrités par l'huile au parfum boisé qui me donnerait une odeur d'homme. Malgré cette douleur cuisante, je n'avais aucune envie de sortir du bain. Je ne m'étais pas sentie si calme depuis des semaines, des mois peut-être, alors que le cadavre d'un inconnu durcissait sous l'effet du gel à quelques mètres de moi, que j'avais transformé mon héritage en champ de bataille et que la seule personne au courant de ma présence dans ce trou à rats avait cru bon d'aller crever au bord d'une rivière disparue sous la neige.

Je flottais sous la mousse, mes pieds blessés n'existaient plus, mes membres endoloris se liquéfiaient. Dormir, me disais-je, dormir, m'enfouir dans la suavité d'une odeur d'homme, puis j'ai perçu le grondement lointain de la montagne, à peine plus grave que celui de l'hélicoptère qui allait peut-être revenir, qui devait revenir, et n'apercevrait aucun signal de détresse en survolant la maison, aucune femme en chandail écarlate qui battait des bras aux côtés d'un cadavre.

Poussée par un subit sentiment d'urgence, je me suis agrippée aux bords de la baignoire, l'eau douce dans laquelle je m'enfonçais a éclaboussé le plancher et, le ventre et les seins enduits d'une mousse dont les minuscules bulles crépitaient sous le grondement lointain, je me suis séchée vite fait, j'ai pansé mes pieds avec un bout de gaze douteux puis, après m'être habillée comme pour une expédition polaire, j'ai accroché mon chandail rouge à un balai que j'ai attaché à l'un des poteaux de la galerie, près de Franck, mais ce n'était pas suffisant, il fallait que je lance un signe plus clair, un appel au secours visible des nuages.

Mon cœur battait la chamade, un oiseau pépiait au sommet d'une épinette, les portes du hangar grinçaient et j'avais l'impression que ma tête allait éclater quand j'ai soudain pensé aux enfants perdus dans les bois, aux survivants de ces écrasements d'avion rampant dans quelque jungle hostile. Après avoir tenté de faire fuir l'oiseau dont le chant tenace me suivait d'arbre en arbre, j'ai rampé aussi, je me suis creusé une ouverture jusque sous la galerie, sur le ventre puis à quatre pattes, un animal fouissant le sol, pour ramasser tout ce que je pouvais trouver de petit bois en vue de tracer le mot *HELP* sur la neige. Ils ne pourraient pas rater ça. Ils ne pourraient pas ignorer ce message de détresse.

Quelqu'un allait me venir en aide, bientôt, quelqu'un allait me débarrasser de Franck. J'exultais, je riais comme une malade, les bras pleins de petit bois et les larmes aux yeux. Puis j'ai commencé à tracer la lettre *H*, un, deux, trois bouts de bois pour la première barre, deux autres pour la barre transversale, qui s'est défaite quand je me suis avancée dans la neige trop épaisse. Sur la pointe des pieds, je l'ai reconstituée en m'étirant de tout mon long, tu vas y arriver, Marie, tu vas y arriver, mais l'oiseau insistait, son pépiement assourdissant, ta gueule, hostie, et je n'y arrivais pas, je brisais les lettres en me déplaçant, les enfonçais dans la neige, m'y enfonçais aussi, jusqu'à ce que la colère et le désespoir l'emportent et que je lance mon paquet de bois au bout de mes bras. Allez chier ! Allez tous chier !

Si l'hélicoptère se pointait, je foutrais le feu à la maison. Je réunirais tout ce qui était inflammable pour en faire un énorme bûcher auprès duquel je veillerais avec des allumettes. Puis j'ai mesuré l'absurdité de mon entreprise. L'hélicoptère serait déjà loin lorsque le feu prendrait, et moi, je flamberais avec Franck, nos corps s'enflammeraient comme ceux de ces êtres dont il m'avait décrit la cruelle maladie, de ces créatures infirmes dont le sang bouillait et faisait frire les entrailles.

Blanc… Trop blanc… Homme… Franck… Corde… J'étais perdue dans la tempête qui, sans le moindre avertissement, avait reflué dans la vallée. Incapable de bouger et ne voyant pas à deux mètres devant moi, je cherchais en vain mes repères.

La neige m'avait surprise alors que je m'engageais dans l'entonnoir qui se creusait au bas de la montagne, une neige cinglante qui me fouettait le visage, m'enroulait dans ses tourbillons et me coupait le souffle. Prise de panique, j'avais tourné en rond, essayant de retrouver mes pas effacés, et je m'étais égarée dans la blancheur. C'était fini, jamais je ne retrouverais la maison.

Consciente que je vivais ma dernière heure et qu'il m'était désormais inutile de lutter, je me suis agenouillée dans la neige et j'ai murmuré le nom de Franck, Franck, trop blanc, puis ma jambe a heurté un objet dur, une arête tranchante qui m'a arraché un gémissement, puisque mon corps n'avait plus de cris, et je me suis éveillée brusquement, étonnée que le froid ne m'ait pas ravi la vue.

Autour de moi, tout était encore blanc, mais d'un blanc qui virait au bleu avec l'arrivée de la nuit. Seule une lueur hésitant entre l'orange et le rouge, à deux pas de moi, m'indiquait que tout n'était pas fini. J'ai allongé les mains vers le feu mourant, me demandant qui avait allumé ce feu, et les ai retirées aussitôt, de crainte que mon sang s'embrase. Puis un bout de carton, *Manipuler avec soin*, s'est envolé du baril de métal où s'éteignait le feu, et je me suis revue, roulant le baril depuis le hangar et y jetant des bûches, des branches, des journaux jaunis en vue d'alerter l'hélicoptère que j'avais cru entendre, là-bas, audelà de la montagne, l'hélicoptère fantôme qui ne reviendrait pas. Je m'étais endormie près du baril, où quelques flammes bleutées léchaient une bûche qui avait conservé sa forme mais n'était plus qu'un amas de braise se fendillant, pareil à l'exosquelette d'un insecte vibrant dans l'obscurité, et je m'étais perdue dans la tempête.

Je me suis péniblement relevée, j'ai ramassé la hache qui gisait près du baril et, du bas de l'escalier, j'ai levé les yeux vers la maison, dont la façade sombre semblait prête à m'engloutir. J'ai monté les six marches qui me séparaient de l'entrée en retenant ma respiration, le regard rivé sur les murs qui s'obscurcissaient, sur la porte qui s'ouvrait dans un grincement, sur le noir d'encre qui opacifiait les fenêtres, puis un geignement, le geignement de Franck, est monté du tas de neige sous lequel je l'avais couché, dors bien, Franck, repose en paix, suivi d'une espèce de hoquet étouffé qui s'est terminé dans un râle.

La hache brandie devant moi, j'ai balbutié une menace incompréhensible à l'endroit de Franck, bapadla, k… k… klisse, une menace secouée par les tremblements qui montaient de mes genoux et s'entendaient jusque dans ma voix syncopée, pleine de ces bruits de bouche que l'épaississement de la salive fait claquer sous la langue. Malgré les soubresauts qui perturbaient mon équilibre, je suis parvenue à franchir les deux dernières marches, baklerpa, klisse, pour prendre la lampe de poche suspendue près de l'entrée, dans la noirceur d'encre du salon.

La tuque de Franck était toujours ensevelie. Les semelles de ses deux énormes bottes, par contre, dépassaient de son linceul. L'espace d'un instant, j'ai cru les voir bouger, s'incliner imperceptiblement, talons réunis, pour former un V parfait au centre duquel dégringolaient de minuscules billes de glace, ce qui n'était pas possible, puisque Franck était mort, puisque les morts ne peuvent pas bouger. Les membres aussi raides que ceux de Franck, j'ai tâché de respirer à fond, j'ai léché mes lèvres sèches, j'ai creusé les joues pour m'humecter la bouche, après quoi j'ai attrapé la pelle appuyée contre le mur. Pendant que je recouvrais les pieds démesurés de Franck, je l'enjoignais de se tenir tranquille d'une voix qui n'était plus la mienne, caverneuse et d'une lenteur rappelant ces messages synthétiques issus de machines au visage plastifié. Fais pas le cave, Franck, fais surtout pas l'innocent, sinon je te tue une deuxième fois, une deuxième fois je te tue, c'est-tu clair ?

Trop tendue pour viser droit, à chaque coup de pelle, invariablement, je frappais les bottes, qui se tournaient vers la gauche, vers la droite, comme la tête de Franck quand j'avais voulu y enfoncer sa tuque, comme ma propre tête, si lourde qu'elle semblait ne tenir à mon cou que par quelques ligaments. Je continuais néanmoins à pelleter et à mettre Franck en garde, tu fais un mouvement, tu remues d'un poil et je te fends la face avec la hache, Franck, je te le jure, je te découpe en morceaux, je te crisse dans une poubelle et je te laisse pourrir là, paralla, kliss.

Quand j'ai enfin déposé la pelle, le monticule sous lequel reposait Franck ressemblait à Cold Mountain en miniature, avec des pics, des arêtes, des rondeurs découpant un relief où se succédaient les ombres et les falaises. Les pieds de Franck ne ressortiraient de ce banc de neige que quand j'aurais décidé qu'ils en ressortiraient.

Avant de pénétrer dans l'insondable noirceur qui m'attendait au-delà de la porte, j'ai lancé un dernier avertissement à Franck pendant qu'un froissement longeait la galerie, accompagné d'un faible merci, Marie, et que quelques mottes de neige, légères, roulaient au bas du monticule de Franck.

*

On aurait dit que je m'étais fardée pour quelque rituel païen. Des traces de suie, de longues traînées noires barraient mon front et mes joues, la peau de mes lèvres se fendillait et, dans mes yeux injectés de sang, ne transparaissait plus rien, sinon cette profonde lassitude précédant la capitulation. À quoi bon lutter quand l'ennemi vous encercle et vous a acculée dans vos derniers retranchements.

J'ai éteint l'ampoule surmontant le lavabo et suis retournée au salon sans me laver, trop exténuée pour me bagarrer avec quelques traces de suie ou pour offrir quelque résistance à la saleté et au désordre qui constituaient mon nouvel environnement. Jamais je n'aurais cru pouvoir vivre, il y avait quelques jours à peine, dans un pareil fouillis, et pourtant, l'anarchie dans laquelle je m'enlisais me rassurait. L'accumulation des verres gommeux, des vêtements éparpillés dans la pièce, des oreillers empilés sur les fauteuils me fournissait la preuve que quelqu'un vivait dans cette maison et que le degré d'existence de cette personne pouvait se mesurer à la somme des objets dont elle s'entourait pour se protéger du froid et de l'ennui qui suintait des murs trop blancs.

Enveloppée dans une robe de chambre sur laquelle mes mains sales avaient laissé des taches de suie, j'ai avalé d'un trait le bol de soupe en conserve que je m'étais réchauffée plus tôt, puis j'ai fumé en terminant la bouteille de rouge qui traînait à côté des autres bouteilles auxquelles j'avais fait honneur depuis mon arrivée dans cette maison où le temps prenait des proportions qui m'échappaient. Étais-je là depuis une semaine, un mois, un an, plongée au cœur d'un hiver qui se perpétuait ? Combien d'éternités pouvait contenir la vie d'une femme poussée à bout ? Combien d'éternités avant la paix ?

Quand je regardais au dehors, je n'aurais su dire si nous étions en janvier ou en mars et si la neige n'était qu'un leurre pour me retenir là où Adrien m'avait promis le froid. Était-ce contre ces temps immuables que cet oncle mourant m'avait prévenue dans la semi-obscurité d'un bar miteux ? J'avais perdu tous mes repères, et mes nuits de cauchemars s'ancraient dans ce froid qui allongeait les heures et reliaient entre eux des jours ne voyant pas la lumière. Qu'est-ce que t'attends de moi, Adrien ? ai-je demandé en me retournant vers la neige et la baie vitrée, où le visage de Franck, aussi pâle et rond qu'une pleine lune, se découpait dans le noir.

Mon verre a volé derrière moi, un bruit de cristal qui se brise a accompagné mon cri, et le visage de Franck s'est collé à la vitre, où il a laissé une large coulée de bave que j'ai regardée geler avant de me lever, de prendre la hache déposée près de l'entrée et de sortir dans l'air glacial. Je t'avais dit de pas me niaiser, Franck, je t'avais averti, k… k… kliss.

Franck a à peine poussé un couinement quand j'ai frappé, un soupir de remerciements, peut-être, et je suis rentrée en titubant pour m'endormir dans la fade couleur du vin chaud.

*

Exposée au soleil qui dardait ses rayons sur la fenêtre, la bave se liquéfiait mais demeurait collée à la vitre, signe que la bouche gluante de Franck avait bel et bien enduit le verre de l'une de ces épaisses salives qui indiquent la maladie.

J'avais dormi pendant plusieurs heures, abrutie par l'épuisement, et m'étais éveillée alors que les lèvres de Franck cherchaient à m'embrasser, qu'elles effleuraient mes joues fardées de suie et se teintaient du noir ourlant les lèvres des cadavres. Je sentais encore leur molle tiédeur sur ma peau et mon cœur battait si fort que je n'entendais plus la respiration de la fenêtre, dans la chambre condamnée, qui ponctuait normalement mes heures en se mêlant aux lancinantes mélodies du vent et de Cold Mountain.

J'ai attendu que mon pouls reprenne son rythme normal et me suis lentement avancée vers la baie vitrée. Le soleil éclatant m'aveuglait, le soleil qui chauffait la bave et faisait fondre les glaçons accrochés à la toiture de la galerie, d'énormes glaçons qui pointaient leurs dards vers le sol enneigé et le perçaient de leur eau claire, une goutte toutes les cinq secondes, toutes les trois secondes, toutes les deux secondes. Sur la galerie, une hache était plantée dans le monticule sous lequel Franck était couché, à l'endroit exact où reposait la tête, sous le pic évoquant la falaise du Loup.

Je n'avais qu'un vague souvenir de ce qui s'était produit la veille. Je revoyais la face blême de Franck, je me revoyais soulevant la hache, mais le reste se perdait dans une obscurité vaporeuse où ce n'était pas moi qui agissais. Pourtant, j'avais bel et bien planté la hache dans la neige, là où se trouvait le crâne de Franck et son front pâle. Tu dérapes, Marie, t'as besoin d'un café.

Le café finissait de couler, une goutte toutes les cinq secondes, que je regardais tomber à la surface du liquide noir, hypnotisée par les cercles concentriques qui n'arrivaient pas à atteindre les bords de la cafetière, où ils auraient rebondi pour rejoindre les cercles venant en sens inverse et s'annuler l'un l'autre, lorsqu'un bruit de moteur m'a sortie de ma transe. L'hélicoptère revenait, mais je ne ressentais plus l'urgence de signaler ma présence. Je préférais demeurer terrée avec Franck jusqu'à ce que je sache ce que je ferais de son corps. Il me paraissait de plus en plus simple de m'en débarrasser que d'avoir à expliquer aux autorités qu'il s'était pendu chez moi après m'avoir suppliée de l'abattre. Si je dévoilais son suicide, les soupçons se porteraient sur moi et je devrais prouver que je n'avais pas assassiné cet homme issu de la tempête.

Ma tasse de café à la main, je me suis dirigée vers le bruit qui s'amplifiait et j'ai aperçu, à travers la baie vitrée, l'énorme hélice d'une souffleuse qui tailladait la blancheur et progressait lentement, centimètre par centimètre, sur la route menant à la maison. Dans quelques minutes, l'engin aurait atteint la propriété d'Adrien et son chauffeur verrait la hache enfoncée dans un tas de neige, il verrait que le tas de neige avait la forme d'un humain et me scruterait de ses yeux inquiets en se demandant s'il devait fuir ou me neutraliser avant d'appeler la police.

En deux temps, trois mouvements, j'avais enfilé mes bottes, mon manteau, ma tuque et je tentais d'arracher la hache du monticule de Franck, mais celle-ci résistait, comme si elle était prise dans la glace ou fichée dans le crâne de Franck. Quand j'ai enfin réussi à l'extirper du monticule, je me suis penchée sur la lame, rouillée sur les bords, et qui portait également d'infimes traces d'une matière blanche à laquelle se mêlait un peu de rouge.

J'ai jeté la hache au sol et l'ai rapidement couverte de neige, à côté des pieds de Franck touchant presque les miens, puis j'ai attendu que l'engin vrombissant, qui crachait des langues de neige mottoneuses sur le bord de la route, rejoigne les poteaux qui délimitaient la propriété d'Adrien et fasse demi-tour. Le chauffeur m'a cependant vue sur la galerie, une femme seule au sein de la désolation qui succède à la tempête, m'a fait un large signe de la main et a poursuivi son avancée, projetant vers la forêt les quatre-vingt-dix centimètres de poudreuse qui me séparaient du monde et de ses lois. Arrivé près de la maison, l'homme a coupé le moteur de sa souffleuse pour venir à ma rencontre.

Alors que je cherchais un moyen de le renvoyer poliment d'où il venait avant qu'il aperçoive le monticule de Franck, il montait sur la galerie pour m'expliquer qu'en principe, il n'avait pas le droit de déneiger les terrains privés. Étant donné la situation, la municipalité pouvait bien se mettre ses principes où il pensait, car il ne serait pas dit que Marc Lauzon avait laissé une femme prisonnière de trois pieds de neige. Sur ce, il m'a tendu la main et m'a demandé si j'avais besoin d'aide, si la maison avait subi des dommages, si j'avais encore de quoi manger, de quoi me chauffer, autant de questions qui n'exigeaient que des réponses simples mais me laissaient muette. Je n'avais à l'esprit que les bottes de Franck auprès des miennes, dont je frapperais les semelles si je reculais d'un pas de plus pour m'éloigner de Marc Lauzon, qui gesticulait devant moi et m'envoyait son haleine caféinée en plein visage.

J'ai fini par bredouiller que tout allait bien, que je saurais me débrouiller, qu'il n'avait pas à s'en faire pour moi, puis j'ai frappé les pieds de Franck et me suis tue, sentant le rouge me monter au visage. Lauzon m'a toisée un instant, a jeté un coup d'œil dans mon dos, sur le monticule de Franck, qui reproduisait à la perfection le relief de la montagne, avec ses pics et ses falaises évoquant la pureté des hauteurs enneigées, puis il m'a dit que j'en avais encore une claque à pelleter, hein, et qu'il pouvait m'envoyer quelqu'un pour m'aider à dégager ma voiture, si je voulais.

Je l'ai assuré que tout irait, qu'il m'avait déjà rendu un fier service et qu'un peu d'exercice ne pouvait me faire de tort. Puis j'ai esquissé un sourire auquel Lauzon n'a pas répondu, conscient que je mentais et ne cherchais qu'à me débarrasser de lui. Il a jeté un nouveau coup d'œil vers le monticule, un autre vers le baril dans lequel j'avais fait du feu la veille, puis il est descendu de la galerie en poussant la neige devant lui.

Je croyais qu'il allait me ficher la paix, mais il s'est retourné, la mine anxieuse, pour me demander si j'avais vu quelqu'un durant la tempête, un homme égaré, plus très jeune, environ six pieds. J'ai fait signe que non, la bouche trop sèche pour articuler le moindre mot, et Marc Lauzon a redémarré dans un vacarme qui reviendrait sous peu se marier aux rumeurs menaçantes de Cold Mountain.

*

Hurler m'aurait soulagée, crier, frapper, pleurer jusqu'à m'étouffer dans mes sanglots et frapper encore, mais il y avait déjà trop de bruit autour de moi, trop de chuintements dont j'ignorais la source et qui grimpaient dans mon dos pour me souffler à l'oreille que je n'étais pas seule, que mes cris éveilleraient les spectres dont je redoutais la manifestation, Adrien, Franck, qui n'attendaient que ma ruine pour m'emporter du côté blanc des choses, dans cette retraite lisse et infinie où mes hurlements se frapperaient à la masse ouateuse du silence.

Marc Lauzon aurait pu représenter ma planche de salut. Je n'aurais eu qu'à déneiger Franck, qu'à lui désigner la ligne déchirant son cou et qu'à lui montrer la neige. J'aurais toutefois eu à expliquer aussi le coup de hache, la bave, le crâne fendu du pseudo-Franck. Plaider la folie n'aurait rien donné, plaider la peur non plus, car on n'assassine pas un mort tranquille enseveli sous la neige, et Franck était tranquille par cette journée ensoleillée, son visage d'un calme presque souriant sous les paillettes de glace qui se détachaient doucement des paupières. As-tu pleuré, Franck ?

J'avais pelleté une partie de la journée pour creuser un sentier jusqu'au hangar, pour en dégager les portes et découvrir sous une bâche miteuse la vieille Ford d'Adrien. C'est là que je cacherais Franck, dans le coffre de la Ford, sous un tas de couvertures qui le tiendraient au chaud jusqu'au dégel. À ce moment, je pourrais le mettre en terre sous un monticule qui s'égayerait rapidement de fougères, de salsepareilles et d'érythrones qui planteraient leurs racines dans le calme visage de Franck.

Prêt ? ai-je demandé à Franck, puis je l'ai roulé sur le traîneau déniché dans le hangar et l'ai poussé au bas de la galerie, où il s'est affaissé à plat ventre, le traîneau sur le dos, un enfant s'amusant dans la poudreuse. Come on, Franck. À genoux dans le froid réchauffé par la lumière, j'ai remis Franck à l'endroit, un bonhomme de neige regardant le ciel, et me suis harnachée au traîneau. J'ai dû lutter pour ne pas perdre pied sur la surface glissante où le traîneau dérapait, venait se frapper aux talons de mes bottes et me poussait vers l'avant. Nous sommes tombés deux ou trois fois, Franck et moi, lui par-dessus moi, moi par-dessus lui, nous accusant mutuellement de notre maladresse, nous traitant d'imbéciles, de poches, de mitaines pas de pouce.

Le plus difficile a été de hisser Franck dans le coffre de la voiture. J'ai commencé par le tronc, mais celui-ci se faisait soudainement plus mou. Franck avait peur et refusait que je l'enferme dans un espace aussi étroit. Come on, Franck. Puis le torse a enfin basculé et j'ai soulevé les jambes, trop longues, qu'il m'a fallu plier en arquant le bassin de Franck, un fœtus emmailloté dans des draps gris sur lesquels j'ai déplié une bâche qui s'est déployée dans un nuage de sable fin préfigurant le proche destin de Franck, l'inéluctabilité de la poussière. Repose en paix, Franck.

Un autre nuage de fines particules a volé autour de moi quand j'ai refermé le coffre. J'ai éternué deux ou trois fois et je suis revenue à la maison en effaçant les marques du traîneau, après quoi j'ai brûlé la chemise de Franck, le chandail de Franck, le foulard de Franck, qui ont empuanti la pièce d'une odeur de laine moite, puis d'une odeur de viande carbonisée qui m'a rappelé celle d'un agneau embroché.

*

En fin de journée, le nordet s'est de nouveau levé, faisant craquer les murs et grincer les portes du hangar, que j'avais mal refermées et entre lesquelles s'insinuait le vent. Dans la chambre condamnée, la respiration de la fenêtre entravée évoquait celle d'une bouche largement ouverte cherchant désespérément son air à travers le plastique qui l'asphyxiait et je n'osais plus bouger, effrayée à l'idée que la respiration s'arrête et que la maison s'emplisse du dernier soupir de la créature qui suffoquait derrière la porte close.

Je regardais le feu et n'osais pas parler non plus, figée dans cet état de paralysie qu'impose la crainte d'entendre le son déformé de sa propre voix, quand j'ai allongé une jambe, puis l'autre, pour me diriger vers la radio, dont j'ai étiré le fil jusque sur la table basse. En déséquilibre sur le bord de la table, l'appareil n'émettait plus qu'un lancinant bruit de friture dans lequel j'entendais l'écho de l'angoisse qui me tétanisait. J'ai laissé le bruit de friture m'envahir puis, machinalement, j'ai tourné le bouton du syntoniseur vers la gauche, vers la droite, captant ici et là des voix lointaines, perdues dans une autre tempête, des notes de musique qui se rompaient aussitôt, happées au cœur de ces espaces où le son n'existe plus, et suis finalement tombée sur le poste local, le seul que cette foutue radio recevait, heureuse de me laisser porter par la joyeuse ineptie de la *Macarena*.

Un peu de banalité, enfin, un peu d'insouciance. Je me suis enfoncée dans les coussins et j'ai imaginé des ventres nus se contorsionner au rythme de la musique, ce qui m'a permis d'oublier Franck pour un moment. Si la radio ne me lâchait pas, je pourrais passer la nuit dans un état de calme relatif. J'avais tout ce qu'il me fallait autour de moi, du vin, de l'eau, des cigarettes, des biscottes que j'enfoncerais dans le pot de beurre d'arachide sur lequel me souriaient deux oursons inoffensifs, Yogi et Yogo, ai-je décrété, à qui je pourrais raconter une histoire pour qu'ils s'endorment. J'avais aussi la carabine d'Adrien, dont le canon luisait au pied du divan.

À la *Macarena*, ont succédé une série de pièces toutes plus gaies les unes que les autres et je me suis félicitée de m'être résolue à aller chercher cette foutue radio. La musique illuminait la maison et le salon avait un air de lendemain de Noël, quand tous les rubans sont éparpillés au sol et qu'on se repose de trop de rires. Tu vas t'en sortir, Marie, a soufflé une voix qui pouvait aussi bien venir de la radio que de la chambre condamnée, et je suis demeurée pétrifiée, bouche ouverte sur la moitié de biscotte que je venais de croquer. Un peu de salive a coulé sur mon menton et j'ai mâché lentement, persuadée que je n'arriverais pas à avaler, puis le présentateur de nouvelles a pris le relais pour annoncer que le député du comté avait rendu un vibrant hommage à Franck Fréchette, dont les funérailles avaient eu lieu le jour même à Fall-Jonction en présence du maire et de la famille, puis on a entendu des cloches sonnant le glas par-dessus une musique d'orgue, un requiem dédié au repos de l'âme de Franck Fréchette.

Le présentateur a ensuite signalé aux auditeurs que les autorités policières demandaient l'appui de la population en vue de retrouver un homme disparu de son domicile la veille de la tempête, un certain Franck, m'a-t-il semblé, car le son des cloches et des pleurs enterrait la voix du présentateur, qui a conclu son bulletin de nouvelles en m'assurant, avec la voix qui chuchotait dans mon dos, que j'allais m'en sortir, m'en sortir, m'en sortir… J'ai poussé le bouton du syntoniseur, j'ai monté le volume jusqu'à ce que son grésillement m'assourdisse et j'ai recraché dans un bol à soupe la masse pâteuse qui m'emplissait la bouche.

Le fond de la pièce était plongé dans l'ombre et je n'y percevais aucun mouvement, aucun souffle. Seule la fenêtre de la chambre condamnée respirait péniblement sous le grésillement accompagnant les furieux coups de vent qui ébranlaient les murs blancs. S'il y avait quelqu'un d'autre que moi dans cette maison, il ne pouvait se trouver que dans cette pièce. Je m'en suis approchée doucement en actionnant le levier de la carabine, j'ai tendu l'oreille et j'ai donné un violent coup de pied dans la porte, qui a rebondi contre le mur, duquel se sont détachés quelques éclats de plâtre.

La pièce était aussi froide et noire qu'un caveau et ne semblait habitée que par le bruit des bandes de plastique qui se gonflaient et se dégonflaient de manière syncopée. Je me suis avancée de quelques pas, j'ai étiré le bras pour attraper la ficelle qui pendait du plafond et j'ai allumé l'ampoule poussiéreuse qui éclairait l'espace de sa lumière blafarde. Personne ne se cachait derrière les tréteaux ni derrière les sacs de ciment.

Je suis ressortie à reculons, convaincue que si je tournais le dos à l'obscurité, j'y serais aspirée par une force insaisissable qui me ferait entrevoir les profondeurs de l'éternité. Le regard vrillé sur le puits de noirceur qui s'ouvrait devant moi, je suis retournée à mon sofa, que j'ai collé sur le mur perpendiculaire au foyer, renversant au passage la table basse. À demi enfouie sous les bouteilles, les torchons et la vaisselle sale, la vieille radio a continué à grésiller jusqu'au matin, jusqu'à la lumière, jusqu'à l'essoufflement du nordet.

Face au soleil éblouissant, les choses m'apparaissaient au matin sous un autre angle. Personne ne s'était adressé à moi la veille, personne n'avait murmuré à mon oreille. C'est la peur qui avait parlé, conjuguée à l'immense fatigue que j'alimentais d'alcool. J'étais seule dans cette maison et aucun spectre, sinon ceux que j'inventais à l'heure hésitante de la brunante, ne dormait à mes côtés. J'avais tout fabriqué, la voix, le souffle rauque, les paroles chuchotées. Il était grand temps que je me ressaisisse si je ne voulais pas qu'on me retrouve gelée au pied d'un arbre ou recroquevillée dans un coin de la chambre condamnée, à échanger des propos insensés avec la créature prisonnière de la fenêtre aveugle.

Première étape, donner un coup de balai, laver la vaisselle et me doucher. Après quoi, je sortirais la voiture de son banc de neige, j'irais faire des provisions au village et j'en profiterais pour passer un coup de fil afin qu'on rebranche ma ligne téléphonique.

À quinze heures, j'entrais dans l'épicerie de Fall-Jonction en sifflotant et remplissais un plein panier de denrées, auxquelles j'ai ajouté quelques bouteilles de vin. Pour combattre l'insomnie, me suis-je dit en rebroussant chemin près d'un étalage de produits domestiques en vue d'aller chercher une caisse de bière et un quarante onces de Jack, car Marie devait dormir, absolument dormir. C'était ça ou me pendre avec la corde de Franck, dont le nœud tailladé pendait toujours à l'une des poutres traversant le plafond de la chambre d'Adrien.

Au moment où je déposais mes achats sur le comptoir, la propriétaire, une femme corpulente qui me regardait de biais depuis que j'étais entrée dans son commerce, m'a demandé si c'était moi qui avais repris la maison d'Adrien Saintonge. Apparemment, les ragots couraient depuis qu'on m'avait vue au snack le jour de mon arrivée dans la région, et on n'avait pas eu de difficulté à m'associer à Adrien puisque, peu de temps avant sa mort, celui-ci avait annoncé ma venue.

Cette nouvelle m'a d'abord fait l'effet d'une gifle, puis j'ai compris que la visite que m'avait rendue Adrien en ville n'avait d'autre but que de m'attirer dans ce trou pourri. Pendant que le prix de ma caisse de bière s'additionnait à celui de mes croustilles sur l'écran de la caisse enregistreuse, je calculais aussi, réunissant dans la même équation les éléments contre lesquels Adrien m'avait mise en garde, la peur, le froid, la nuit, l'horreur…

Au seuil de la mort, Adrien avait tout planifié, depuis mon déménagement dans sa maison délabrée jusqu'à la tempête qui allait m'y confiner. Il s'était ouvert à moi et m'avait confié l'héritage de nos longs hivers, certain que je ne résisterais pas au désir d'élucider la mort de l'oncle qui avait juré, en d'autres temps, qu'il serait l'ultime survivant d'une famille qui avait renoncé à compter ses disparus. J'étais aujourd'hui cette survivante, le dernier témoin des élucubrations d'un homme qui désirait me mettre en terre avant lui, mais j'ignorais toujours pourquoi celui-ci voulait que j'affronte les démons qui avaient eu raison de sa détermination. Peut-être me croyait-il capable de les terrasser, de réussir là où il avait échoué, ou peut-être voulait-il simplement s'assurer que j'emporterais dans le tombeau familial les secrets de Cold Mountain.

J'ai payé mes achats et, au moment où je franchissais la porte du commerce, la grosse femme m'a lancé que, si elle était moi, elle ne retournerait pas là-bas. Y se passe des choses, au pied de la montagne, a-t-elle ajouté, puis elle s'est tue et a attrapé la blague de tabac qui reposait sur son comptoir pour se rouler une cigarette si serrée qu'elle n'avait plus que l'épaisseur d'une allumette entre ses doigts boudinés.

J'aurais pu lui demander ce qu'elle entendait par là, mais la femme était concentrée sur le minuscule cylindre blanc qu'elle déchirait maintenant pour en déposer le tabac sur une autre feuille, indifférente à ma présence autant qu'à la sonnerie du téléphone qui résonnait près d'elle. Un peu confuse, je l'ai abandonnée à son bricolage et me suis poussée.

Je refusais de me laisser perturber par les lubies d'une femme qui n'avait peut-être d'autre loisir que d'observer une montagne qui, à la longue, s'était mise à lui parler. Ce qui s'était passé chez Adrien n'était dû qu'à la conjonction de facteurs imprévisibles. Un homme s'était perdu en forêt, il avait du même coup perdu la mémoire et s'était passé une corde au cou quand il avait compris qu'il n'était plus personne, me laissant avec sa dépouille sur les bras, aussi encombrante que celle d'Adrien, qui refuserait de quitter l'à-pic de la falaise du Loup tant que je n'aurais pas compris pourquoi il en était tombé.

J'ai jeté un dernier coup d'œil dans l'épicerie, où la caissière déchiquetait sa deuxième cigarette, et j'ai repris la route en direction du snack. J'avais l'intention de me payer mon premier vrai repas depuis des jours et personne ne m'en empêcherait. Café ? m'a demandé Julie lorsque je me suis assise au comptoir, et j'ai répondu oui, café, bien noir, avec une frite sauce, un grilled-cheese et de la salade de chou crémeuse.

Après m'avoir servi mon café, Julie a plongé son panier de frites dans l'huile bouillante puis, à travers le bruit de friture évoquant celui de ma radio, j'ai entendu un tintement derrière moi et me suis retournée. Au fond de la salle, son corps en partie caché par une banquette dont le revêtement se fendillait, un homme arquait le dos sur quelque pensée obsédante. De ma position, je ne voyais que le haut de son corps, de même que son bras droit et sa main rugueuse qui tenait une minuscule cuillère dont il frappait machinalement sa tasse, un tintement toutes les cinq secondes, un soupir, un tintement.

J'ai observé le miroitement de mon visage à la surface du café et un deuxième homme est entré dans le snack, le même homme qu'à ma première visite, qui a suspendu son manteau près de la porte et a traîné les pieds jusqu'au comptoir. Un goût de bile m'est monté dans la gorge et je me suis précipitée aux toilettes. Au fond de la cuvette, les grumeaux de mon dernier repas dégageaient une odeur de cave et de moisissure, et j'ai vomi une deuxième fois, éclaboussant l'émail blanc d'un liquide visqueux pareil à la bave de Franck.

Lorsque je suis revenue des toilettes, mon regard a croisé celui de l'homme à la cuillère, un regard identique à celui de Franck, d'un bleu usé par le vent. Je me suis arrêtée pour lui demander s'il s'appelait Franck, mais l'homme avait réintégré son univers, de nouveau penché vers la table, la cuillère, la tasse, perdu dans le son cristallin d'une hantise qui s'exprimait dans la répétition. En passant près du comptoir, j'ai jeté un billet de vingt dollars près de mon bol de frites fumantes et je suis sortie alors qu'une voix, à la radio, toujours la même voix, annonçait de la pluie pour le lendemain. Elle rappelait également aux auditeurs qu'une battue avait été organisée en vue de retrouver l'homme disparu depuis maintenant cinq jours, un certain Franck, je crois, ou Jack, je n'ai pas bien entendu, car le sifflement du vent s'engouffrait sous ma chevelure.

Sur le chemin du retour, je me suis laissée happer par la montagne sans résister et j'ai dégringolé dans la vallée, près de la rivière de la Craque, où la forme d'un corps endormi, face contre terre, s'enfonçait dans la neige.

L'horloge marquait vingt-trois heures cinquante-sept lorsque je l'ai aperçu pour la première fois, un homme de pierre ou de bois, de glace souillée de détritus, qui avançait péniblement sur le chemin menant à la propriété d'Adrien, sa silhouette éclairée par les reflets de la lune qui dessinait à ses côtés une ombre démesurée sur le blanc de la neige. Franck, ai-je d'abord murmuré, convaincue que ce crétin avait une autre fois vaincu la nuit et revenait se pendre dans mon salon. Sacre ton camp, Franck, décrisse, ai-je sifflé entre mes dents, puis j'ai saisi la carabine et me suis plantée au milieu de la baie vitrée pour qu'il me voie bien et sache qu'il n'était plus le bienvenu chez moi.

C'est alors que j'ai constaté qu'il ne pouvait s'agir de Franck, pas assez grand, et que ses yeux clairs évoquaient ceux d'un oiseau de nuit. Sacre ton camp, décrisse… J'ai armé la carabine et l'ai pointée vers lui, l'œil collé au viseur dans lequel je pouvais voir qu'il me souriait, me montrant ses dents pourries et sa langue rouge, ses gencives d'où coulait un peu de sang qui s'immisçait entre les dents et tranchait sur le jaune pâteux colorant l'émail. Un cadavre, un homme de bois ou de pourriture venu des profondeurs grouillantes de la terre. Au moment où j'ouvrais la porte avec la ferme intention de faire exploser sa grosse tête de chouette s'il se rapprochait davantage, il a disparu par où il était arrivé, à l'orée de la forêt, sur le flanc de la montagne.

Deux minutes plus tard, la radio répandait son bruit de friture dans le salon et je m'allongeais près du feu éteint.

La pluie s'est mise à tomber à l'aube, une abondante pluie de printemps qui mitraillait la toiture et faisait fondre les glaçons accrochés à la gouttière. Je me suis levée pour contempler cette eau qui abolirait l'omniprésence du blanc et j'ai ouvert une fenêtre pour mieux l'entendre. Une odeur de dégel saturait déjà l'air vivifiant et j'ai cru entrevoir, dans le vent anticipant les chaleurs torrides de juillet, le moment où la maison d'Adrien me libérerait enfin de son emprise.

Je suis restée devant la fenêtre jusqu'à ce qu'un jour gris se lève et me suis demandé ce que je ferais de la longue journée qui m'attendait, et de la suivante, et de la suivante encore. Il était trop tôt dans la saison pour grimper sur la montagne et explorer la falaise du Loup, trop tôt pour creuser la nouvelle tombe de Franck et trop tard, je le savais, pour quitter Cold Mountain. Ma vie d'avant avait été balayée par la tempête et j'avais peine à imaginer que la plus grande partie de mon existence s'était déroulée loin d'ici. De grands pans de mon passé m'échappaient, se détachaient de ma mémoire tels des blocs de glace arrachés aux rives d'un fleuve, et non seulement je ne savais plus qui j'étais, mais qui j'avais été.

Marie Saintonge, je m'appelle Marie Saintonge, ai-je murmuré pour tenter de redonner un semblant de sens à ma réalité, car même ces deux mots m'apparaissaient étrangers, comme s'ils avaient appartenu à une autre que moi, à une femme qui, autrefois, se faisait appeler Marie.

Panique pas, Marie, ai-je ajouté, puis j'ai attrapé un emballage de bonbon en vue de m'occuper les mains, un emballage de papier plastifié que je faisais craquer pour oublier que je n'étais plus que la nièce d'Adrien Saintonge, la femme qui avait repris sa maison, au bout du chemin, et que plusieurs croyaient sûrement folle ou alcoolique. Six bouteilles de vin, avait sûrement raconté la propriétaire de l'épicerie, six bouteilles, une caisse de vingt-quatre pis des yeux malades. Effrayés, avait dû ajouter Julie, et elle a rien mangé. Elle a regardé son café, elle est allée vomir et elle s'est sauvée.

Mangez d'la marde ! Mangez donc d'la maudite marde, calvaire ! et j'ai continué à me défouler, pis mangez-en un char, un hostie de char, tout en cherchant la clé de la chambre condamnée, que j'avais verrouillée la veille, de crainte que le puits de noirceur qui s'y creusait s'étende jusqu'au salon et que la bouche de plastique mat vienne se coller à la mienne dans l'espoir que je la ravive. J'avais vu des pots de peinture dans cette chambre, assez pour repeindre les murs du salon, et c'est ce que j'allais faire, agrémenter les lieux de couleurs vives.

J'ai fini par retrouver la clé entre deux coussins du divan, une clé à l'ancienne que j'ai introduite dans la serrure avec mes mains qui tremblaient, la tournant vers la gauche, vers la droite, come on, jusqu'à ce que la porte s'ouvre dans un faible déclic et qu'une main invisible la tire lentement vers le mur, centimètre par centimètre.

Les pots de peinture étaient alignés contre le mur du fond, où étaient aussi rangés des pinceaux, des rouleaux, du ruban à masquer, mais je n'arrivais pas à avancer, paralysée par la certitude que la main cachée derrière la porte allait se plaquer sur ma bouche dès que j'aurais fait deux pas, ou se poser sur mon crâne pour enfoncer ses doigts aux ongles crottés dans ma chevelure.

Tu déraillles... Marie... dérailles... perds les pédales. Je l'ai répété vingt fois, trente, tu dérailles, perds les pédales, dérapes, et j'ai lentement poussé la porte, parce qu'il n'y avait personne derrière cette porte, parce que les revenants n'existent pas et que je n'étais pas folle. J'ai glissé les pieds dans la poussière blanchâtre et j'ai tiré sur le cordon relié à l'ampoule. À mes côtés, la pluie bombardait le rectangle de plastique qui retenait son souffle avec moi, écrasé par l'eau qui formait une poche au bas du rectangle et noyait sa respiration. Crève, me suis-je entendue murmurer, et je me suis agenouillée parmi les pots de peinture. J'ai soulevé le premier pour en vérifier la couleur. Noir de jais, ai-je lu sur le contenant. J'ai soulevé le deuxième pot, le troisième, le quatrième. Noir. Noir. Noir. Ça n'avait aucun sens. J'avais vu du rouge, Bloody Mary, c'était écrit sur l'étiquette, et du jaune citron. J'avais vu de la peinture jaune, joualvert. Où était donc passée cette maudite peinture ? Et que voulait faire Adrien avec de la peinture noire ? Ça n'avait pas de sens. Bloody Mary, j'avais lu Bloody Mary. Je n'étais pas cinglée.

La cave, j'avais dû en voir à la cave, c'est ça, ou dans le hangar. Je me suis d'abord précipitée à la cave, arrachant presque la trappe avec le tapis, mais il n'y avait rien dans le bric-à-brac d'Adrien qui pouvait ressembler à un pot de peinture. Je suis remontée en courant, je suis sortie sous la pluie et j'ai pataugé jusqu'au hangar, fuck les pantoufles, dans la mare de neige fondue qui s'étalait devant la maison.

J'ai trouvé quelques pots de vernis sur une étagère, quelques contenants de teinture vides, mais aucun putain de pot portant l'inscription Bloody Mary. Puis j'ai contourné la Ford d'Adrien et j'ai compris. C'est Franck qui avait caché le Bloody Mary et le jaune citron, qui d'autre, parce que Franck aimait le noir, manteau noir, bottes noires, foulard noir. Je m'apprêtais à ouvrir le coffre de la voiture pour l'engueuler quand un grincement m'en en dissuadée. Deux hommes se tenaient dans l'encadrement de la porte, un plus petit, que j'ai reconnu, Marc Lauzon, le déneigeur, accompagné d'un grand maigre, qui me regardaient comme s'ils avaient peur que je leur saute dessus.

Madame Saintonge, a osé Lauzon, est-ce qu'on peut vous parler un instant, au chaud, si possible, au sec, puis il a désigné la maison avec son menton et je les ai précédés dans mon pyjama mouillé, avec mes pantoufles mouillées, sans dire un mot, car j'avais honte, atrocement honte qu'on m'ait surprise dans cet état et qu'on m'ait peut-être entendu dire à Franck que j'en avais assez de ses farces plates. J'allais la retrouver, cette maudite peinture, et prouver à Franck que je n'étais pas dupe.

*

Lauzon et son acolyte, un certain Grimard, participaient aux recherches en vue de retrouver l'homme disparu et voulaient savoir si j'avais vu ou entendu quelque chose d'inhabituel, des appels au secours, par exemple, des traces dans la neige, même si j'avais déjà dit à Lauzon que je n'avais rien remarqué. Mais Lauzon insistait, parce qu'il avait vu Franck, le monticule de Franck, fondu depuis sa première visite, et qu'il voulait m'amener à parler des bottes noires de Franck, du cadavre de Franck et de ses yeux gelés, je le devinais à sa façon de regarder le chaos dans lequel je vivais, y cherchant des indices de ma culpabilité, à sa manière de me détailler, avec mes cheveux mouillés, mon pyjama mouillé, mes pantoufles sales. Il voulait me pousser à bout mais je ne céderais pas. Franck m'avait foutue dans la merde et ce n'est pas Lauzon qui allait m'y enfoncer.

Puis il a aperçu la hache, près de l'entrée, et la carabine, dont le canon dépassait du tas de couvertures qui avaient glissé au sol quand je m'étais levée, au petit matin, pour regarder la pluie. Du bout du pied, il a désigné l'arme et m'a dit que c'était dangereux de laisser traîner des engins pareils. Il en a ensuite profité pour me demander de quoi j'avais peur. La réponse à cette question était pourtant évidente, une femme seule, une maison isolée, une panne d'électricité en pleine tempête. J'ai tenté de retourner sa question en blague, mais ma blague sonnait faux et je me suis vue dans ses yeux bleu délavé, puis dans les yeux de Grimard, d'un bleu plus foncé, une femme à demi hystérique qui grelottait dans son pyjama mouillé, jaune, le pyjama, jaune citron, avec des motifs d'animaux, des têtes de girafes, de lions, de tigres.

Si cet interrogatoire se poursuivait, j'allais flancher et conduire Lauzon droit à la tombe de Franck, alors j'ai saisi la perche qu'il me tendait. Je lui ai dit qu'à bien y penser, j'avais en effet vu des pistes sur le flanc de la montagne, à environ un kilomètre d'ici, qui ne semblaient mener nulle part. J'allais expliquer aux deux hommes comment reconnaître l'endroit quand le walkie-talkie que portait Grimard à la ceinture s'est mis à grésiller. Grimard a pesé sur un bouton et le grésillement lui a appris que le disparu avait été retrouvé près de l'ancienne mine de zinc. Ils devaient y aller. La main sur la poignée de la porte, Lauzon m'a recommandé de ranger mon arme et il m'a lancé un regard noir, noir délavé, va te faire foutre, Lauzon, puis la porte a claqué.

J'ai attendu que leur véhicule soit sorti de mon champ de vision et j'ai dévalé l'escalier pour aller demander à Franck où il avait caché le putain de Bloody Mary. Il est demeuré muet comme une carpe et j'ai refermé le coffre de la Ford sur un coin de sa bâche, pour m'assurer qu'il ne bougerait plus. Bien fait pour toi, Franck. Je suis ensuite rentrée avec mes cheveux mouillés et mes pantoufles miteuses, que j'ai jetées par-dessus la corde de Franck, la corde avec laquelle il s'était pendu et qui gisait tel un reptile écrasé sur le tapis crasseux.

*

La pluie a duré trois jours, tombant par intermittence, se taisant presque puis reprenant son martèlement sur la toiture. À l'abri près du feu, je la sentais néanmoins qui coulait dans mon dos, une eau claire qui lavait mes angoisses et me plongeait dans une somnolence liquide que pénétrait lointainement la voix de l'homme, à la radio, qui détaillait les circonstances ayant mené à la découverte du corps de Jack Fradette, près de l'ancienne mine de zinc, une découverte dont l'aspect macabre était accentué par les yeux vitreux, les doigts cassés par le gel, le coude retourné à quatre-vingt-dix degrés.

Je me laissais bercer par cette voix devenue familière et qui n'avait d'autre raison d'être que d'annoncer le drame et de le commenter, de l'inclure dans le déroulement quotidien des existences qui multipliaient leurs pleurs, mais qui ignorait le décès du pseudo-Franck, sa corde morte métamorphosée en reptile, son égarement dans la tempête. Quand la pluie s'atténuait, j'ouvrais le pot de peinture, Noir de jais, que j'avais rebaptisé Bloody Mary. Un verre de rouge à la main, je traçais alors des lignes sur le mur, je dessinais des arbres, une forêt d'automne, une fresque naïve qui redonnait des couleurs au temps gris.

Ces trois jours se sont ainsi déroulés entre le crépitement tranquille de la pluie et le glissement du pinceau sur le mur, un glissement au son mielleux qui me rappelait que des milliers de fleurs allaient bientôt couvrir de jaune la neige oubliée. Le soir, je me postais devant la baie vitrée, sur laquelle je n'avais pas nettoyé le crachat de Franck, et je guettais l'apparition de l'homme de pierre, que l'absence de lune rendait invisible, mais qui s'approchait lentement, qui reprenait sa lente avancée au même endroit chaque nuit, sur le chemin boueux, ses pieds de plus en plus gros s'alourdissant de la vase dans laquelle ils s'enfonçaient, un homme de glaise qui sécherait au soleil et viendrait s'effriter sur le pas de ma porte, un être sec qui voudrait s'abreuver à la bave de Franck.

Puis, le quatrième jour, la pluie a fait place à la lumière. Dans la maison, les rayons de poussière se dématérialisaient sur mon passage, créant des lignes brisées qui retrouvaient vite la certitude de la ligne droite. Dehors, la pluie avait laissé ses traces un peu partout. Les bancs de neige avaient fondu de moitié et des mares que le sol gorgé d'eau ne parvenait pas à absorber s'étaient formées ici et là, sur fond de sable ou de glace. Sur le chemin creusé d'ornières, les pas de l'homme de pierre s'étaient quant à eux transformés en une série de cratères dont les bords évasés témoignaient des efforts de l'homme pour ne pas être avalé par la terre.

D'un coup de pinceau, j'ai ouvert l'œil du loup que j'avais peint dans la forêt qui s'étalait maintenant sur le mur, pour qu'y entre le soleil éblouissant d'avril. J'ai ensuite refermé le pot de peinture, Bloody Mary, et me suis préparée pour ma première véritable promenade aux abords de Cold Mountain.

*

Le temps était plus doux que je ne l'avais supposé. Après les froids intenses contre lesquels je m'étais battue pendant des jours pour assurer ma survie et garder le secret de Franck, je m'attendais à ce que la morsure du vent me fasse courber l'échine, mais la brise avait cette tiédeur qui vous pousse au contraire à ouvrir les bras et à offrir votre visage au soleil, aux éclats rougeoyants qui dansent sous vos paupières closes.

J'ai donc ouvert les bras et me suis abandonnée à l'insouciance de la lumière qui me promettait une journée splendide. J'ai d'abord fait le tour de la maison, évitant ici et là des flaques de neige fondue, m'enfonçant ailleurs jusqu'aux genoux et dérapant sur les plaques de glace qu'une fine couche d'eau rendait périlleuses. Derrière la maison, j'ai découvert les bandes de peinture noire qu'Adrien avait commencé à appliquer autour d'une fenêtre qui ressemblait à un œil outrageusement maquillé. J'ai également découvert la double trappe qui protégeait l'entrée de la cave, sur laquelle des minuscules bonhommes allumettes sortaient de leur hibernation, des petites créatures à l'allure aussi grotesque que celle du bonhomme qui hurlait sur le panneau électrique.

Je me suis rapprochée pour examiner ces dessins et j'ai reconnu le pendu, *Manipuler avec soin*, qui tendait un bras vers une figure qui portait une jupe triangulaire, pour bien signifier qu'il s'agissait d'une femme, et qui était coiffée de longs cheveux secs qui partaient dans tous les sens, ce qui pouvait suggérer la folie ou la fougue du vent. Il ne fallait toutefois pas s'y tromper, car si le vent avait été en cause, le triangle de la jupe aurait été incliné. Les cheveux auraient également été moins raides, assouplis par le souffle qui les aurait fait tournoyer. Il n'y avait aucun vent dans l'espace occupé par le pendu et la femme. Il y en avait par contre un peu plus haut, autour d'une figure dont la posture indiquait qu'elle se déplaçait à l'horizontale, ses petits bras maigres, de la grosseur d'un fil, grands ouverts pour atténuer l'impact de la chute ou apprendre à voler. Adrien, ai-je chuchoté, Adrien tombant de la falaise pendant que Marie, en bas de la montagne, se débattait avec un pendu.

J'ai attrapé une poignée de neige et j'ai frotté les bonhommes pour tenter de les effacer, mais autant essayer d'effacer le passé, le présent, et l'avenir qu'ils ont déjà tracé. J'ai donc sorti le couteau de Franck, que je portais maintenant sur moi, pour tenter de recoiffer la femme. Je n'ai cependant réussi qu'à lui donner une allure plus loufoque, une dormeuse égarée marchant dans son sommeil cauchemardesque. Je n'ai pas eu plus de succès avec Franck, dont j'essayais vainement de trancher la corde. À bout de nerfs, j'ai fini par lui planter son couteau dans le front, bien fait pour toi, et je suis revenue sur mes pas.

Soudainement, le soleil m'a paru moins chaud, la lumière moins franche, mais ce n'était qu'un effet du vent, qui avait quelque peu forci et jouait dans ma chevelure qu'une frange de sueur mouillait à la base, ce n'était qu'un effet de la brise qui charriait la fraîcheur du sous-bois. J'ai rabattu le capuchon de mon anorak et j'ai marché jusqu'à l'endroit où devaient s'enfoncer les pistes de l'homme de pierre. J'ai marché longtemps, m'arrêtant tous les dix pas pour examiner le sol et en tâter la texture. Curieusement, je n'ai trouvé nulle part les cratères que j'avais vus depuis la baie vitrée. À l'orée du bois, je n'ai aperçu aucun sentier, non plus, par où aurait pu s'en aller l'homme lent. La chaleur avait dû effacer ses pistes, la chaleur et les eaux de fonte qui ruisselaient sur le flanc de la montagne, à moins que la boue ait absorbé l'homme, que les cratères se soient refermés sur lui et que j'aperçoive sa tête, un peu plus loin, ou ses bras, qui lutteraient pour s'arracher de la vase.

J'ai marché longtemps, suivant puis piétinant mon ombre jusqu'à la rivière de la Craque, dans laquelle l'eau puissante ouvrait des brèches dans la glace et mêlait son tumulte à la rumeur de la montagne, qui s'était remise à gronder malgré le beau temps, en mémoire de Franck Fréchette, peut-être, que la rivière avait tué et qui avait oublié ce mort, n'avait conservé aucun souvenir de ce corps qui s'était affaissé sur les genoux, d'abord, puis sur le flanc, sa face blafarde d'homme gelé contrastant avec la pureté de la neige.

Le jour déclinait lorsque je suis rentrée, les bottes sales, les mains sales, le ventre vide. Un dernier rayon de soleil, teinté d'orange, s'accrochait à l'à-pic qui surmontait la falaise du Loup, près de laquelle Adrien planait, ses bras minces, à peine des fils, battant l'air autour de son corps qui basculait. J'ai refermé la porte sur le cri d'Adrien et j'ai fait du feu pour la soirée, puisque le froid revient toujours avec la nuit.

*

Je ne m'étais pas trompée. Dès que le feu a vacillé dans l'âtre, je l'ai vu, l'homme de glaise, qui émergeait de la vase ou des enfers en s'agrippant à la terre qui l'avalait, ses bras tapant le sol comme les mandibules d'un insecte moribond. Centimètre par centimètre, il s'est extirpé de son tombeau dans un bruit de succion molle et a poussé son torse vers l'avant pour prendre appui sur l'un de ses genoux. Il a ensuite tiré le reste de son corps, en a secoué la boue et s'est remis debout en exécutant un improbable mouvement de torsion.

À ce moment, j'ai cru qu'il allait demeurer sur place, trop lourd pour avancer, mais il a fait un pas, puis deux, et m'a souri de ses dents rouges tout en s'approchant dangereusement de la maison, un pas, puis deux, pendant que des plaques de boue se détachaient de son torse, de sa tête branlante, de ses bras levés qu'il balançait à la hauteur de ses épaules pour palper la nuit. Puis un coup de feu a résonné et j'ai échappé la carabine, assourdie par l'explosion et me demandant comment cette arme s'était retrouvée entre mes mains.

Devant la maison, l'homme avait disparu, mort, peut-être, ou caché dans un recoin de la nuit. J'ai refermé la porte, j'ai poussé le fauteuil de Franck sur le seuil et j'ai fermé les rideaux. Si je ne voyais pas l'homme, il cesserait d'exister pour quelques heures.

Un léger tintement accompagnait la voix de la radio qui, toutes les cinq secondes, prononçait un chiffre. Trois morts, un tintement, douze degrés, un tintement, 7 avril… Le rythme créé par la voix devenue familière et le bruit de ma cuillère contre ma tasse redonnait à ce matin confus une forme de rigueur qui me permettait d'ordonner mes pensées, trois morts, un pendu, un triangle, une falaise.

Mais le compte était faux. Aux trois petits personnages apparus durant la nuit près du loup qui occupait une bonne part du mur que j'avais peint, un pendu, un triangle, Adrien, s'était ajouté un quatrième personnage pendant que je préparais le café, une silhouette un peu rustre, aux membres épais, qui dominait de son assurance les trois autres figures, un homme de pierre ou de glaise qui avait profité de ce que j'avais le dos tourné pour s'immiscer dans le tableau, à l'orée de la forêt dont les feuilles rougeoyantes étaient tombées pour faire place à un amas de feuilles pourries et d'arbres gris. Cet homme devait partir.

J'ai déposé ma tasse sur la table basse, la voix de la radio s'est tue, et je suis allée chercher un flacon de solvant dans la chambre condamnée pour asperger l'homme de glaise, qui s'est dilué en larmes noires sur le mur blanc, des fausses larmes, des larmes d'hypocrite, qui n'exprimaient ni la tristesse ni la douleur, mais la rapacité de cet être malveillant qui répandait sa noirceur sur les autres.

J'ai rapidement attrapé un chiffon et j'ai bloqué les larmes. Il était malheureusement trop tard pour épargner la tête à la langue pendante de Franck, puis celle d'Adrien, dont les yeux étonnés salissaient tout le visage. La troisième figure n'avait cependant pas été touchée. Son sourire était intact, sa chevelure de gorgone, sa jupe bien droite. C'est elle qui vaincrait, Marie, parce que Marie était forte, parce qu'on s'acclimate même au pire.

D'un geste rageur, j'ai effacé l'homme de pierre, frottant jusqu'à en arracher la peinture, puis j'ai redessiné au stylo-feutre les têtes de Franck et d'Adrien, qui étaient maintenant outrageusement fardés, comme la fenêtre à l'arrière de la maison. Qu'importe, puisqu'ils pouvaient désormais ouvrir l'œil avec le loup pour nous protéger des intrusions.

Le tableau que nous formions était toutefois disproportionné, le loup trop grand, qui dépassait de plusieurs centimètres les arbres rabougris. J'ai donc allongé leurs troncs et, mon travail terminé, je me suis imposé une autre promenade au grand air, car j'avais la tête qui tournait à cause de l'odeur du solvant, de la rage qui m'avait possédée et de toute la caféine que j'avais absorbée depuis mon réveil, cinq tasses que j'avais vidées puis remplies au son du tintement, ne ratant aucun tintement, calculant les secondes avec précision et ne les calculant plus, tant le geste était devenu mécanique, un tintement, un chiffre, une gorgée, un mouvement circulaire où début et fin se perdaient.

Mes pas se perdaient également dans la boue, dans l'entrecroisement des lignes sans début ni fin sur lesquelles je passais et repassais, comme s'il m'était impossible de quitter le cercle que j'avais tracé autour de la maison, étourdie par l'odeur du solvant, une gorgée, un tintement, un pas. À chaque tour, ma nausée s'accentuait et je m'enfonçais de plus en plus profondément dans la boue, luttant pour en extirper mes lourdes bottes, qui creusaient des cratères semblables à ceux creusés par l'homme de pierre, puis la pluie m'a enfin libérée et je suis rentrée pour constater que, sur le mur, la plaque de peinture frottée puis arrachée reproduisait la silhouette d'un homme au ventre creux qui riait à gorge déployée. Tu perds les pédales, Marie.

Encore chancelante, j'ai buté contre la table basse, contre le fauteuil de Franck, contre la porte de la chambre condamnée, derrière laquelle la fenêtre criblée par la pluie marmonnait telle une prieuse égrenant un interminable chapelet, et j'ai flanché. J'ai couru vers la hache en hurlant et l'ai enfoncée dans le front de l'homme creux, tranchant du même coup les jambes d'Adrien, qui a repris son envol de façon erratique et s'est mis à pisser le sang, à chercher ses jambes et ses pieds, demeurés dans le ventre noir de l'homme creux.

J'ai continué à hurler et j'ai arraché la hache du mur, je vais te décapiter, mon câlisse, je vais te fendre en quatre, et l'homme souriait, se délectait de ma colère pendant qu'il digérait les membres tronçonnés d'Adrien et que le vent fou propulsait la pluie dans tous les sens, mitraillait les quatre côtés de la maison et excitait la voix de la radio, qui décrivait le bruit de mitraille en s'amenuisant, de plus en plus lointaine sous les marmonnements de la prieuse, je vous salue Marie, indifférente à la hache que je brandissais et pleurant les morts de Cold Mountain.

Quand la bourrasque s'est enfin apaisée, j'étais assise par terre, au fond de la chambre condamnée, et j'avais tout oublié de ce qui s'était produit entre le moment où la voix de la radio s'était éteinte et celui où je m'étais réfugiée sur le sol froid et poussiéreux que parcouraient des marques de pas humides.

*

Il avait dû pleuvoir longtemps, car le terrain n'était plus parsemé que de plaques de neige durcie dont deux ou trois coups de pioche auraient raison. Quelqu'un avait d'ailleurs commencé le travail pendant que je dormais. Un pic trempait en effet dans une mare peu profonde, près d'un morceau de glace friable qui se désagrégeait dans les ravines créées par le pic. Des traces de pas mouillaient également le plancher de l'entrée à la chambre condamnée.

J'ai suivi ces traces, qui correspondaient parfaitement aux empreintes de mes bottes, puis j'ai examiné mes mains brisées. Des ampoules s'étaient formées au creux de mes paumes, près de l'articulation du pouce, me prouvant que j'avais récemment travaillé à mains nues. Lentement, j'ai crevé la plus grosse en tirant sur la chair bombée avec mes dents. Un liquide épais et translucide s'en est écoulé. J'ai ensuite crevé les autres, délicatement, en recrachant les petits bouts de peau qui adhéraient à mes lèvres et n'avaient aucun goût. Je ne sentais rien non plus, aucune douleur, aucune brûlure. J'étais tout à coup une femme vide dont les sens ne répondaient plus et qui marchait la nuit sans avoir conscience de ses gestes, car c'est bel et bien moi qui avais manié le pic qui trempait dans la mare, qui d'autre, moi qui avais fendu les bûches reposant près de l'âtre, moi qui avais peut-être réparé la clôture qui penchait à l'extrémité du terrain, même si je ne gardais aucun souvenir des tâches que j'avais accomplies.

Machinalement, j'ai refait mon trajet à l'envers, de la porte d'entrée à la chambre condamnée, de la chambre condamnée à la cuisine, de la cuisine au salon puis à l'extérieur, où il faisait presque aussi chaud que dans la maison et où des dizaines de pistes s'entrecroisaient, de la galerie à la voiture, de la voiture à l'arrière de la maison et de là jusqu'au hangar, dont les portes étaient à demi ouvertes, probablement pour aérer la place, car une odeur de charogne m'a sauté au nez dès que je me suis approchée. L'odeur de Franck.

Mon foulard sur le visage, j'ai tiré les deux battants de bois et me suis penchée sur la Ford d'Adrien, dont le coffre avait également été ouvert. Au fond du coffre, Franck avait dégelé et il s'était recroquevillé sur lui-même pour s'endormir dans sa puanteur. Les couvertures grises dans lesquelles je l'avais emmailloté s'étaient imprégnées d'une substance gluante qui se répandait ici et là en des taches plus foncées, suggérant un paysage de pierres rondes et ovales reposant sur le sable mouillé. Combien de temps avais-je dormi ? Pendant combien de jours de dégel avais-je agi à la manière d'un automate ? J'ai repoussé la question et j'ai dit à Franck qu'il sentait le diable et que j'allais devoir m'occuper de lui, car le temps a filé, Franck, car le temps nous a fait défaut.

Je suis allée chercher des bâches de plastique dans la chambre condamnée et je suis revenue au hangar avec une brouette, une pelle et le pic qui m'avait servi à fendre la glace. L'enfouissement de Franck ne pouvait plus attendre. Franck était mûr pour la terre et le repos éternel.

*

Le temps s'est encore comporté de façon étrange pendant que j'installais Franck sur la brouette et l'y attachais. Des percées de soleil m'éblouissaient, puis j'étais subitement plongée dans une obscurité ouateuse de laquelle je n'émergeais que pour constater que j'avais cessé d'exister quelques minutes ou quelques heures, comment savoir quand on n'est pas là. Tantôt il faisait jour, tantôt il faisait nuit, tantôt deux nuits se succédaient, escamotaient le jour ou l'écrasaient dans l'interstice où se rejoignaient leurs ténèbres.

Le soleil baissait après une journée qu'avaient interrompue quelques heures noires lorsque j'ai enfin détaché les sangles qui empêchaient Franck de se débattre et l'ai fait basculer dans un trou rempli d'eau de fonte, à une centaine de mètres derrière le hangar, où son corps s'est affalé dans un bruit d'éclaboussures, le bruit d'un homme tombant à la mer par ces nuits sans lune où le pont du navire est désespérément désert.

J'ai ensuite abrié Franck de feuilles pourries, de branches, de morceaux de terre gelée qui reluisaient comme des éclats de quartz ou de diamant noir dans la faible lumière qui traversait les branches des arbres nus. Puis la pénombre s'est installée et il m'a fallu laisser Franck ainsi, pas vraiment enseveli, avec ses bottes qui dépassaient du trou. Je reviendrais le lendemain, et les jours suivants, jusqu'à ce que la terre m'obéisse et que je puisse offrir à Franck une véritable sépulture.

De retour à la maison, j'ai brûlé mes vêtements, j'ai enduit mon corps de lotion pour le bain et je me suis frottée, rincée, frottée encore, mais l'odeur persistait, l'odeur de charogne de Franck, plus tenace que tous les parfums. Il n'était pas question que la peau pourrie de Franck reste collée à la mienne pour l'éternité. Je me suis donc savonnée et rincée encore en comptant jusqu'à cent, savon, eau, savon, puis j'ai coupé mes longs cheveux mouillés, mèche par mèche, pour achever le travail avec le rasoir d'Adrien.

Quelques coupures marquaient mon crâne d'un blanc cireux quand j'ai enfin terminé, quelques entailles desquelles le sang perlait, mais les relents de pourriture avaient presque disparu. Après avoir nettoyé mes plaies, j'ai ramassé les cheveux pour les jeter dans l'âtre, où ils se sont enflammés en répandant dans la pièce leur répugnante odeur de tignasse calcinée. Au moins, cette odeur n'était plus celle de Franck, plus l'odeur de chien mort de Franck. Demain, il faudrait que je m'occupe de faire flamber la Ford d'Adrien, le hangar aussi. Je m'organiserais en temps et lieu. Pour le moment, Marie devait fermer les yeux.

Debout devant le miroir tavelé, je tâtais mon crâne lisse, dont les coupures n'étaient plus aussi franches, sauf la plus longue, une diagonale descendant vers mon front qui s'était rouverte durant la journée. Le fin duvet d'un roux presque blond qui repoussait sur mes tempes contrastait toutefois avec mes blessures et me donnait l'allure d'un nouveau-né. Dans quelques semaines, je ressemblerais à un garçon, puis de nouveau à une femme dont le vent emmêlerait la chevelure ainsi qu'il emmêlait celle de mon double, sur le mur, que je n'avais pas rasée, ne serait-ce que pour me rappeler quels autres vents m'avaient frappée depuis mon arrivée à Cold Mountain.

J'avais transporté quelques heures plus tôt une dernière brassée de feuilles mortes sur la sépulture de Franck. J'avais mis un soin particulier à donner au monticule sous lequel il reposait l'aspect d'une butte naturelle, puis j'y avais déposé un bouquet d'érythrones et de sanguinaires, car les premières fleurs avaient commencé à s'épanouir dans le sous-bois, des fleurs robustes qui ne craignaient pas les nuits froides et se tenaient en bandes pour se protéger. Franck m'avait remerciée pour le bouquet et pour l'épitaphe, ci-gît Franck, rien de plus, pas de fioritures, trois mots gravés en lettres minuscules sur un morceau de bois sec que j'avais dissimulé sous les feuilles mortes qui garnissaient sa tombe, afin de conserver notre secret, le secret de ci-gît Franck et de Marie.

Par contre, je n'avais pas encore incendié la Ford d'Adrien. Quand je parviendrais à la faire démarrer, j'irais plutôt la jeter dans un ravin ou la pousser au fond d'un lac, comme dans ces films où un homme en sueur, les manches de sa chemise roulées sur ses bras tendus, regarde le véhicule compromettant disparaître lentement sous l'eau dans un bouillonnement de vaguelettes auquel succède un parfait silence, pareil à celui qui entourait la tombe de Franck, qui s'était enfin résigné à sa condition d'homme mort. La montagne, par contre, grondait sous la mince surface où les arbres tordaient leurs racines. Elle rejouait le requiem de Franck, qui avait maintes fois résonné ces derniers jours, elle sortait pour lui ses grandes orgues et je sentais sous moi la terre vibrer, la terre mâcher la chair de Franck et sucer ses liquides.

Adieu, Franck, ai-je murmuré en me signant, recueillant du même coup sur mon front la goutte de sang qui coulait le long de la diagonale incrustée dans ma peau. Elle avait le goût de Franck, le goût de la charogne.

*

L'homme de pierre était au rendez-vous mais, depuis que j'avais planté ma hache dans son front creux, sur le mur du loup, il avait changé de tactique.

Plutôt que de venir par la route, il apparaissait près du hangar, surgissait devant ma voiture ou se matérialisait dans le jardin en friche, à l'arrière. Nuit après nuit, il resserrait le cercle qu'il traçait autour de la maison et me forçait à raffiner ma propre technique de surveillance, à passer d'une fenêtre à l'autre dès que la noirceur s'annonçait et à emporter la hache et la carabine, au cas où il déciderait d'entrer, de frapper sa grosse tête contre un carreau et de basculer à l'intérieur.

Ce soir, il était apparu dans l'angle mort de la maison, près de la fenêtre aveugle dont la respiration n'était plus qu'un chuintement. Je l'avais vu quand j'étais sortie sur la galerie pour lui crier de crisser son camp, d'aller crever ailleurs, en enfer ou sur un tas de fumier, je m'en foutais, ce qui n'avait eu pour effet que de l'encourager, car c'est précisément en enfer qu'il voulait m'entraîner, au plus profond des crevasses boueuses desquelles il s'extirpait chaque nuit pour se rapprocher peu à peu de moi, centimètre par centimètre.

Au cours des derniers jours, il avait gagné beaucoup trop de terrain, touchant presque la maison lorsque le jour se levait et qu'il suivait son ombre au creux du sol. Je devais absolument stopper sa progression car, dès qu'il aurait posé un pied sur la galerie pour s'abreuver de la bave de Franck, je ne pourrais plus rien contre lui.

Or une peur viscérale m'empêchait d'aller à sa rencontre pour l'affronter. Dès que j'esquissais un mouvement, j'imaginais son sourire près de ma joue, son haleine nourrie de pourriture, puis la viscosité du sang qui coulerait de sa poitrine lorsque j'y enfoncerais le couteau de Franck. Et je touchais du bout des doigts le liquide noir qui mouillerait alors mes seins, réintégrerait ses veines par les fissures qui marbraient son ventre blanc et décuplerait ses forces, me laissant inerte entre ses bras. À ce moment, je serais foutue, l'homme me mordrait au cou et il ne resterait de Marie Saintonge qu'un peu de cette poussière dont on façonne les statues, les femmes de pierre ou de glaise.

Je reculais devant le sourire rouge qui voulait m'avaler quand j'ai entendu une portière claquer. Peu de temps après, deux poings solides se sont mis à tambouriner contre la porte d'entrée et une voix semblable à celle de Marc Lauzon, nasillarde et lointaine, a crié mon nom, Marie, madame Saintonge, ouvrez s'il vous plaît, une voix fabriquée qui résonnait comme du fond d'un entonnoir, ouvrez, je voudrais vous parler. Mais je n'étais pas dupe, il ne s'agissait là que d'un subterfuge. L'homme de pierre voulait m'amadouer pour me pousser dans mes derniers retranchements. Dès que j'ouvrirais la porte, il plaquerait ses mains de plâtre sur ma bouche ou mes épaules pour me pousser vers cette noirceur qui m'affaiblissait de jour en jour.

Le dos collé au mur, je lui ai crié d'aller se faire voir, que je n'avais rien à lui dire, puis une forme indistincte, plus rapide que le vent, s'est profilée derrière la fenêtre aveugle et une main tendue, une main de glaise ou de plâtre, s'est collée contre le plastique, lacérant de son ongle noir la fine membrane qui me séparait de l'extérieur.

Sans réfléchir, j'ai planté le couteau de Franck dans la main grise. Un hurlement a retenti, un peu de sang a maculé le plastique, rouge, le sang, et la silhouette s'est retirée en jurant. Ce n'était encore qu'une manœuvre pour me tromper, la nuit me le disait, le hululement des hiboux, le jappement des coyotes, alors je me suis jetée au sol pour ramper jusqu'à la carabine, indifférente à la voix qui gémissait en se servant de mon nom pour m'abuser et j'ai tiré. Le bruit d'un corps qui s'affaisse a immédiatement suivi et la voix, à la radio, a annoncé la disparition d'un autre homme dans l'insatiable vallée de Cold Mountain.

*

Il gisait sur la terre battue, bras étendus le long du corps, et une tache presque noire, sur sa veste, entourait le minuscule cercle qui avait percé le tissu près du cœur. En mourant, l'homme de pierre avait pris le visage de Marc Lauzon. Il avait le même regard bleu délavé, qui ne contemplait plus que le néant et s'était voilé d'un blanc laiteux, les mêmes lèvres ourlées sous la barbe courte, les mêmes joues parcourues de ces fines veinules témoignant de la fragilité de l'épiderme ou d'un penchant pour les alcools forts.

J'avais eu raison de me méfier de cet individu dans la peau duquel l'homme de glaise s'était glissé pour s'approcher de moi en pleine lumière. Le corps étendu sur le sol n'était qu'une apparence, un être aussi vide que la gaine d'une marionnette, à preuve sa légèreté lorsque je l'ai transporté dans le coffre de la voiture d'Adrien pour aller l'immerger dans un lac à la surface limpide où la Ford s'enfoncerait dans un clapotement de pachyderme, puis produirait quelques vaguelettes qui iraient s'échouer contre la souplesse des herbes du rivage.

Après que j'eus rechargé la batterie, la Ford a démarré au quart de tour, un jeu d'enfant, et je me suis engagée le cœur léger sur la route de gravier où une camionnette rouge, la camionnette de Lauzon, tranchait sur la végétation poussiéreuse du fossé. Lauzon venait encore m'embêter. Il devait en ce moment même frapper à ma porte et m'implorer d'ouvrir, je vous en prie, madame Saintonge, je dois vous parler, mais il tomberait sur une maison vide. Je m'occuperais de lui à mon retour s'il était encore là. Sinon, je m'occuperais de la camionnette, trop visible parmi les ronces.

J'ai poursuivi mon chemin sans me soucier davantage de Lauzon, guettant les chemins de traverse où je pourrais m'enfoncer pour trouver un lac placide tout en me laissant guider par la voix de la radio, qui anticipait pour moi les courbes, me prévenait de l'arrivée d'une voiture de police fantôme, en sens inverse, ou me désignait un chevreuil qui s'apprêtait à traverser la route.

À l'approche du lieudit des Chutes rouges, de l'autre côté de la montagne, j'ai pris un embranchement qui menait à un chemin forestier totalement désert dont un panneau m'interdisait l'entrée. J'ai ignoré cette interdiction et j'ai trouvé mon lac un peu plus loin, un lac paisible que n'entouraient que deux ou trois camps de bois rond, un lac à truites et à huards où on ne devait entendre aux deux bouts du jour que le chant déchirant de ces oiseaux solitaires.

Je me suis garée sur une parcelle de foin tapé et je suis descendue pour admirer le lac, sur lequel un léger brouillard flottait dans la lumière tamisée par les quelques nuages qui passaient au-dessus de la forêt. L'endroit était parfait.

En m'avançant un peu, j'ai constaté que quelqu'un était venu ici récemment, car des traces de pneus menaient en direction d'une descente à bateau. Je m'en suis approchée et j'ai tenté d'évaluer la profondeur de l'eau. Sans prendre la peine d'enlever mes chaussures, je me suis avancée dans le lac jusqu'à mi-cuisse. À un mètre du bord, le fond pierreux disparaissait subitement au creux d'une eau sombre. Sur la surface plane, je ne percevais que le reflet de mon corps penché et ne voyais sous ce reflet aucune pierre, aucune lisière de sable qu'une eau moins profonde m'aurait permis de distinguer. L'endroit était parfait.

Je me suis hâtée de retourner à la voiture et l'ai conduite jusqu'à la descente. Le chatoiement de l'eau calme m'invitait au repos, à la douceur des fonds liquides, mais la seule perspective de sombrer avec l'homme de pierre et de partager sa dernière couche m'emplissait d'une horreur qu'aucun repos ne pourrait apaiser. Mon heure viendrait plus tard, une heure de solitude entière que n'atteindrait pas l'horreur. Après avoir baissé toutes les vitres, j'ai placé le levier de vitesse à la position neutre, je suis redescendue et j'ai poussé, j'ai poussé de toutes mes forces, les reins cambrés, les muscles bandés, jusqu'à ce que je ne sente plus de résistance et que la voiture se mette à flotter puis à dériver, à s'enfoncer doucement, ses balancements de corps cédant à la submersion produisant autour d'elle des remous aux pourtours écumeux.

J'allais crier victoire quand, au bout de quelques secondes, le bouillonnement s'est tu. La Ford avait touché le fond et sa toiture émergeait encore, bleu foncé sous l'eau plus pâle. J'ai subitement cessé de respirer, mon cœur s'est arrêté aussi et j'ai pensé que j'allais crever là, à quelques mètres de l'objet qui m'incriminerait, puis il y a eu un grand bruit de succion et, dans un éclaboussement d'eau noire, la voiture a été engloutie. Je pouvais maintenant célébrer ma victoire, fuck you, connard. Je me suis défoulée en tirant des pierres là où la Ford avait disparu, puis le lac a été recouvert de cet absolu silence succédant aux noyades. L'homme de glaise gisait au fond du lac. L'homme de glaise ne reviendrait pas.

*

Le jour déclinait quand j'ai quitté les rives du lac pour refaire à pied le trajet jusque chez moi. J'ai scruté le sous-bois pour m'assurer que personne, trappeur, pêcheur ou promeneur, n'avait été témoin de l'immersion de l'homme de pierre, et je me suis préparée mentalement pour la longue marche qui m'attendait, t'es forte, Marie, tu vas t'en sortir. Tout ce que je souhaitais était de ne rencontrer personne qui se demanderait pourquoi mes chaussures étaient mouillées, pourquoi mon pantalon l'était aussi, pourquoi j'avais l'air d'une femme qui vient d'ensevelir le corps d'un monstre dans un lac où s'écriraient désormais des légendes.

Ne pouvant plus me fier à la voix de la radio pour me signaler les obstacles que je risquais de rencontrer, je devais m'en remettre à mon instinct, qui me disait de suivre la lumière, d'aller là où s'ouvraient de pâles éclaircies, de me cacher derrière les arbres si un bruit suspect m'indiquait une présence humaine.

Il n'y avait cependant aucun humain dans les parages et les pâles éclaircies ont rapidement fait place à une nuit chargée de bruissements qui percevaient ma présence et demeuraient tapis sur les bas-côtés du chemin rocailleux. La lune aurait peut-être pu me faire voir ces bruissements, mais sa lumière ne parvenait qu'à m'écraser de l'ombre compacte des épinettes, quand elle n'était pas voilée par des nuages qui absorbaient ses reflets et n'en laissaient voir que la frange sur le dos des bêtes dont ils prenaient l'apparence, chevaux se cabrant, brebis noires, chiens aboyant contre les ténèbres.

J'avançais donc à tâtons, grelottant sous ma veste de toile, dont j'avais relevé le col pour éviter que mes grelottements s'entendent et que les bruissements tentent de se rapprocher de la femme frileuse qui trébuchait tous les dix pas. En colère contre la nuit, je lançais dans le noir des injures qui s'ajoutaient aux babillages que m'arrachait le froid, me tenant aussi loin que possible des fossés abritant les yeux jaunes qui n'attendaient pour bondir que le faux pas qui me ferait tomber sur le gravier où je m'écorcherais les genoux, peinerais à me relever, et laisserais au sol un filet de sang dont se nourriraient les mouches qui bourdonnaient à mon oreille.

J'apercevais les lumières de Fall-Jonction, à un ou deux kilomètres, lorsqu'un hululement m'a fait sursauter. Je me suis vivement retournée, certaine qu'un oiseau de nuit fonçait sur moi, et je l'ai vu, lui, l'homme de pierre, qui hululait sous la lune apparue entre deux nuages, sa tête lisse captant les reflets de la nuit. Alors j'ai hululé aussi, victime de ce phénomène de mimétisme qui vous pousse à imiter l'objet de votre peur, j'ai lancé un long chuintement de chouette dont les notes saccadées se sont égrenées dans la nuit tel un rire malsain.

J'ai hululé et j'ai fait un pas de côté, les yeux rivés sur la bouche rouge, sur l'eau dont l'homme se vidait par toutes les craquelures fendillant sa peau et qui ruisselait sur ses épaules, son torse, puis sur cette région, au bas du ventre, où l'absence de sexe, pareille à un trou béant, rendait l'homme encore plus monstrueux, plus effrayant que s'il avait dardé sur moi un sexe bandé.

C'est à ce moment seulement que j'ai hurlé, ne comprenant pas comment il avait pu s'extirper du coffre de la voiture ni comment il avait pu remonter à la surface et me rejoindre sur ses lourdes jambes, qui grattaient presque douloureusement la terre, centimètre par centimètre, pendant que des algues aux allures de couleuvres d'eau pendaient mollement de ses bras tendus et entravaient sa marche.

Puisque aucune de mes paroles ne l'atteignait, je lui ai d'abord lancé un bâton, ne réussissant qu'à élargir son sourire, puis une poignée de gravier, et des pierres, des pierres aux bords tranchants auxquels je m'écorchais en pestant contre le ciel. Il continuait néanmoins à avancer, son sourire de plus en plus grand, une bête baveuse dont la gueule s'étirait démesurément, fendait les joues et rejoignait les oreilles pour s'ouvrir jusque sur la nuque, un être à deux visages qui vous souriait de quelque endroit que vous l'observiez.

Quand il a incliné son corps mouillé pour me montrer les paupières qui s'ouvraient à l'arrière de son crâne sur des yeux révulsés, j'ai lancé une dernière pierre et me suis précipitée dans la forêt, parmi les animaux qui grognaient. Je me frappais aux arbres et aux branches basses, je pataugeais dans les ruisseaux semés de cailloux qui roulaient sous mes pas, mais je ne me retournais pas, ne me retournais jamais, consciente que mon seul regard avait le pouvoir de le faire apparaître et qu'il s'abattrait sur moi dès que j'ouvrirais les bras pour atténuer le choc de l'inévitable chute qui m'écorcherait les genoux et laisserait au sol un peu de sang que lécheraient les couleuvres.

Une lueur d'un jaune presque serein s'accrochait au clocher de l'église de Fall-Jonction lorsque j'ai enfin abouti sur la route qui conduisait au village. J'ai rassemblé mes dernières forces et j'ai couru jusqu'au snack-bar où Julie, un sourire matinal sur ses lèvres brillantes et rouges, m'a servi un café sans remarquer mes égratignures ni mes chaussures mouillées.

*

Le café avait un goût métallique et, sans m'en rendre compte, j'y ai versé trois cuillerées de sucre, ajoutant au goût de métal le goût trop coloré de ces gâteaux d'anniversaire enduits d'une épaisse couche de glaçage qui fait crisser les dents et rappelle la puanteur du soufre. Qu'importe, car je n'avais à l'esprit que l'homme de glaise et ses hululements, pareils à ceux qu'aurait pu pousser l'homme-oiseau sculpté par Franck si Franck ne l'avait pas gardé prisonnier dans ses poches.

Sans me soucier de l'homme du comptoir, qui venait d'arriver en traînant les pieds, auréolé d'une odeur de cèdre qui évoquait un après-midi d'automne, j'ai sorti le couteau de Franck et, tout en faisant tinter ma cuillère contre ma tasse, en parfaite synchronie avec l'homme assis au fond de la salle, j'ai gravé sur le bois de la table la face d'un oiseau qui pouvait ressembler à celle d'une chouette ou d'un hibou, avec ses yeux enfoncés au creux du cercle qui délimitait sa face lunaire. Franck avait vu ce regard jaune, il n'y avait aucun doute, Franck avait vu l'homme de pierre et son visage aux aguets de la moindre proie, sa tête ronde et trop pesante, ses bras couverts d'algues qui battaient inutilement le long de ses flancs gras. C'est cet homme que fuyait Franck, et c'est lui qui avait amené Franck chez moi, lui faisant perdre en cours de route sa mémoire et son nom.

Je devais perdre la mémoire aussi, car je ne me souvenais pas d'avoir commandé les œufs qui sont apparus sur la table, deux œufs à peine cuits qui bougeaient mollement au fond de l'assiette, pareils à deux seins blancs et gélatineux, à deux yeux jaunes que j'ai transpercés avec ma fourchette et qui ont coulé sur le pain rôti imbibé de beurre fondu. J'en ai pris une bouchée, que j'ai immédiatement recrachée en pensant au goût que peuvent avoir les yeux crevés, pour ensuite me diriger, ma tasse, ma cuillère et ma soucoupe à la main, vers la table du fond, envoûtée par les tintements qui s'accordaient maintenant au bruit du café qui gouttait dans un récipient de verre derrière le comptoir.

En m'assoyant, j'ai souri à Julie de mon sourire taché de jaune. Elle n'a pas davantage réagi à ce sourire pâteux qu'elle n'avait réagi devant mes blessures. Elle est retournée à sa cafetière, une goutte toutes les cinq secondes, et j'ai pris place en face de l'homme qui m'offrait son front marqué d'engelures et de rides profondes. Lorsqu'il a relevé la tête, j'ai constaté que non seulement il ressemblait à Franck, mais que cet homme était bel et bien Franck, le pseudo-Franck, que j'avais enterré il y avait peu de temps sous un bouquet d'érythrones. J'ai déposé ma cuillère au fond de ma tasse, produisant un tintement légèrement dissonant par rapport à la pureté de notes émises par l'homme amnésique et je lui ai dit Franck, vous vous appelez Franck, après quoi je suis repartie en laissant près de la caisse quelques dollars qui ont roulé sur le comptoir, puis sur le plancher, jusqu'aux pieds de l'homme qui sentait l'automne.

Une fois dehors, j'ai remonté mon col, car le vent du matin était frais et qu'il me restait plusieurs kilomètres à parcourir avant qu'un autre Franck aboutisse chez moi.

*

Ce n'est pas un quelconque Franck qui est venu frapper à ma porte, mais Grimard, l'acolyte de Lauzon, qui voulait savoir si j'avais vu ce dernier. Je venais tout juste de me débarrasser de la camionnette rouge qui traînait sur le bord du chemin lorsque son visage s'est encadré dans la fenêtre de la porte d'entrée, semblable au visage gelé de Franck, semblable à tous les visages muets que la frousse poussait vers la maison d'Adrien, à la différence que les plaques rouges et blanches qui parcouraient celui de Grimard comme des nuages vaporeux étaient le résultat de l'inquiétude, de la nervosité qui dilatait les vaisseaux sanguins sous sa peau trop fine.

Même si sa visite m'importunait, je l'ai fait entrer et lui ai offert un thé, car il était en nage. Pendant que l'eau chauffait, je lui ai tendu une serviette pas trop crasseuse pour qu'il essuie la sueur qui luisait sur son front rouge et blanc, où les marques blanches s'étiraient en rectangles imparfaits entre les rides, pareils à des blocs de glace s'écoulant en sueur.

Grimard m'a remerciée pour la serviette et il s'est épongé en jetant alternativement des coups d'œil à ma fresque et à ma tête rasée. De toute évidence, il me prenait pour une demeurée, mais je m'en foutais. Je suis allée chercher le thé et il m'a raconté que Lauzon avait prévu de me rendre visite et qu'on ne l'avait pas revu depuis. J'ai failli éclater de rire. Il était venu tant de Franck à ma porte, tant de pseudo-Lauzon, que je ne savais plus de qui il parlait. Ses questions m'étourdissaient, avez-vous vu ceci ? avez-vous entendu cela ? pleines de s'il vous plaît, réfléchissez madame Saintonge, c'est important, à croire qu'il couchait avec Lauzon. Et comment aurais-je pu réfléchir alors qu'il n'arrêtait pas de parler et que la voix de la radio cherchait à s'en mêler, mélangeant les funérailles de Franck Fréchette avec l'enterrement de Franck.

Alors j'ai craqué. J'ai planté le couteau de Franck dans la table basse. Instantanément, Grimard s'est tu. Il a éloigné sa main du couteau où un peu de sang séché subsistait, puis il s'est levé et a reculé jusqu'à la porte pendant que je répondais à ses questions, non, je n'avais pas vu Lauzon, seulement l'homme qui rôdait autour de ma maison, il avait dû l'apercevoir aussi, un homme chauve à face de chouette qui voulait me rendre folle. Je disais cela lentement, posément, non, je n'avais pas vu Lauzon, puis la porte a grincé et j'ai entendu des bruits de pas qui dévalaient l'escalier.

Le reste de la journée, je l'ai passé à reconstituer les événements des dernières heures et à demander aux bonhommes dégingandés qui grimpaient sur les murs, tels des insectes rampants auxquels une main cruelle aurait arraché des pattes, s'ils avaient vu Lauzon ou le pseudo-Lauzon. Personne ne l'avait vu, personne.

Il faisait une chaleur torride pour ce temps de l'année, ce qui m'avait forcée à me lever tôt pour éteindre le feu dans l'âtre et aérer le salon, dont un vent tiède balayait la poussière à travers les fenêtres ouvertes.

À la radio, la voix parlait du soleil, vingt-six degrés, s'efforçant de mettre un peu d'enthousiasme dans ses propos, mais je voyais bien que ça n'allait pas, et pour cause, car elle a soudain changé de registre pour m'aviser, à travers la friture, qu'on recherchait Marc Lauzon, disparu deux jours plus tôt, soit le 4 juillet, près du Massif bleu. Je savais que Lauzon avait disparu, Grimard me l'avait assez répété, et je me demandais pourquoi le présentateur de nouvelles me cassait les oreilles avec cette disparition qui ne me concernait en rien. Je connaissais à peine cet homme et je n'aimais pas sa face de fouine. Ce qui me troublait, c'était la date prononcée par la voix, 4 juillet, ce qui signifiait que nous étions aujourd'hui le 6.

Aujourd'hui 6 juillet, ai-je marmonné en me dirigeant vers le calendrier punaisé au mur, entre la baie vitrée et la porte d'entrée, qui m'indiquait pourtant que le printemps n'était pas terminé, que la tempête venait à peine de déposer les armes et que d'autres froids me feraient grelotter d'ici l'arrivée de l'été. J'en ai tourné les pages, qui reproduisaient les neiges scintillantes de mars puis nous montraient un merle picorant au pied d'un chêne, un lilas en fleur, un coucher de soleil sur un champ de seigle, une représentation de tous les possibles, et je l'ai jeté à mes pieds quand une hirondelle est passée devant la baie vitrée, une mouche coincée dans le bec, pour aller la fourrer dans le gosier de l'oiseau déplumé qui s'égosillait dans l'ouverture du nid construit dans l'angle de la toiture.

Aujourd'hui 6 juillet, ai-je répété en observant les épervières qui avaient poussé durant la nuit, les viornes qui s'épanouissaient près du hangar, le lierre terrestre qui se perdait dans le foin trop long. J'ai passé une main sur mon crâne et j'ai constaté que mes cheveux avaient poussé aussi et qu'ils étaient doux. Un reflet roux, dans le miroir suspendu près de la chambre d'Adrien, m'a confirmé que je ne me trompais pas, de même que me l'ont confirmé les cheveux de la bonne femme, au mur, qui tombaient maintenant de sa tête renversée jusqu'au plancher et s'étiraient en mèches raides pareilles aux crins d'un vieux balai.

J'ai retiré mon chandail car j'avais chaud, tout à coup, tellement chaud, et j'ai monté le volume de la radio, où la voix chevrotante annonçait en boucle la disparition de Lauzon.

Tu divagues, Marie, tu dérailles.

Debout dans les rayons du soleil qui s'étalaient comme les cheveux du petit personnage aux membres trop maigres, j'ai cru que j'allais m'évanouir, tellement chaud. J'ai seulement vomi, quelques crachats de bile blanchâtre que je n'ai pas eu le temps d'essuyer, car une voiture s'engageait dans la cour, dont deux hommes sont descendus, des flics, qui se sont penchés sur l'herbe trop longue, sur la poubelle qui débordait et devait empester autant que Franck, et un coup d'épée m'a frappée droit au cœur, Franck, le coffre de la voiture, deux flics, avant que tout me revienne en mémoire et que je revoie son monticule, à l'arrière du hangar, sous le bouquet de sanguinaires. Franck était mort. Franck était caché. Personne ne pouvait le trouver.

Je n'ai pas laissé aux policiers le loisir de venir encadrer leurs visages étonnés, légèrement suspicieux, dans la fenêtre de la porte. J'ai plutôt passé une main dans mes cheveux, pour me rendre présentable, j'ai lissé ma camisole et je suis allée à leur rencontre. Ils voulaient entrer, mais j'ai prétexté que la maison était un vrai capharnaüm et qu'on serait mieux sur la galerie, où deux chaises de bois étaient apparues, avec de larges accoudoirs.

Le plus vieux policier a pris la chaise du fond et le plus jeune est resté debout, dos au soleil, si bien qu'il s'ornait d'une auréole qui rendait ses contours flous et m'aveuglait, m'empêchant de voir s'il souriait ou affichait une mine grave, adaptée aux circonstances, car je savais bien qu'ils étaient là pour le pseudo-Lauzon. Le plus vieux, quant à lui, portait des verres fumés qui le faisaient ressembler à la libellule qui passait au bas de la galerie en tournant à quatre-vingt-dix degrés, 6 juillet, et m'empêchaient également de mesurer la gravité de son regard.

Beau temps, a-t-il dit, puis il s'est raclé la gorge, car son beau temps était sorti enroué, et il m'a posé les questions qu'il avait à me poser, avez-vous vu ceci ? aperçu cela ? entendu ceci ? pendant que l'autre enregistrait mes réactions, les yeux probablement rivés sur la bile fraîche qui maculait ma camisole et que je tentais de cacher avec mes mains, les doigts croisés pour contrôler mes tremblements.

Au bout d'une dizaine de minutes, le vieux a refermé son calepin, dans lequel il n'avait rien écrit, et m'a demandé s'ils pouvaient inspecter le hangar et les alentours de la maison. Sans attendre ma réponse, ils sont descendus de la galerie et ont examiné les pneus de ma voiture, la boue collée aux portières, se sont penchés sur les vitres en mettant leurs mains en visière pour bloquer la lumière, puis ont essuyé ma plaque d'immatriculation, pas trop certains de ce que leur apprenaient les traces de boue qui s'étaient accumulées sur les pare-chocs entre mars et aujourd'hui, 6 juillet.

Finalement, ils ont laissé la voiture et sont entrés dans le hangar. Je les ai entendus déplacer des outils, des pots de clous, puis d'autres objets que je n'arrivais pas à identifier, et ils sont ressortis en demandant à voir l'intérieur de la maison, capharnaüm ou pas. En principe, j'aurais pu exiger un mandat, mais je n'avais rien à cacher.

Il ont mis une bonne demi-heure à faire le tour, à ouvrir toutes les portes, les armoires, les tiroirs, à soulever les tapis, à renifler dans tous les coins, des fouines, de la même espèce que Lauzon. Bien entendu, ils n'ont rien trouvé, pas plus que les hommes qui sont passés dans la forêt plus tard, par groupes de deux, avec des bâtons qui piquaient le sol et des chiens ridicules qui reniflaient aussi et se demandaient ce qu'ils faisaient là, des bâtards qui préféraient la chasse à l'écureuil à la chasse à l'homme mort.

Quand l'un des chiens a aboyé, j'ai tout de même eu peur pour Franck, mais Franck ne risquait rien, car des fougères avaient poussé sur son monticule, et des fleurs rousses, et du foin à travers les pierres, en même temps que les feuilles dans les arbres, en même temps que mes cheveux fins. Quant au bouquet de fleurs sauvages, il était fané depuis longtemps, pourri, aussi puant que Franck.

*

Les deux flics sont revenus le lendemain ou le surlendemain, je ne sais plus, je ne pouvais plus faire confiance au calendrier qui s'ouvrait sur la photo d'un érable rougeoyant. Cette fois, ils étaient accompagnés d'un troisième homme et d'un chien, un vrai chien policier, un berger allemand entraîné à fourrer sa truffe humide dans la souplesse d'une chemise et à suivre l'odeur de sueur ou de sébum sur des kilomètres.

L'homme qui tenait le chien en laisse avait une espadrille à la main, de marque Adidas, et il devait retenir le chien, qui cherchait à se ruer vers le hangar, vers la fenêtre aveugle, vers la forêt, les yeux quasi sortis des orbites et de la bave moussant sur ses babines noires. J'ai épaulé la carabine pour viser le chien et me suis ravisée. On ne tue pas un chien de flic, à plus forte raison quand le flic se tient au bout de sa laisse. Il fallait plutôt que je cache la carabine, le couteau de Franck, et que je me cache aussi.

Quand l'un d'eux a frappé à la porte, son visage rougi par la chaleur s'encadrant dans la fenêtre, je refermais sur moi la trappe de la cave et sortais par-derrière. Après m'être assurée que personne ne venait dans ma direction, j'ai couru dans le bois, où je me suis dissimulée à côté d'une pile de branches d'où je pouvais observer les flics et le chien.

J'ai d'abord vu le plus vieux flic, qui ajustait ses verres fumés et criait aux autres que je n'étais pas là mais que je n'avais pas dû aller bien loin, puisque ma voiture n'avait pas bougé, aussi boueuse que la veille ou l'avant-veille. Il s'est ensuite approché de l'homme au chien, a marmonné un ordre que je n'ai pas entendu, et le chien a détalé en direction de la fenêtre aveugle, où j'avais transpercé avec le couteau de Franck la main qui voulait arracher le plastique et me forcer au silence.

Les trois hommes ont couru derrière le chien, qui s'était assis sous la fenêtre et aboyait comme un enragé. Le vieux flic a enlevé ses lunettes pour examiner l'échancrure dans le plastique et s'est passé une main dans les cheveux en baissant la tête, en signe de consternation ou de lassitude. Quand le maître-chien a fait taire son molosse en lui fourrant un biscuit dans la gueule, j'ai entendu le mot *sang*, après quoi le vieux a ordonné au plus jeune d'appeler l'équipe technique. On ne touche à rien, a-t-il ajouté, puis il s'est tourné vers la forêt pendant que le chien, nez au sol, suivait le trajet sur lequel j'avais traîné l'homme de glaise et où il y avait encore un peu de sang que suçaient les mouches, du sang noir à travers lequel se désagrégeaient des morceaux de glaise.

J'ai profité de ce que le chien s'arrachait les griffes sur les portes du hangar pour m'enfuir, m'enfoncer aussi loin que possible dans la forêt qui blessait mes pieds nus et absorbait le sang que lécheraient les couleuvres. Lorsque je suis revenue, Franck avait été exhumé, des rubans jaunes étaient apparus un peu partout sur le terrain, un scellé avait été apposé sur la porte d'entrée de la maison et deux flics, qui fumaient en se passant un thermos qui ne contenait sûrement pas que du café, montaient la garde près du chemin de gravier.

*

Les deux flics riaient comme des malades, à cause du contenu de leur thermos, qu'ils remplissaient avec une bouteille cachée dans le foin. Ils se lançaient des farces plates, des blagues de gars qui s'emmerdent, et se tapaient sur les cuisses en renâclant. Si j'avais voulu, j'aurais pu leur régler leur compte en les assommant à coups de bûche et ramasser tranquillement mes affaires, puisqu'il m'était désormais interdit d'habiter la maison d'Adrien, de nettoyer les saletés de Franck ou de faire du feu dans l'âtre. Ils étaient tellement soûls qu'ils ne m'auraient pas vue venir, mais je n'avais pas de temps à perdre avec deux autres cadavres, d'autant plus qu'il me fallait réparer la fenêtre aveugle, dont le plastique troué avait été remplacé par deux bandes jaunes, disposées en X, qui laisseraient entrer la nuit, les animaux, le froid, et entre lesquels s'introduirait l'homme de glaise en hululant avec les hiboux juchés sur les tréteaux.

Sans faire de bruit, j'ai contourné la maison, écrasant par accident un des bonhommes allumettes qui rampait au sol pattes écartelées. Lorsque je me suis rendu compte que j'avais posé un pied sur son torse, je me suis immobilisée, craignant que le bruit des os se rompant n'ait alerté les deux flics, mais ils riaient toujours, sapré Vaillancourt, répétait l'un d'eux, et je me suis faufilée dans la cave, où le bonhomme gravé sur la boîte électrique avait cessé de hurler pour joindre son rire à celui des flics. Ta gueule, ai-je soufflé, ferme ton hostie de gueule, et je suis montée, retrouvant mes repères à tâtons.

Dans la chambre condamnée, un premier hibou avait pris position sur le dossier d'une chaise bancale, totalement immobile. Il me suivait de ses yeux jaunes pendant que je fouillais dans le barda d'Adrien pour trouver ma lampe de poche et de quoi obstruer la fenêtre. Dès que le plastique a été installé, la fenêtre s'est remise à respirer normalement et j'ai attendu que le hibou tourne la tête d'un mouvement sec pour reculer jusqu'au salon, où un nouveau désordre s'était ajouté au mien. Partout, des objets avaient été déplacés, des tapis roulés, des tiroirs ouverts, desquels pendaient les camisoles d'Adrien, ses chemises, ses bas de laine. Même l'âtre avait été nettoyé, les cendres réunies dans des contenants qu'on viderait sur une table aseptisée pour y chercher des fibres calcinées, des bouts de cuir, des fragments d'os qui prouveraient ma culpabilité, alors que ma seule faute était d'avoir offert une sépulture à un pendu.

Dehors, les policiers de garde, qui n'avaient plus de blagues à se raconter, étaient assis sur une pile de bois, gênés par le silence et élevant inutilement la voix pour désigner à l'autre une mouche à feu ou lui demander son briquet. Une flamme s'élevait alors dans l'obscurité, un îlot de lumière révélant des traits tendus, un léger tic à l'œil droit, puis l'obscurité ramenait le silence qu'ils essayaient de briser à coups de banalités, conscients de la menace qui hululait dans le bois et s'efforçant de conjurer la peur qui s'enroulait autour de leurs chevilles. Quant aux petits personnages, sur le mur, ils ne cessaient de tomber, tomber et tomber encore, sous l'œil de plus en plus pâle du loup, qui s'éloignait lentement de l'abîme que leur chute creusait et au fond duquel miroitait une eau abyssale. Je ne pouvais plus rien pour eux, pour le loup non plus, qui s'enfuirait dès qu'une gerbe d'eau noire lui indiquerait qu'Adrien, Franck et Marie avaient percé la surface miroitante sous laquelle leur mémoire perdrait jusqu'au souvenir de la lumière.

J'ai rapidement réuni dans un sac à dos de quoi tenir pendant quelques jours, des chaussures de marche, de la nourriture, deux bouteilles de vin et un imperméable, car le ciel s'était mis à gronder, de concert avec la montagne. D'ici quelques heures, un autre malheur allait laver de rouge les ravines que l'averse ouvrirait dans le sol friable.

Les hommes aussi, dehors, avaient entendu les grondements, car ils ne parlaient plus et se rapprochaient lentement de leur voiture de patrouille, sur laquelle les premières gouttes ont crépité en même temps que le hibou, dans la chambre condamnée, ouvrait largement les ailes, et que la voix de la radio m'annonçait la mort violente d'une certaine Franckie ou Charlie McCormick au camping des Chutes rouges, à quelques kilomètres du lieu où la Ford d'Adrien s'enfonçait dans la vase.

L'orage a duré longtemps. Pendant que je m'éloignais de la maison, ses éclairs transformaient la forêt en kaléidoscope. Dans les frémissements lumineux qui effarouchaient les arbres, des bêtes en fuite apparaissaient puis disparaissaient, suivies de loin en loin par l'homme de glaise, dont la lourdeur était devenue telle qu'elle l'obligeait à ramper avec les bestioles qui vivent au ras du sol.

Des cris traversaient aussi la forêt, des hurlements venus de la rivière qui coulait de l'autre côté de la montagne, des appels à l'aide qui encourageaient l'homme rampant à ramper de plus belle, pareil à un arbre mort laissant au sol des fragments d'écorce et creusant derrière lui des sillages qui devenaient rapidement ruisseaux. Et l'eau rapide le submergeait, lui arrachait des gargouillements de suffoqué, mais il continuait à avancer, centimètre par centimètre, défiant le ciel et ses nuées.

Je m'alourdissais également d'heure en heure, ma marche de plus en plus lente, mes vêtements trempés couverts de brindilles et de bouts de branche, mes cheveux fins plaqués sur mon visage et mes yeux épuisés cherchant en vain une éclaircie à travers la pluie sombre. Quand enfin les grondements de l'orage se sont éloignés dans les jaunes crépusculaires de l'après-tempête, je n'étais plus qu'une loque, une femme d'herbe et de bois qui perdait pied tous les dix pas, buvait à même les cuvettes creusées par l'orage et s'écorchait les genoux aux pierres et aux racines rugueuses qui s'amoncelaient sur son chemin.

J'aurais pu mourir là, en plein cœur de la forêt, si je n'avais abouti à la rivière d'où s'étaient élevés les hurlements de l'orage. Je m'y suis immédiatement jetée pour laver la saleté à ce point incrustée dans ma peau que celle-ci en était devenue grise, comme la pierre qu'érodaient les grands vents sur la falaise du Loup, la falaise d'Adrien. J'ai levé les yeux pour la contempler mais, de ce côté-ci de la montagne, il était impossible de l'apercevoir. Une autre falaise, cependant, tombait d'un promontoire pour se perdre derrière une masse d'arbres solennels qui montaient la garde et interdisaient l'accès à l'ossuaire où s'empilaient les squelettes des animaux dont les pattes, les sabots ou les pieds avaient glissé sur la pierre lisse au milieu des tempêtes. La falaise des Sentinelles, la falaise des Vautours, sur laquelle passait un nuage qu'effilochait la pierre.

Je me demandais combien d'hommes et de femmes avaient vu sur cette falaise les yeux avides des vautours s'approcher d'eux quand j'ai entendu un cri, un peu plus loin, un cri de jeune fille qui n'avait pas encore apprivoisé la peur, le froid, la nuit. Elle tremblait de tous ses membres, debout à l'extrémité d'un quai où ses cheveux mouillés dessinaient dans son dos nu un ruisseau qui mourait sur la courbe des fesses, et bredouillait des mots que je ne comprenais que trop bien, baklada, char… char… charala, chartala, klisse.

Peu de temps après, cinq hommes sont arrivés en courant pour vêtir la jeune fille et sortir de l'eau le corps dont une main délicate effleurait la surface, celui de Franckie ou Charlie McCormick, qui avait trouvé la mort près du camping des Chutes rouges, ainsi que me l'avait annoncé la voix de la radio, Charlie, morte noyée, Franckie, durant l'orage. J'ai observé les hommes réunis autour de la fille et du cadavre jusqu'à ce que l'hélicoptère qui cherchait Franck survole le camping, dont les roulottes s'alignaient sur le plateau surplombant la rivière, et je me suis sauvée avant qu'on m'aperçoive.

Ce qui s'est passé par la suite se perd dans les embrasements de l'orage, la chaleur torride et les nuits sans lune où je me faufilais pieds nus sur la terre sèche ou inondée. Je sais cependant qu'il y a eu d'autres hurlements, d'autres cris épouvantés, et des hommes qui couraient vers la source des cris, mais j'étais trop préoccupée par les errements de l'homme de pierre pour me soucier des morts et des cris qui faisaient courir les autres. Mes morts me suffisaient, qui m'entraînaient chaque nuit dans la forêt où je m'abriais de branches, le couteau de Franck sur ma poitrine nue, jusqu'au jour où l'orage a pris feu, où la panique a poussé les animaux bramant vers la rivière et où l'homme de pierre, ses bras enflammés se brisant en plaques incandescentes, s'est effrité dans l'eau tumultueuse parmi les poissons au ventre crevé.

J'étais libre, enfin, d'aller me fondre aux nuages qui embrumaient la falaise du Loup.

II

ORAGES

Now he'll outstare the lightning : to be furious
Is to be frighted out of fear […].

William SHAKESPEARE,
The Tragedy of Anthony and Cleopatra

J'ai quitté mon appartement le 21 juin dans les brumes d'un solstice nuageux, avec pour tout bagage un ordinateur, quelques vêtements, trois bouteilles de bourbon et une cartouche de Player's filtre, dont j'ai ouvert le premier paquet pendant que Lou Reed chantait *Walk on the Wild Side* à travers le vent qui me caressait le visage par les vitres ouvertes. Je me sentais comme un gamin qui part pour une colonie de vacances et se voit déjà en train de manger des guimauves autour d'un feu de camp catalysant les histoires d'horreur. En un sens, mes rêveries étaient prémonitoires et il valait mieux que je l'ignore, car j'aurais rebroussé chemin avant même d'avoir traversé le pont au-delà duquel la ville se perdait dans le smog.

J'ai roulé pendant des heures, me trompant d'embranchement à maintes reprises, quittant l'autoroute, y revenant, ne sachant plus si je me dirigeais vers le sud ou vers le nord, pour enfin aboutir à un village nommé Fall-Jonction qui, d'après le plan que j'avais imprimé, était le village le plus près du camping des Chutes rouges. Je me suis arrêté pour faire le plein et, comme je n'avais pas mangé depuis le matin, je me suis laissé séduire par le menu du jour du snack attenant à la station-service.

L'intérieur du snack sentait l'huile à cuisson et les relents de cambouis, mais baignait dans l'atmosphère chaleureuse de ces restaurants de campagne où tout le monde se connaît et où le menu est aussi prévisible qu'un mal de crâne après une nuit de cuite. Les quatre seules tables étant occupées, je me suis installé au comptoir et j'ai commandé un cheeseburger et des frites sauce à la serveuse, Julie, précisait le badge épinglé à son débardeur. Sans me demander mon avis, Julie m'a servi une eau filtrée qui se faisait passer pour du café et pouvait paraître brunâtre si votre besoin de caféine était tel qu'il modifiait votre perception de la réalité. J'en ai avalé quelques gorgées par politesse, en affichant le sourire du gars heureux de se détendre enfin devant une solide boisson chaude, puis j'ai parcouru les publicités imprimées sur mon napperon de papier, au milieu desquelles on annonçait le méchoui qui aurait lieu le jour même au camping des Chutes rouges, 15 $ par personne, apportez votre alcool.

Je m'imaginais la bande de joyeux lurons qui m'accueilleraient au camping en sirotant leur bière autour de la carcasse d'un agneau aussi pur qu'innocent quand mon repas s'est matérialisé sur le comptoir, accompagné du sourire de Julie. Les frites amollies par la sauce étaient grasses à souhait et le hamburger était parfaitement juteux, mais le café ne s'améliorait pas. Puisque j'avais déjà fait un effort de ce côté, j'ai commandé une bière, que j'ai sirotée en écoutant les conversations, les blagues qui fusaient d'une table à l'autre et les prévisions de chacun à propos de la météo.

De l'avis de la majorité, ce serait un été orageux. On espérait seulement que les orages ne feraient pas autant de ravages que la tempête de la mi-mars. Soixante-dix centimètres de neige, a affirmé un adolescent au crâne rasé assis à la table du fond, quatre-vingts, a renchéri l'homme qui venait de prendre place à deux tabourets du mien, un grand type qui sentait le bran de scie et portait sa casquette enfoncée sur les yeux, puis il a murmuré trois morts, trois gars qui en avaient pourtant vu d'autres, calvaire, pis la nièce à Saintonge que la police a pas encore retrouvée.

Tout à coup, l'atmosphère s'est assombrie et toutes les personnes présentes ont baissé le nez sur leur assiette, perdues dans les souvenirs de cette tempête infernale, c'est le mot qu'a utilisé Julie, infernale, en plongeant un panier de frites dans l'huile bouillante. Puis quelqu'un a profité de ce que la pesanteur du silence avait été rompue pour lancer que, de toute façon, les campeurs des Chutes allaient devoir attacher leurs calottes serré, et tout le monde a éclaté de rire, préférant se représenter quelques citadins aux prises avec des vents furieux et de la pluie à n'en plus finir que trois de leurs concitoyens agenouillés devant la force du blizzard.

J'ai avalé une gorgée de bière de travers et je me suis joint à l'hilarité générale. Je n'en anticipais pas moins les orages démentiels qui frapperaient la région, c'est bien le terme qu'employait Chris Julian, l'homme à qui je devais ma présence à Fall-Jonction, dans les notes que j'avais ramassées sur son bureau, démentiels.

*

La dernière fois que j'ai vu Chris Julian, il flottait dans une eau rose où surnageaient quelques détritus. L'arme qui avait fait éclater son crâne, un colt. 45 à la crosse nacrée, était tombée sur le bord de la piscine quand Julian y avait basculé. Quand j'ai aperçu l'objet qui reposait sur le dallage de céramique, c'est le scénario qui s'est imposé à mon esprit. Julian avait avalé son revolver et était allé rejoindre les noyés qui peuplaient ses romans, silhouettes ondoyantes dont je n'avais jamais saisi à quel point elles pouvaient être lugubres sous le soleil de midi. Sur le coup, je n'ai pas bien compris ce que je voyais. Les volutes roses se déployant autour de la dépouille ne pouvaient toutefois signifier qu'une chose. Julian se vidait de son sang et il était encore chaud.

Je me suis effondré dans un transat et j'ai observé la scène, le soleil qui tapait, l'arme qui luisait, la chemise ouverte qui s'étalait de part et d'autre du corps, gonflée par l'air qui y avait été emprisonné et donnait l'illusion que Julian s'était muni de flotteurs avant de faire le grand saut. La chemise était encore blanche sur les parties gonflées. Par contre, le col était rose, de même que les manches et les poignets. Un morceau de la tête avait été arraché et les cheveux, autour, s'étaient amalgamés dans une matière gluante qui donnait envie de vomir. J'aurais dû me sauver sur-le-champ, mais le sentiment d'avoir vécu cette scène il n'y avait pas longtemps me rivait au transat. La température était la même et j'étais assis au même endroit, hypnotisé par la lumière crue qui accentuait les couleurs et découpait dans la piscine les contours d'un homme habillé de vêtements clairs qui se baignait dans son sang et ses déjections.

Je me suis redressé pour mieux examiner le tableau, les pieds nus de Julian dont la peau se craquelait sur les talons, les arbres qui jetaient leur ombre sur le cadavre, les pissenlits qui piquetaient le gazon, et un léger étourdissement m'a forcé à m'adosser à ma chaise devant la similarité des instants qui se superposaient. J'ai attrapé la bouteille de Glenmorangie que Julian avait peut-être laissée à mon intention sur une table basse et j'ai bu à petites gorgées. Peu à peu, j'ai recouvré mes esprits et j'ai pris la mesure de l'absurdité de ma réaction. Je n'avais déjà vu cette scène que parce que Julian l'avait décrite en détail dans l'un de ses romans d'horreur, une désopilante histoire de désaxés où il avait endossé le rôle du premier cadavre découvert par la police. J'ai respiré un grand coup pour refouler la bile qui me brûlait l'œsophage et je me suis secoué.

Je n'allais pas dégueuler sur la dépouille de Chris Julian, pas plus que je n'allais tenter de la repêcher. Ce serait la femme de ménage, le lendemain matin, qui ferait officiellement la macabre découverte, ou alors le jardinier de Julian, qui ne s'était pas pointé depuis un certain temps, si j'en jugeais par l'état des lieux. Quant au cadavre, il macérerait encore quelques heures avant qu'un innocent s'enfarge dans le .45. D'ici là, personne ne troublerait le repos de Julian, puisque celui-ci, lorsqu'il me donnait rendez-vous, s'assurait avec un soin presque maniaque qu'aucun visiteur ne viendrait nous déranger ou ne me verrait en sa compagnie. Il me remettait alors son dernier manuscrit, m'en exposait les grandes lignes, me faisait part de ses consignes, après quoi il sortait la bouteille de scotch, que nous buvions près de la piscine ou dans son cabinet de travail, dont les fenêtres donnaient sur le jardin aux allées prétentieuses aboutissant de part et d'autre de la piscine aux pieds d'une statue de pierre nichée sous un peuplier.

Dans ces moments, Julian m'appelait mon cher Chris, car j'étais son double, son prête-nom, sa putain. Il frappait délicatement son verre contre le mien, étirait ses lèvres molles sur la finale de Chris, mon cher Chrisss, et me souriait de toutes ses fausses dents, amalgames de céramique et autres produits hors de prix.

Sa condescendance me donnait envie de l'étrangler avec son foulard de soie jusqu'à ce que ses yeux de maquereau se figent sur une image qu'il ne pourrait jamais reproduire dans l'un de ses romans, celle de Ric Dubois, sa pute, lui crachant son mépris au visage, mais j'avais besoin de Julian pour payer le loyer et continuer à végéter ainsi que je le faisais depuis qu'il m'avait ramassé, une vingtaine d'années plus tôt, dans une gare d'autobus miteuse où je me demandais si j'allais partir pour l'Arkansas ou courir me jeter en bas d'un pont. À compter de ce jour, mon destin a été tracé. Je servirais de couverture à Julian, je courrais les lancements et les cocktails à sa place, je répondrais à ses interviews, je coucherais avec ses admiratrices et je recevrais tous les mois un chèque adressé à mon véritable nom, Richard Dubois, un raté, un imposteur, un homme sans consistance incapable de vivre sa propre vie. Aujourd'hui, la mascarade était finie. Le grand écrivain avait tiré sa révérence et Ric Dubois allait se retrouver à la rue.

J'ai rappelé à Julian qu'il était un hostie de profiteur, ce qui n'a pas fait un pli au macchabée qui s'enfonçait lentement dans l'eau souillée et n'avait rien à foutre de ce que je pensais du gars à qui j'avais consacré la moitié de mon existence. Je le lui ai quand même répété, crisse de salaud, et je suis rentré chercher le manuscrit que Julian devait me remettre ce jour-là.

La maison était impeccable, mais le cabinet de Julian était un véritable foutoir. La pièce sentait le tabac froid, l'alcool renversé, la sueur et la maladie. Devant le désordre qui y régnait, j'ai compris que Julian avait atteint le fond et ne pouvait finir autrement que dans sa piscine ou au bout d'une corde. Des dizaines de livres jonchaient le sol, des restes de repas moisissaient sur sa table de travail, dont le sous-main était couvert de dessins obscènes représentant des pendus, des suppliciés, des êtres tétanisés par d'indescriptibles visions.

Je m'y suis arrêté un instant, troublé par ces figures dont l'humanité semblait résider dans leur aspect rudimentaire, dans ces yeux surdimensionnés, ces bras qui s'allongeaient et cherchaient à s'accrocher au moindre trait de crayon susceptible de stopper leur dégringolade, luttant contre eux-mêmes et contre l'irrévocabilité d'un désespoir exhibant la misérable laideur de la peur. Ces dessins étaient malsains et je m'en suis vite détaché pour inspecter le fouillis de Julian, où je n'ai trouvé qu'un manuscrit d'une cinquantaine de pages, accompagné d'une liasse de notes qui devaient servir à l'écriture d'un roman qui ne verrait jamais le jour. Aucun mot d'adieu, cependant, aucune lettre à mon intention ni à celle d'un lointain cousin, rien.

Julian ne m'avait pas convoqué pour me remettre le manuscrit de son plus récent roman. Il m'avait fait venir pour que je tombe sur sa dépouille et me démerde avec. C'est là qu'il s'était trompé. En ce qui me concernait, il pouvait se décomposer jusqu'à servir de bouffe aux charognards, j'en avais fini avec ses magouilles. J'ai essuyé tout ce que j'avais touché et je me suis poussé sans un regard pour l'homme à qui j'avais vendu mon âme, laissant à la femme de ménage le soin de vomir dans la piscine.

*

J'ai su que la femme de ménage s'était tapé le sale boulot une semaine plus tard, en parcourant les notices nécrologiques du journal qu'un client avait oublié sur la banquette du café où je déjeunais tous les matins. Aucun autre journal n'avait mentionné la mort de Julian, aucun article n'avait été publié à son sujet, signe que personne n'avait fait le lien entre l'écrivain et l'homme qui s'était donné la mort dans le jardin de sa luxueuse demeure. Pour le moment, j'étais encore Chris Julian aux yeux de l'institution littéraire. J'ai attendu quelques semaines de plus, au cas où je recevrais l'appel d'un notaire m'annonçant que j'étais l'héritier du défunt mais, dans sa hâte d'essayer son colt sur de la chair fraîche, Julian avait oublié le moins-que-rien qui allait lui survivre, à moins qu'il n'ait sciemment décidé que son double devait mourir en même temps que lui. Là encore, il s'était mis le doigt dans l'œil jusqu'à l'occiput, car je n'avais pas l'intention de me transformer en courant d'air ni d'avaler l'eau de sa piscine avec lui.

Plutôt que de me retrouver en partance pour l'Arkansas, je me suis rasé, je suis passé chez le coiffeur et j'ai débarqué dans le bureau de Gilbert Dugas, l'agent de Julian, avec les premières pages de son manuscrit. Dugas, qui n'avait jamais su que Julian était en quelque sorte mon nègre et que j'étais ni plus ni moins son esclave, m'a rappelé dès le lendemain pour s'enquérir de mon état de santé, les pages que je lui avais remises n'étant pas ce que Julian avait produit de plus inspirant.

On dirait que vous êtes sur le bord d'un précipice, Julian, et que vous attendez qu'une âme charitable vous y pousse. Je lui ai répondu que j'avais fait quelques pas en arrière depuis l'écriture de ces pages et que j'étais tombé en pleine face dans un champ de marguerites. Tout va pour le mieux, Dugas, je suis dans une forme du tonnerre. Après une discussion musclée, j'ai réussi à lui soutirer un à-valoir de soixante-quinze mille dollars, que j'ai fait verser sur un compte que j'avais expressément ouvert pour la circonstance. J'obtiendrais une somme équivalente à la remise du manuscrit final. J'avais un an pour m'exécuter, faute de quoi je devrais rembourser.

J'ai laissé passer l'hiver dans un brouillard alcoolisé, me payant ici et là une virée au grand air, puis, alors que l'échéance approchait, j'ai tapé sur Google le nom des Chutes rouges, qui servaient de décor au roman de Julian, aussi sanglant que ses précédents. D'après mes recherches, le lieu-dit des Chutes rouges était un trou perdu où il y avait plus de castors que d'humains au kilomètre carré. Les chutes en question avaient été créées par une dépression de la Red River, près de laquelle avait été érigé le camping des Chutes. C'est là que se faisait trucider la première victime de Julian, Betty Duncan, une jeune fille dont le nom me hanterait jusque dans mes pires cauchemars. Si j'excluais la perspective d'y suivre Betty Duncan, l'isolement du lieu me convenait parfaitement. Personne ne viendrait me chercher à cet endroit.

Le lendemain, je bouclais mes valises, persuadé que si je m'imprégnais de l'atmosphère de l'endroit, je parviendrais à écrire le roman que Julian avait ébauché et à usurper sa place une fois pour toutes. Il ne me restait qu'un peu plus de trois mois pour prouver qu'après m'être glissé dans sa peau, je pouvais maintenant entrer dans la tête de l'homme qui avait fait de moi son objet et m'avait laissé sans ressources, tel un pantin dont les membres flasques, sans personne pour les agiter, s'étalaient de part et d'autre d'une vie qui ne tenait pas debout.

C'est de cette façon que j'ai abouti à Fall-Jonction, à quelques kilomètres des chutes qui avaient inspiré à Chris Julian son histoire la plus tordue et que j'ai repris mon ancien nom, Richard Dubois, Ric pour les intimes et pour la jolie fille qui gaspille ses sourires à l'endroit de l'étranger assis au comptoir de son snack, avec qui elle entrevoit peut-être, dans ses rêves de femme qui a perdu le goût de la faune locale, une ardente aventure d'été, ignorant que l'homme qui lui renvoie malhonnêtement ses œillades n'est en fait qu'un simulacre, l'ombre d'une ombre qui a sombré un jour de juillet dans l'eau sale d'une piscine où son plongeon n'a provoqué qu'une légère onde, à peine un bruit, à peine un murmure sous le soleil resplendissant.

*

Le snack commençait à se vider quand j'ai terminé la pointe de tarte aux pacanes à laquelle je n'avais pu résister. Je suis sorti derrière un gars qui bougonnait contre la température et j'ai marché jusqu'à ma voiture en examinant les nuages, cherchant à y déceler les signes annonciateurs des vents furieux dont avaient parlé les clients de la place. Si je me fiais à la couleur du ciel, je pouvais respirer encore un peu, mon premier orage aux Chutes rouges ne serait pas pour aujourd'hui.

Lorsque j'ai repris la route, je n'ai toutefois pu m'empêcher de me remémorer les cieux déments décrits par Julian, qui s'opposaient à la légèreté des cirrocumulus s'effilochant dans un ciel autrement poudré de bleu pâle. Mon plan sur les genoux, j'ai suivi la ligne rouge qui m'indiquait que je devais traverser Fall-Jonction et, à la sortie du village, prendre le chemin des Braconniers, qui contournait le Massif bleu, une imposante montagne qui contredisait la notion d'horizon. Je devais ensuite rouler le long de la Red River jusqu'au plateau du haut duquel se déversaient les Chutes rouges. Le camping se trouvait un kilomètre plus loin.

La route qui contournait la montagne était une route désolée et sinueuse où vous n'aviez pas envie de tomber en panne au cœur de la nuit ou en pleine tempête. Ici et là, des camps de chasse ouvraient des enclaves dans la forêt. Outre ces camps, aucune construction ne signalait la présence de l'humain dans les parages. Sur ma droite, des feuillus faméliques malmenés par le dernier hiver s'alignaient en dessous des conifères qui occupaient la majeure partie du Massif.

Je me demandais ce que je foutais dans cet endroit qui avait des allures de purgatoire quand j'ai enfin aperçu la Red River, qu'enjambait un pont de bois. Une cinquantaine de mètres plus loin, un panneau ayant servi de cible à tous les chasseurs du coin indiquait qu'il fallait tourner à quatre-vingt-dix degrés pour le camping des Chutes. La route que j'avais suivie jusque-là s'enfonçait quant à elle dans la forêt, au-delà d'un écriteau peint à la main sur lequel on avait écrit « Cul-de-sac. Défense de passer ». Cette interdiction était inutile, car je ne voyais pas quel crétin irait s'aventurer dans cette jungle sans être muni d'un fusil.

J'ai donc pris à gauche et j'ai roulé pendant une dizaine de minutes sur une route tortueuse longeant la Red River qui, pour le moment, n'avait de rouge que le nom. Dans ses notes, Julian expliquait que cette rivière, après de fortes pluies, prenait la teinte rougeâtre du substrat ferrugineux sur lequel s'était creusé son nid. D'après ce que j'ai compris, il comptait se servir de cette particularité pour y mêler le sang de ses victimes, dont la mort surviendrait durant les orages qui assourdissent ce secteur en juillet et en août et vous donnent un aperçu des musiques de l'enfer. Julian avait une prédilection pour les superlatifs mais, après avoir entendu les hommes réunis au snack utiliser des termes semblables, je savais que ce taré disait vrai et que je devais m'attendre au pire.

En contemplant la rivière, j'ai revu le corps qui flottait dans l'eau rose et j'ai compris qu'en se suicidant,

Julian s'était abandonné au sort qu'il réservait à ses personnages, couleurs incluses. J'ai balayé l'image qui se superposait aux flots de la Red River mais n'avait aucune chance de les polluer. Dans mon esprit, Julian n'était jamais sorti de sa piscine. Il y dérivait parmi les feuilles mortes et y dériverait jusqu'à la fin des temps. Ses chairs se détacheraient lentement de son squelette, empuantiraient l'air chauffé d'un implacable soleil et se couvriraient d'une mousse verdâtre ou grise qui leur donnerait l'allure de vieilles épaves. Je n'avais pas envie de crever de cette façon, pas plus que je n'avais envie de me ramasser dans le décor, que j'ai vu en plan un peu trop rapproché après avoir failli faire une embardée dans une courbe qu'aucun panneau n'annonçait. Au-delà de la courbe, la route se transformait en une montée abrupte creusée d'ornières, ce qui m'a permis de lâcher une série de lénifiants jurons pendant que mes pneus patinaient dans le gravier. À la fin de ma litanie, j'étais arrivé sur le plateau.

Le panorama qui s'offrait à moi était digne d'un décor de carte postale. J'ai arrêté la voiture en plein milieu de la route et je suis sorti pour admirer le paysage depuis ce qui avait autrefois été une aire de repos, mais n'était plus qu'un terrain vague envahi de broussailles et d'objets vétustes, tables à pique-nique bancales, chaises démantibulées, briques éparpillées autour d'un ancien foyer que quelqu'un s'était amusé à démolir. Pour compléter le tableau, une vieille bicyclette dont la selle avait été déchiquetée par un rongeur en quête de matériaux pour son nid rouillait à côté des briques.

J'ai fait quelques pas jusqu'à la clôture branlante qui délimitait l'aire de repos et j'ai reçu la montagne en plein visage. Non seulement le Massif bleu était-il gigantesque, mais il s'en dégageait une puissance hostile qui vous donnait l'impression que vous n'étiez pas le bienvenu. Un mauvais pressentiment m'a effleuré l'esprit, puis je me suis avancé pour mieux apercevoir les chutes, trois chutes tumultueuses placées en un demi-cercle d'où s'élevait un brouillard irisé qui se perdait dans le jour ensoleillé. Ces chutes n'avaient en apparence rien de menaçant. En les imaginant teintées de rouge, on obtenait une tout autre perspective, trois coulées d'eau ensanglantée alimentées par les ruisseaux et les eaux de fonte qui dévalaient le Massif.

Je me suis allumé une cigarette et j'ai observé les nuages qui se rassemblaient lentement au-dessus de la montagne. Le Massif bleu portait bien son nom, mais sa couleur n'évoquait pas celle des cieux. Il était plutôt de cette teinte que l'on prête aux eaux abyssales, à ces régions où le ciel n'existe pas et où la lumière n'est qu'une idée de l'au-delà. Cette montagne me donnait froid dans le dos. J'ai éteint ma cigarette sur le talon de ma chaussure et je suis retourné à ma voiture en faisant cliqueter la roue du vélo rouillé sur mon passage. En refermant ma portière, j'ai cru entendre, dans le cliquettement qui s'amenuisait, le rire saccadé de Julian, qui faisait tressauter les disques de chair molle qui lui tenaient lieu de pectoraux quand il m'appelait mon cher, mon très cher Chrisss. Même à l'état de pourriture, ce fumier continuait à exercer son emprise sur moi et à tirer les ficelles qui m'avaient conduit dans cet endroit sordide.

L'atmosphère des Chutes rouges commençait à m'atteindre, mais j'en étais encore à ce stade où la beauté l'emporte sur l'intime conviction que cette beauté ne vous laissera pas indemne. J'ai démarré en repoussant le malaise provoqué par le rire de Julian et j'ai suivi la route qui s'enfonçait dans la forêt couvrant le plateau. Au bout de la route, j'ai aperçu le stationnement du camping puis, derrière une arche à laquelle était accroché un panneau me souhaitant la bienvenue, une rangée de roulottes, toutes disposées le long d'un chemin qui serpentait entre les arbres. Ici et là, des cordes à linge ployaient sous le poids des serviettes et des maillots de bain, et des gamins jouaient au soccer sur une aire de jeu où s'entassaient des glissoires, des balançoires et des blocs de plastique colorés.

J'ai garé ma voiture et j'ai entendu des rires et des cris à travers le son d'un haut-parleur qui diffusait des pièces des années quatre-vingt. Au-dessus du brouhaha, s'élevait la fumée du méchoui que j'appréhendais. Dans peu de temps, la fête battrait son plein au camping des Chutes rouges et, lorsque la nuit tomberait, on entendrait quelques cris se mêler aux rires, quelques engueulades provoquées par l'alcool, puis les haut-le-cœur mouillés de ceux qui se pencheraient au bout du quai pour dégueuler dans la rivière.

J'ai présenté ma réservation au gardien installé à l'entrée dans une guérite de bois, un certain Hank, une face à fesser dedans, et me suis dirigé vers le lot 17, où se trouvait la roulotte que j'avais louée. Julian m'avait prévenu. Je venais d'arriver en enfer.

APRÈS LE SOLSTICE – 5 JUILLET

Torride. La nuit était torride. J'avais poussé le ventilateur à fond pour me donner l'illusion qu'un peu de fraîcheur circulait dans l'exiguïté de ma roulotte de location, mais l'air chaud qui soulevait les rideaux amplifiait mon sentiment d'étouffement, déjà exacerbé par la promiscuité à laquelle j'étais contraint. Trois mètres seulement me séparaient de la caravane des Meunier-Gervais, à gauche, et de celle des McCormick-Leblanc, à droite, dont j'étais forcé de partager l'intimité, les engueulades et les secrets d'alcôve.

Les Meunier avaient enfin réussi à endormir leur plus jeune, une fillette dont les cris atteignaient un nombre de décibels qu'un aussi petit corps ne pouvait selon moi produire. En revanche, le cliquetis des pales mal ajustées de mon ventilateur ne parvenait qu'à assourdir les râles de Charlotte McCormick qui, comme à peu près tous les soirs, tentait de prouver qu'elle était la reine de la baise en entraînant son mari dans une partie de jambes en l'air qui faisait grincer les essieux de leur roulotte bringuebalante. Nos fenêtres étaient si rapprochées que je pouvais presque entendre le froissement de leurs draps humides et humer l'odeur du corps de Charlotte, légèrement acidulée, que s'affairait à faire jouir Steve Leblanc, le pauvre type qui croyait que tous les mecs du camping voulaient se taper sa femme, ce qui n'était pas tout à fait faux, car Charlotte avait un corps à faire enrager les déesses.

Je n'étais au camping des Chutes rouges que depuis deux semaines et je connaissais déjà tout de la vie des Meunier, des Lessard, des Beaudoin, des Simard et des McCormick-Leblanc, que leur instinct grégaire poussait à s'entasser au sein d'une nature pourtant si vaste.

Durant les premiers jours, j'avais fait profil bas, n'ouvrant la bouche que pour dire bonjour et saluant jusqu'aux abrutis qui me regardaient de travers, ainsi qu'on le fait entre gens civilisés. Les deux seules personnes avec qui j'avais échangé plus de trois mots étaient ma voisine, Charlotte, Charlie pour les intimes, et Madeleine Fréchette, que tout le monde appelle Maddy, la fille superbe qui sert des hot dogs et des frites de quatorze à vingt-deux heures à la cantine du camping, la fille sublime dont le sourire m'a séduit dès qu'elle m'a versé mon premier café.

Malgré mes évidentes lacunes en matière de socialisation, j'avais vite appris que la vie aux Chutes rouges était basée sur une série de règles tacites qui vous permettaient de proférer des âneries autour d'un feu de camp jusqu'à minuit passé mais pas de vous enfermer dans le silence et la solitude. C'est pourtant ce que je faisais, incapable de participer aux joutes de fer à cheval qui opposaient sur la plage des hommes aux bras musclés à d'autres exhibant leurs tatouages avachis, pas plus que je n'arrivais à me joindre à ces rassemblements apéritifs où chacun reluquait la femme de son voisin en dépit de la raclée qu'il se prendrait s'il osait la toucher.

Je restais donc dans mon coin et, le soir venu, j'ouvrais le manuscrit de Julian en tâchant de donner une suite à ce roman sordide. En deux semaines, je n'étais parvenu à y ajouter qu'une douzaine de pages toutes plus nulles les unes que les autres et mes illusions quant aux jours glorieux qui m'attendaient en avaient pris un sacré coup. La plupart du temps, je me retrouvais dans un cul-de-sac, coincé avec un personnage qui n'en menait pas large au bout d'un sentier qui n'aboutissait nulle part. Je refermais alors mon ordinateur, où j'avais entièrement retapé le manuscrit de Julian, et j'essayais de rédiger un plan qui me permettrait de quitter l'impasse au fond de laquelle je m'étais embourbé. Les feuillets que je noircissais se ramassaient invariablement à la poubelle, avec les mégots qui débordaient de mon cendrier Made in Japan, un faux coquillage aussi kitsch que l'ensemble des éléments de décor qui tentaient de me remonter le moral en me jetant à la figure le mauvais goût des propriétaires de ma roulotte.

Pour tuer le temps en attendant que Steve et Charlotte accouchent, je fixais les billes de bois placées au creux des orbites de ce qui représentait vraisemblablement une chouette, espérant que par effet d'hypnose elle me plonge dans un sommeil profond. Autant espérer qu'une poignée de porte vous lise votre avenir. J'ai dit à la chouette qu'elle ne valait rien et j'ai ouvert un journal vieux de trois jours, me demandant si les malheurs qui y étaient relatés se reproduisaient chaque fois que quelqu'un lisait le même article, puis les soupirs de Charlotte McCormick se sont amplifiés dans l'atmosphère étouffante, allant crescendo vers des sommets que seule Charlotte connaissait, signe qu'elle allait bientôt atteindre l'orgasme et que je pourrais peut-être dormir en paix. J'ai éteint ma lampe en même temps que Charlotte exultait et j'ai tenté de faire le vide, d'imaginer des paysages tranquilles, des ruisseaux bordés de neige fraîche qui me distrairaient de la chaleur et me permettraient d'oublier, pour quelques instants seulement, que j'étais un homme mort, un simple fantôme.

Comme les fantômes ne dorment pas, une heure plus tard, j'avais toujours les yeux rivés sur la chouette au regard débile dont les paupières refusaient de se fermer. Dans la torpeur de la nuit, je ne percevais plus que l'onde lancinante créée par la stridulation des criquets, qui m'enveloppait de son chant ininterrompu. Au loin, quelques grondements de tonnerre résonnaient, précédant la pluie qui ferait enfin tomber la moiteur qui nous collait à la peau. Ils annonçaient également l'orage que je redoutais depuis mon arrivée, ce fracas démentiel dont Julian donnait un aperçu dans ses notes et que la chaleur alimentait en attendant l'éclatement des cieux.

Incapable de tenir tête plus longtemps à la chouette, j'ai rallumé ma lampe et me suis levé. Je n'étais pas dans la forme idéale pour me mesurer au délire de Julian, mais puisque je n'arrivais pas à fermer l'œil, j'ai ouvert mon ordinateur, j'ai cliqué sur l'icône intitulée *Orages à Red River*, et les premières lignes, dans lesquelles j'avisais le lecteur que toute ressemblance avec des personnes ou des lieux existants était totalement fortuite, sont apparues pour me protéger des accusations qui ne manqueraient pas de fuser si ce roman voyait le jour et si d'aventure un ou deux campeurs avertis montraient un goût particulier pour la lecture.

Incapable d'inventer un personnage qui pouvait se regarder dans le miroir sans reconnaître son facteur ou son épicier, je m'étais en effet inspiré de mon entourage pour agrémenter l'intrigue de quelques individus à l'allure louche qui pouvaient facilement être confondus avec trois ou quatre bozos qui séjournaient au camping. Et j'avais renchéri en donnant des rôles secondaires à Charlotte McCormick et à Steve Leblanc, que j'avais renommés Mary Jones et John Stevens, un couple qui n'avait pas encore d'enfant, même si John le baraqué s'employait à inoculer sa semence à Mary chaque fois que celle-ci laissait glisser sa culotte de soie sur ses pieds bronzés, ce qui se produisait aussi souvent qu'un hibou hululait dans la forêt avoisinante. Ma description des Jones-Stevens dénotait mon cruel manque d'inspiration, mais je n'avais rien trouvé de mieux pour le moment.

J'ai fait défiler le texte jusqu'à la scène où Mary Jones, non contente de partager ses émois sexuels avec ses voisins, se met à hurler au cœur de la nuit, et j'ai tenté d'imaginer ce qui, outre la jouissance, avait pu provoquer ce hurlement. J'ai travaillé jusqu'à trois heures du matin, plutôt satisfait du ton que j'avais donné au texte, du genre nature trash, puisque les criquets et les grondements du tonnerre y côtoyaient les bouts de tôle et les corps exhibant leurs surplus de graisse. À trois heures pile, j'ai refermé l'ordinateur, préférant ne pas me relire tout de suite et demeurer dans l'illusion que j'avais bien bossé.

Le tonnerre s'était tu, signe que l'orage s'était abattu sur l'autre versant du Massif bleu et que nous devrions attendre encore un jour ou deux avant qu'un peu de fraîcheur vienne défriper les yeux gonflés par l'insomnie. J'ai enfilé un t-shirt et suis sorti de la roulotte. Même si la nuit était étouffante, il faisait bien quatre ou cinq degrés de moins à l'extérieur. Je me suis allumé une cigarette, dont le bout rougeoyant inquiéterait peut-être un ou deux insomniaques postés à leur fenêtre, et je suis parti me balader.

Tout le camping dormait, hormis les invisibles insomniaques. Quelques ronflements, quelques remarques pâteuses adressées à la torpeur me parvenaient de-ci de-là, mais j'étais seul sur le chemin de gravier mal éclairé. Quand j'ai bifurqué pour prendre la côte menant à la vallée de la Red River, une pente tout en méandres où les cailloux déboulaient sous mes pieds, un chien a aboyé dans mon dos, me lançant un avertissement à propos du territoire de chacun et des limites qu'il ne fallait pas franchir. Ta gueule, Princesse, a aboyé à son tour une femme qui en avait visiblement marre des états d'âme de Princesse, et je me suis de nouveau retrouvé en compagnie des criquets, des grenouilles et autres bestioles qui ne se manifestent que le soir venu.

Ces moments étaient les seuls que j'appréciais véritablement aux Chutes rouges, ce silence habité de la nuit, quasi aérien, quand les bruits des hommes s'amenuisent et qu'on peut enfin entendre ce qui ne se tait jamais dans l'obscurité, les élytres des insectes, le craquement des branches sèches, les faibles pépiements suscités par un lointain hululement, puis le son de sa propre respiration, lente et paisible aux abords du sommeil, de cette petite mort quotidienne de laquelle certains ne reviennent pas, emportés par la rupture sournoise d'un anévrisme ou trucidés par quelque psychopathe qui passait par hasard dans le coin. Je souhaitais parfois que cela m'arrive, que mon souffle s'arrête en plein milieu d'un rêve d'un érotisme ravageur et que la morosité du lendemain me soit épargnée, ce qui ne se produirait pas cette nuit, parce que mon bilan de santé était au beau fixe et qu'aucun tueur sanguinaire, que je sache, ne rôdait dans les parages.

Arrivé dans la vallée creusée par la Red River, j'ai profité de ce que l'endroit était désert pour me coucher sur le quai aménagé là où la rivière s'élargissait. J'avais l'intention d'observer les étoiles, mais aucune étoile ne perçait l'amas de nuages qui stagnait au-dessus de la vallée. J'ai fermé les yeux pour écouter le clapotis de l'eau sous le quai, un papillon a effleuré mon bras gauche, et je me suis endormi.

6 JUILLET

Un type affublé d'un chapeau de paille pêchait au bout du quai, les jambes dans le vide, quand j'ai rouvert les yeux. Le jour n'était pas tout à fait levé, mais on percevait sa faible lueur, derrière la montagne, perdue dans un brouillard jaune annonçant la chaleur humide qui écraserait le camping dès le chant du coq.

J'ai déplié mes membres endoloris, j'ai craché la bestiole qui avait profité de mes bâillements pour se poser sur ma langue et j'ai salué le type dont la camisole de résille lie-de-vin me tournait le dos. Il m'a répondu d'un grognement et a lancé sa ligne, dont l'appât s'est enfoncé avec un léger ploc dans l'eau claire, puis il a agité sa canne pour attirer l'innocent qui passerait par là. J'ai imaginé la mouche rouge et blanche sous la surface, le poisson qui vaquait à son petit train-train matinal sans se douter de rien, sifflant peut-être un petit air aquatique de son cru, et j'ai demandé au gars s'il relâchait ses prises ou s'il les gardait. La camisole s'est retournée, de concert avec le chapeau, le type m'a toisé comme si j'étais le dernier des imbéciles et il a relancé sa ligne d'un habile coup de poignet.

Je n'ai pas eu besoin d'explications supplémentaires pour comprendre que cet homme n'était pas particulièrement liant. Je me suis relevé en essayant de contrôler la douleur cuisante qui me déchirait le dos et j'ai quitté le quai en traînant mes savates. Je mettais le pied sur le gravier lorsque le type a déposé un poisson frétillant près de son sac de toile et m'a lancé que le quai n'était pas un dortoir. Je lui ai murmuré d'aller se faire foutre et il s'est levé d'un bond. Qu'est-ce que t'as dit ?

Je n'étais pas en état d'argumenter et lui ai stupidement répondu que le quai ne lui appartenait pas, qu'il m'avait bien entendu et qu'il pouvait aller se faire foutre. Je n'avais pas fini ma phrase qu'il se jetait sur moi, un type énorme, dont j'avais mal évalué la corpulence. Je suis tombé sous l'impact, on a roulé dans le gravier, mon dos a craqué et un poing orné d'une chevalière dont je n'ai pas eu le loisir d'admirer le motif s'est imprimé sur mon visage. Deux secondes plus tard, je voyais noir et je crachais le sang.

Des gars de ton espèce, on n'en veut pas dans le coin, a-t-il craché à son tour, à bout de souffle, de la bave au coin des lèvres, puis il m'a gratifié d'un coup de pied dans les côtes. Il est ensuite reparti avec son agrès de pêche, oubliant sur le quai le poisson de moins en moins frétillant.

Je ne sais combien de temps j'ai mis avant de pouvoir bouger. L'un des employés du camping faisait gronder sa tondeuse quand j'ai réussi à me traîner jusqu'à la rivière, dans laquelle je suis entré tout habillé et dont j'ai laissé l'eau tiède laver mes plaies. Je pouvais dire adieu à mes runnings de luxe et je m'en foutais. Je venais d'être attaqué par un fou, un désaxé qui n'hésiterait pas à me faire la peau si je croisais encore son chemin. Je l'avais vu dans ses yeux, dans la rage qui déformait ses traits, dans la fureur avec laquelle il me tapait dessus. Je représentais tout ce qu'il méprisait en ce bas monde, tout ce qui ne méritait pas de respirer, tout ce qui encombrait l'espace vital du bien-pensant. Ce type me tuerait si je lui en donnais l'occasion.

Pendant un bref instant, je me suis vu flotter sur la rivière à la suite des cadavres que Julian précipitait au bas des chutes et je me suis demandé, pour la centième fois, ce que je faisais dans ce camping où la plupart des gens me considéraient avec raison comme un intrus. Je suis sorti de l'eau en laissant sur le sable et les pierres une large trace que le soleil sécherait en quelques minutes et j'ai relancé à la flotte le poisson moribond qui m'implorait de ses yeux globuleux. Ma B.A. quotidienne accomplie, j'ai décidé de retourner à ma roulotte par le sentier qui s'ouvrait entre deux épinettes de Norvège, quitte à me casser une autre fois la gueule dans la pente abrupte qui séparait le camping de la vallée.

*

Je n'étais pas le premier à me balader dans les bois qui plongeaient vers la Red River. Un peu partout, le sol était tapé par le passage répété d'adolescents en quête d'un endroit tranquille pour se tripoter, fumer un joint ou boire une bière. Dans les fougères bordant le sentier, s'élargissait la marque de corps couchés, et des canettes vides, ici et là, rouillaient dans la verdure.

Ce matin-là, j'étais seul dans le sentier et je comprenais qu'on ait envie de venir se réfugier ici, loin des terrains où la pelouse se transformait rapidement en terre battue et où l'illusion de vivre au grand air était démentie par la fumée des barbecues, l'accumulation des gaz d'échappement, les odeurs de lessive, de lotion bronzante, de toilettes chimiques et autres émanations liées au confort du vacancier. Si je n'avais pas été si mal en point, je me serais aussi allongé dans les fougères, pour rêver à cet âge où l'on peut encore aspirer à un véritable repos. Cette époque était révolue depuis longtemps et j'avais besoin de café, d'aspirine et d'un matelas où étendre mon corps meurtri.

J'ai pris un sentier qui bifurquait près du sentier principal et devait, si mes calculs étaient bons, me mener au secteur du camping où était située ma roulotte, avançant quasi plié en deux à cause de la douleur qui me sciait les reins et jurant contre l'enragé qui m'avait sauté dessus. Après avoir gravi un semblant d'escalier aménagé à même la déclivité du terrain, j'ai enfin débouché derrière l'emplacement des McCormick-Leblanc, où Charlotte McCormick, en tenue d'Ève, profitait des premiers rayons du soleil. Shit ! J'ai tenté de me faufiler en douce à l'extrémité du terrain, mais elle s'est redressée quand une branche s'est rompue sous mes pas. J'ai alors vu ses yeux s'écarquiller, ses lèvres s'ouvrir, et j'ai songé que j'étais foutu, qu'elle allait m'agonir d'injures et rameuter tout le camping, qui crierait au vol, au viol, à l'assassin, après quoi on m'expulserait comme une ordure, à moins que le type au chapeau de paille rapplique et me règle proprement mon compte.

Je levais la main en signe d'apaisement quand Charlotte McCormick m'a reconnu et que ses lèvres arrondies se sont élargies en un sourire aguicheur : T'as déboulé en bas d'une falaise, mon grand ?

Je lui ai rendu son sourire en essayant de ne pas la regarder plus bas que le menton et lui ai expliqué que j'avais fait une mauvaise chute. Méchante débarque, a-t-elle répliqué tout en enfilant un micro-maillot de bain, constitué d'à peine quelques fils, avec la lenteur de celle qui en connaît un rayon sur le désir spontané du mâle devant la chair offerte. Elle tombait mal. J'avais autant de chances de bander qu'un eunuque dans un banc de neige. Je me suis excusé de mon intrusion et j'ai pris le chemin de ma roulotte, mais Charlotte McCormick n'entendait pas me laisser filer.

Na, na, na... Tu vas venir avec moi, mon grand, et je vais nettoyer tes blessures.

Je vous remercie, madame McCormick, j'ai juste besoin de me reposer.

Charlie, tu m'appelles Charlie, je te l'ai dit cent fois, et tu me suis. T'as besoin que quelqu'un te soigne.

Ce disant, elle m'a pris par le bras et m'a entraîné de l'autre côté de sa roulotte. Sur le seuil de la porte d'entrée, j'ai été pris de panique. Il était hors de question que j'entre dans un espace aussi exigu avec une femme pratiquement nue qui se pencherait sur mon visage en m'offrant ses seins bronzés et ferait fondre illico le banc de neige responsable de mon impuissance momentanée.

J'ai tenté d'argumenter, de lui faire comprendre que j'appréciais sa sollicitude, mais que je préférais me débrouiller seul. J'aurais dû me taire. Pendant que j'essayais de me débarrasser d'elle, au moins cinq personnes nous ont vus discuter, une dame qui promenait son beagle, un employé du camping qui passait sur sa voiturette, un couple qui partait se baigner et une fillette aux tresses blondes qui a écarquillé les yeux, comme Charlotte McCormick quelques minutes auparavant, en voyant ma tête à faire peur.

À bout de forces, j'ai fini par céder. Je suis monté avec Charlotte McCormick dans sa roulotte, pareil à un ado honteux qui suit derrière un rideau rouge la première femme qui va lui faire oublier les questions existentielles pourrissant ses quinze ans.

*

La nuit était tombée depuis peu et les criquets avaient remis ça, prenant le relais des radios et de cris de victoire venant de l'aire de jeux. Charlotte McCormick, quant à elle, demeurait curieusement silencieuse. Après m'avoir entraîné dans sa roulotte, le matin, elle avait enfilé un peignoir, ce qui m'avait amené à reconsidérer ses intentions et, surtout, à revoir le jugement que je portais sur cette femme. Elle m'avait ensuite fait asseoir dans un fauteuil, m'avait donné de l'eau fraîche et avait sorti une trousse de premiers soins. La délicatesse avec laquelle elle avait nettoyé et pansé mes plaies m'avait troublé. Sous des dehors vulgaires, Charlotte McCormick cachait une femme douce qui, pour des raisons que j'ignorais, ne se montrait que dans l'intimité.

Voilà, avait-elle dit en rangeant ses instruments dans la trousse. Tu peux aller te reposer, maintenant.

J'étais ressorti de sa roulotte aussi abasourdi par son attitude que par les coups que je m'étais pris.

J'avais foutu mes runnings à la poubelle, mes vêtements dans un coin, et m'étais allongé. J'avais l'intention de faire un somme, mais le micro-maillot de bain de Charlotte occupait la quasi-totalité de mon espace mental, juste à côté des mains douces de Charlotte appliquant un bandage sur mon front en me recommandant de sa voix suave, proche du chuchotement, de me rendre dans une urgence dès que possible. Je m'étais trompé du tout au tout sur cette femme. Il y avait deux Charlotte McCormick, et celle qui puait le sexe n'était peut-être pas la vraie Charlotte. Je m'étais tout de même endormi dans la sensualité de son odeur, ne m'extirpant de mes rêves endoloris que pour y replonger aussitôt, engoncé dans un fouillis de fantasmes où violence et volupté se perdaient dans des couleurs chaudes et crues.

Lorsque je me suis éveillé, en plein milieu de la nuit, je baignais dans une mare de sueur. J'ai tâté mon visage, cherchant mon œil gauche parmi les boursouflures, et me suis relevé pour aller m'ausculter dans la salle de bains. L'homme que j'ai aperçu dans le miroir n'était pas non plus le vrai Ric Dubois, mais un homme au regard vitreux, la moitié du visage enflée, marbrée d'un mauve pas véritablement assorti à son teint, et qui semblait sortir d'une ruelle ou de l'un de ces bars où l'on se tape dessus pour oublier qu'on est un minable. Et c'est exactement ce que j'étais, un imbécile fini, un crétin qui croyait qu'il suffisait d'empocher soixante-quinze mille dollars pour être frappé par le génie.

J'ai éteint l'ampoule qui surmontait le lavabo et suis retourné m'étendre. Dehors, le chant des rainettes crucifères se mêlait à celui des criquets et le grondement lointain du tonnerre, au-delà de la montagne, accentuait la menace qui sourd inévitablement des ténèbres. Puis, à travers le cliquetis des pales de mon ventilateur, j'ai cru entendre un chuintement, que j'ai d'abord associé au frottement des branches de l'érable planté près de ma roulotte, et me suis rendu compte que des pas feutrés longeaient ma fenêtre.

Je me suis redressé vivement, retenant avec peine le gémissement que m'avait arraché ce mouvement trop brusque, et les pas se sont tus. J'ai soulevé les pans du rideau accroché au-dessus de mon lit. Il n'y avait personne de ce côté. Quelques lucioles voletaient sous les cèdres, le maillot de bain de Clara Gervais, la femme de Meunier, pendait sur la corde à linge, immobile dans la nuit sans vent, et un petit tracteur de plastique orange s'était renversé sous le lampadaire qui éclairait cette portion du camping.

La présence de ce jouet solitaire au milieu du terrain n'avait rien d'étonnant. Elle ne m'en paraissait pas moins insolite, comme si l'enfant qui l'avait abandonné là avait disparu, ne laissant derrière lui que cette preuve de son existence. Je n'avais jamais vu Jérémie, le garçon des Gervais-Meunier, s'amuser avec ce tricycle, mais l'objet était là, sous le cône de lumière jaunâtre du lampadaire, attendant que l'enfant revienne. Une désagréable impression de déjà-vu, aussi tenace que celle qui m'avait frappé près de la piscine de Julian, m'empêchait de bouger. Où avais-je déjà aperçu ce tracteur ? Puis certains détails se sont mis en place, un homme et une femme penchés sur une fillette, un ruban de soie jaune, quelques bougies, et je me suis rappelé, Betty Duncan. Ce jouet appartenait à Betty Duncan, dont les parents célébraient le sixième anniversaire dans les premières pages du roman de Julian, dix ans avant les événements qui allaient conduire à sa mort.

J'ai laissé retomber le rideau, convaincu que le jouet ne serait plus là si je le soulevais de nouveau, et j'ai cherché de quoi étancher la soif qui m'asséchait subitement la gorge.

Dans le réfrigérateur, quelques bouteilles de bière s'alignaient devant un litre de jus d'orange et un pot de moutarde Schwartz sur lequel je me suis concentré, « si c'est Schwartz, c'est bon ! » J'ai réuni quelques-uns de mes souvenirs d'enfance autour de ce pot de moutarde, parmi lesquels se profilaient des pogos géants, des saucisses qui grésillaient sur un barbecue, du pain tranché à ce point moelleux que les doigts y laissaient leurs empreintes, « si c'est Schwartz, c'est bon ! », et j'ai sursauté lorsque la capsule de ma bouteille de bière a roulé sur le sol, produisant un bruit semblable au cahotement rocailleux des roues de plastique du tracteur de Betty Duncan sur le gravier, dans lequel s'est immiscé le son feutré des pas qui longeaient ma roulotte. Mon visiteur était encore là, du côté de l'entrée.

Tâchant de ne faire aucun bruit, je me suis dirigé vers la porte et l'ai ouverte à toute volée. Mes sens m'avaient trompé, il n'y avait personne de ce côté-là non plus. J'ai attrapé la lampe de poche accrochée près de mon imperméable et suis sorti dans la pesanteur de la nuit. Des papillons se frappaient aux ampoules qui brillaient faiblement ici et là, un climatiseur ronronnait quelque part, mais les seuls bruits de pas étaient les miens. J'ai contourné la roulotte et j'ai orienté le faisceau de ma lampe vers la roulotte des McCormick-Leblanc, vers celle des Gervais-Meunier, puis en direction du lampadaire, sous lequel le petit tracteur de plastique orange avait disparu, ce qui était tout à fait normal, puisque cet objet n'existait que dans la fiction, que dans les souvenirs factices qu'avait imprimés Chris Julian dans ma mémoire.

J'ai poussé un peu plus loin et suis revenu bredouille à mon point de départ. Il n'y avait personne d'autre que moi alentour. Je n'avais toutefois pas rêvé. Quelqu'un s'était tenu près de moi, de l'autre côté du mur, avançant doucement et guettant ma respiration, les grincements de mon sommier, les soupirs que m'arrachait la chaleur.

J'ai éteint la lampe de poche et me suis assis sur les marches de ma roulotte. J'avais presque oublié ma douleur, mais elle est revenue en force quand j'ai tenté de trouver une position confortable sur ces marches étroites. Ce fou furieux m'avait pété le dos et il me faudrait probablement des jours pour m'en remettre. Une vague de mépris est subitement montée dans ma poitrine, un déferlement de haine pure, et je me suis demandé comment Julian s'y serait pris pour rendre la monnaie de sa pièce à ce pourri. Des scènes d'une violence brute m'ont traversé l'esprit, une hache s'abattant sur un chapeau de paille qui s'imbibait lentement de matière cervicale, des hameçons fichés dans de la chair avachie, et je suis rentré écrire.

Une heure plus tard, l'homme au chapeau de paille se nommait Chet Lamarre et, au plus sombre du roman dont l'intrigue se précisait sur mon écran, il était aussi mort que les poissons qu'il entassait dans sa besace. J'ai refermé mon ordinateur et me suis traîné jusqu'à mon lit. La fumée de ma cigarette s'élevait en volutes avant d'atteindre le plafond, où les pales du ventilateur la dispersaient, tranchaient les volutes en leur centre et les envoyaient valser contre les murs, ainsi que la tête de l'homme au chapeau de paille, quelques instants plus tôt, avait volé contre un tronc d'arbre pendant que son chapeau s'aplatissait au sol.

Je me suis fendu d'un sourire satisfait, mon premier depuis longtemps, et j'ai fermé les yeux pour repousser l'image des jambes potelées de Betty Duncan enfourchant son tracteur. Dehors, des pas feutrés s'avançaient sur l'herbe sèche. Cette fois je rêvais. Je plongeais dans un abîme duveteux et je rêvais.

7 JUILLET

Ce sont des coups frappés contre ma porte qui m'ont réveillé. D'après l'angle de la lumière, il devait être environ midi et la chaleur était telle que, si on ne m'avait pas tiré de mon sommeil, je serais mort asphyxié. J'ai attrapé mes vêtements de la veille, encore humides, et me suis habillé en proférant quelques jurons à l'endroit du dégénéré qui m'avait massacré.

Un homme portant des verres fumés et une casquette des Yankees de New York se tenait devant ma porte. Des ombres étiraient les traits de son visage et des couleurs nouvelles, concentrées dans la gamme allant du vermeil au magenta, dansaient dans le champ de vision réduit de mon œil poché, si bien que j'ai mis un certain temps à reconnaître Hank, le sympathique gardien qui m'avait accueilli à la guérite le jour de mon arrivée. D'après ce que j'ai compris, il y avait eu du grabuge au camping durant la nuit. On avait vandalisé la cabane à outils d'un certain Victor Vaillancourt, et quelqu'un m'avait vu courir dans le bois derrière chez Vaillancourt peu après minuit.

Si je n'avais eu aussi mal à la mâchoire, j'aurais éclaté de rire. J'ai préféré épargner mes zygomatiques et demander à Hank si j'avais l'air d'un gars en état de courir ou de vandaliser quoi que ce soit.

Je sais pas. C'est à toi de me le dire, a-t-il rétorqué en faisant aller d'un côté à l'autre de sa bouche le brin de foin dégueulasse qu'il mâchonnait, montrant sa langue à chaque mouvement des lèvres, une langue sèche et agile qui rappelait celle d'une vipère, sauf qu'elle était verdâtre, de la même couleur que les Ray Ban qu'il portait, dans lesquels je pouvais voir mon reflet, le pansement sur mon front, ma mâchoire déformée par la courbe des verres. Je pouvais même y apercevoir mon mal de crâne, amplifié par les reflets. J'ai détourné la tête avant d'être englouti sous la surface limpide des verres fumés et j'ai exigé de savoir quel cloporte m'avait vu. Question inutile, car Hank, apparemment, était tenu au secret professionnel ou à quelque code d'éthique conçu en vue de prévenir les bagarres, les arrachages de bras, les attaques d'ours enragés et les morsures de raton laveur.

Il pouvait se le mettre où je pensais, son code d'éthique, car je n'avais pas quitté cette putain de roulotte, sauf pour en faire le tour quand un gars qui avait sauté une étape dans son développement mental s'était amusé à m'épier. Tu devrais chercher du côté de cet attardé, Hank, il a dû laisser des traces, ou du côté du sans-dessein qui s'est attaqué à moi et qui a peut-être envie de me rachever en colportant n'importe quoi.

Pas beau à voir, a remarqué Hank en désignant mon visage, puis en dessinant une courbe avec son bras pour englober l'ensemble de mon corps. Pas beau. Tu dois vraiment avoir mis le gars en rogne. Qu'est-ce que t'as fait ?

Rien. Je l'ai traité d'abruti. Et j'ai rien fait la nuit dernière non plus. Je suis resté tranquille à macérer dans mon jus.

Peux-tu le prouver ?

Non, je ne pouvais pas le prouver, et j'étais probablement le seul, dans ce camping, à n'avoir personne pour confirmer ses dires, puisque chaque roulotte, à part la mienne, était occupée par un couple ou une petite famille. Ça ne faisait pas pour autant de moi un criminel.

Ça reste à déterminer, a marmonné Hank, puis il a craché son brin d'herbe, lequel a atterri sur une pierre plate où le bout mâchouillé baignait dans quelques filaments de salive. Je fixais la pierre quand une porte a grincé. J'étais avec lui, a lancé la voix suave de Charlotte McCormick, qui sortait de sa roulotte en peignoir de soie, un peignoir plus coloré que celui qu'elle avait enfilé la veille, rouge vif avec des fleurs jaunes.

Je suis demeuré bouche bée. Dans les Ray Ban de Hank, ma mâchoire devait pendre et s'ouvrir sur un gouffre de bêtise ou d'incompréhension muette, selon le point de vue. J'ai tenté de nier, de dire à Charlotte qu'elle n'avait pas besoin de mentir pour me protéger, puisque je n'étais pas coupable de ce dont on me soupçonnait, mais elle a renchéri.

C'est lui qui ment, Hank. On a joué aux cartes toute la nuit et je l'ai lavé. Cinq cents piastres, que je me suis faites. Ce disant, elle s'est approchée de Hank, a laissé son peignoir glisser légèrement sur son épaule droite et l'a gratifié d'un sourire qui pouvait aussi bien signifier qu'elle lui taillerait volontiers une pipe qu'évoquer le souvenir d'autres brûlantes étreintes.

J'étais soufflé, complètement estomaqué par sa désinvolture et par l'aisance avec laquelle elle embobinait Hank, qui souriait à son tour d'un air entendu, ayant conclu dans sa cervelle de larve que le jeu de cartes auquel nous nous étions adonnés ressemblait davantage à un strip-poker qu'à une partie de bridge accompagnée de petits fours.

D'accord, Charlie, je te crois pour le moment, a-t-il répondu, ses Ray Ban effrontément plongés dans l'ouverture du peignoir, mais j'ai pas fini mon enquête. Ça se peut que je revienne, a-t-il lancé à mon intention, puis il est reparti en bombant le torse, fier d'avoir pu démontrer son autorité devant la femme la plus bandante du camping.

Aussitôt qu'il a disparu, j'ai demandé à Charlotte pourquoi elle avait inventé cette histoire. Parce que j'haïs Vaillancourt, Ric, parce que je l'haïs pour le tuer, et sa voix jusqu'alors mielleuse est devenue rauque, emplie d'une hargne profonde, pendant qu'elle serrait les poings et les dents, prête à mordre ou à frapper. Contente-toi de me remercier, a-t-elle ajouté, puis elle est rentrée chez elle en claquant la porte.

Je me suis assis sur les marches de la roulotte pour digérer tout ça. Je sentais à peine la douleur dans mon dos et dans mes jambes tant j'étais sonné, pas plus que je ne sentais la brûlure qui traversait mon front, où une légère humidité m'indiquait que j'avais saigné. Je venais de découvrir une troisième Charlotte, une femme que la haine rongeait et qui était prête à aller beaucoup plus loin que le mensonge pour démolir l'homme qu'elle méprisait. Le problème, c'est qu'elle m'avait inclus dans son mensonge et que je savais pertinemment, depuis que j'avais rencontré Chris Julian, qu'un mensonge en appelait un autre, et un autre, et un autre encore, et que Charlie McCormick, consciemment ou non, m'avait entraîné dans un jeu de cache-cache au terme duquel c'est moi qui me prendrais un pan de ciel sur la tête. Je n'avais jamais si bien dit.

*

Lorsque le cri de ralliement invitant les joueurs de pétanque à se réunir près du terrain de croquet a retenti, ma décision était prise. Je quitterais le camping le lendemain, puisqu'il était inutile d'attendre que l'inspiration me frappe dans cet endroit où, entre l'homme au chapeau de paille, les accusations qui pesaient sur moi, l'insaisissable Charlotte McCormick et l'ombre de Chris Julian, j'allais bientôt être fait comme un rat.

Pour tout dire, je me sentais piégé, surveillé de toutes parts, poursuivi par les regards suspicieux qui considéraient que ma solitude était en soi l'aveu, là où la convivialité était le mot d'ordre, que quelque chose ne tournait pas rond chez moi. Le type qui m'avait tabassé me l'avait clairement fait entendre, des gars dans mon genre, on n'en voulait pas dans le coin, signe qu'il n'était pas le seul à trouver ma présence suspecte. Il valait donc mieux que je débarrasse le plancher avant que la situation s'envenime et que je me retrouve prisonnier de l'hostilité grandissante dont j'étais l'objet.

N'ayant pas envie de faire la cuisine dans le four qu'était déjà ma roulotte, j'ai traîné mes savates jusqu'à la cantine, évitant de croiser les regards qui s'apitoyaient sur moi ou, au contraire, se réjouissaient que quelqu'un m'ait remis à ma place, celle de l'indésirable, de l'inconnu dont l'existence ne peut qu'être louche.

En apercevant ma gueule, Maddy, la fille de la cantine, qui aurait pu me faire fondre juste en me touchant l'épaule, n'a pu retenir un cri, un tout petit cri qu'elle a étouffé avec sa main délicate, aux ongles vernis de rose, une couleur apaisante, à l'instar du sourire de Maddy. En ce moment, pourtant, Maddy ne souriait pas. Elle paraissait effrayée et sa main délicate, demeurée sur ses lèvres, tremblait légèrement.

Qu'est-ce qui t'est arrivé, Ric, dis-moi qui t'a fait ça ? a-t-elle enfin lâché d'une voix dans laquelle la compassion que j'avais lue sur son visage avait fait place à la rage.

Personne, Maddy, personne, je suis juste tombé.

Arrête tes conneries. On se pète pas un œil en tombant. Je suis sûre que c'est lui.

Qui ça, lui ?

L'hostie de cave à Vaillancourt.

Comment tu l'as appelé ?

Vaillancourt. Victor Vaillancourt. Six pieds et deux, un nez de boxeur, un chapeau de paille troué.

La description correspondait. J'ai demandé à Maddy de m'en dire un peu plus sur le bonhomme, question de confirmer mes appréhensions. D'après Maddy, ce Vaillancourt était une brute qui avait décidé de faire régner l'ordre au camping. Il s'en était pris à un autre gars, l'année d'avant, un homme seul dont Vaillancourt n'aimait pas la face de fendant. Le type était reparti sur une civière et on ne l'avait plus revu. Quant à Vaillancourt, il s'en était tiré en inventant une histoire tordue qu'il avait toutefois réussi à faire tenir debout. Les déclarations de Maddy ne me disaient pas pour quelles raisons exactes Charlotte McCormick détestait cet homme. Par contre, elles m'en apprenaient suffisamment pour comprendre son envie de lui cracher dessus.

Tiens-toi loin de lui, a ajouté Maddy, cet homme-là est dangereux, puis elle s'est retournée pour préparer mes hot dogs en pestant contre Vaillancourt.

Appuyé sur le comptoir entre les bouteilles de ketchup, les sachets de vinaigre, les pailles striées de rose et le distributeur de serviettes en papier sur lequel s'imprimaient cinq empreintes graisseuses, j'ai vainement cherché un pot de moutarde Schwartz, mais cette marque appartenait à mon enfance, tout comme le tracteur de plastique orange appartenait à celle de Betty D. Je me suis donc rabattu sur la bouteille de ketchup pour peaufiner le scénario qui se mettait en place dans ma tête et je me suis octroyé un A pour la qualité de l'écriture.

Vaillancourt, ainsi que je l'avais soupçonné, avait bel et bien décidé de me donner le coup de grâce en me plongeant dans l'eau bouillante, poussé par l'espoir retors de ramasser ma peau de connard à la petite cuillère. Il avait donné trois ou quatre coups de masse dans sa cabane à outils, avait crié au vandalisme et avait esquissé une silhouette dans le bois, celle du gars qui avait loué la roulotte du lot 17, taille moyenne, poids moyen, la quarantaine bien faite et les cheveux parsemés d'un peu de gris, juste assez pour lui donner cet air de respectabilité qui contrastait avec son allure de flanc-mou.

Mes deux hot dogs sont arrivés dans une assiette de carton, avec quelques cornichons en prime, au moment exact où je me traitais de flanc-mou par personne interposée, et Maddy m'a dit d'aller m'asseoir, qu'elle m'apportait mes frites dans un instant.

J'ai pris place à l'une des tables à pique-nique jouxtant la cantine, où l'ombre des feuillages s'agitait mollement pour créer des motifs lumineux parmi les fioritures injectées de sang qui masquaient la partie gauche de mon univers. J'ai plissé les yeux et me suis rendu compte que j'allais bientôt avoir besoin de lunettes, auxquelles je pourrais ajouter une canne, tant qu'à y être, ou une paire de béquilles pour compenser mon mal de dos et arrêter de marcher comme un triangle oscillant entre la famille des scalènes et celle des isocèles. J'ai par le fait même réalisé que Vaillancourt avait raison, jusqu'à un certain point. Dans quelques semaines, j'allais avoir quarante-trois ans et je n'avais rien foutu de ma vie. Je m'apprêtais à aller me jeter en bas du pont que j'avais raté vingt ans plus tôt quand Maddy est revenue avec mes frites et un pot de sauce à salade qui se faisait passer pour de la mayonnaise.

Voyant que je filais un mauvais coton, Maddy s'est assise près de moi pour se relever aussitôt, car d'autres clients arrivaient, un jeune couple avec une fillette aux tresses blondes qui m'a montré du doigt. Sa mère a aussitôt attrapé sa main et s'est penchée vers elle en chuchotant, sûrement pour lui dire qu'on ne désignait pas les gens ainsi. La fillette a rechigné et je l'ai entendue répondre mais c'est lui, maman, c'est lui.

J'ignorais ce qu'elle entendait par là, qui était ce « lui » qui méritait qu'on l'isole au bout de son petit doigt. Dans la tête de la fillette et dans celle de Vic Vaillancourt, j'étais cet homme, ce lui, ce coupable ou cette victime qui soulevait les chuchotements. J'ai avalé en vitesse mes deux hot dogs, j'ai foutu mes frites à la poubelle et je suis reparti. Au passage, j'ai essayé de lancer un clin d'œil à Maddy avec mon œil poché, pour la faire rire, mais Maddy n'avait pas le cœur à s'amuser. Elle m'observait depuis son comptoir, l'air inquiet, des cheveux fous, blonds aussi, se collant à son visage en sueur.

*

Le vent s'est levé au moment où des nuages qui montaient du sud obscurcissaient les derniers rayons du soleil, un vent chaud, d'une violence contenue, qui faisait ployer les arbustes et arrachait un chuintement sourd aux plus grands arbres qui valsaient sous le ciel chargé.

J'étais étendu sur une chaise longue, derrière ma roulotte, et j'observais les branches d'un jeune érable se tordre vers la gauche, vers la droite, pour s'incliner ensuite, raidir le cou et charger contre le vent, le tout dans un mouvement souple et continu qui semblait prendre sa source en lui-même. Puis un grondement s'est fait entendre, plus rapproché que ceux des jours précédents, et le ciel a paru s'éclairer au-dessus de la montagne. La pluie tant attendue, poussée par l'électricité qui irradiait la nuit, allait enfin abreuver la terre craquelée, faire gonfler la rivière et ramener un peu de fraîcheur sur le plateau.

Je me suis versé une rasade de bourbon, ma troisième depuis que j'étais allongé sur cette chaise, et j'ai évalué le niveau de la bouteille, qui me durerait toute la nuit si je décidais de me soûler pour fêter mon départ du lieu-dit des Chutes rouges. J'ai avalé une gorgée à la santé de Charlotte McCormick, que je n'avais pas vue de la soirée, et me suis mis à fantasmer sur ses cuisses, juste assez musclées pour qu'on en perçoive le galbe parfait quand la jambe s'allongeait, mais pas assez pour qu'on ne devine pas la douce mollesse de la chair au repos. Je m'apprêtais à aller me doucher à l'eau froide lorsqu'un éclair a zébré les nuages et qu'un magistral coup de tonnerre a retenti.

Aussitôt, le vent a redoublé d'ardeur et les arbres se sont lancés dans une danse furieuse à laquelle s'est mêlée une pluie drue qui tambourinait sur les toits de tôle ou de fibre de verre. En quelques secondes, j'étais complètement trempé et mon bourbon dilué au-delà de la limite permise.

Contrairement à tous ceux qui étaient encore dehors et qui se hâtaient vers leurs roulottes en poussant des cris aigus, je n'ai pas cherché à me mettre à l'abri. Cette pluie m'était une libération après les lents jours de canicule et je m'en abreuvais ainsi que la terre, heureux de sentir son fourmillement sur mon visage et mon corps entier. Si je n'avais dû faire profil bas, j'aurais dansé avec les arbres, flambant nu, et j'aurais lancé au ciel des cris sauvages pour saluer sa furie, mais je m'étais déjà assez fait remarquer. J'ai tout de même retiré mon t-shirt, j'ai avalé quelques gorgées d'alcool à même le goulot de la bouteille et me suis avancé jusqu'au chemin du camping.

Sous mes pieds, le sol trop sec s'était transformé en boue, des feuilles volaient en tous sens, allaient se plaquer contre les surfaces mouillées, et des volets, des auvents claquaient ici et là dans des bruits métalliques. Sur le chemin, un ballon de plage rebondissait, mélangeait ses couleurs criardes et se dirigeait vers le fond de la nuit, là où aucun enfant ne l'attraperait, là où il sombrerait au creux de cette infinie zone d'obscurité dans laquelle s'évanouissent les objets oubliés. Quand il s'est perdu dans la noirceur, un fracas d'objets renversés a brusquement détourné mon attention. Ma chaise venait d'être projetée par le vent contre ma roulotte, la corde à linge des Meunier avait cédé sous le poids des vêtements trempés et le petit tracteur de plastique orange roulait le long d'une table à pique-nique, m'incitant à le suivre à la lisière du bois. What the fuck… ai-je murmuré, et je suis revenu sur mes pas, persuadé que si je m'approchais de ce jouet, il m'entraînerait dans cette zone d'ombre où se cachent les ballons crevés.

Au moment où je ramassais ma chaise, un éclair a illuminé le tracteur et, aussitôt, le fanal éclairant l'entrée des Meunier s'est allumé. Ghislain Meunier, en camisole et boxers, sortait voir ce qui se passait. Le temps de crier ciseau, ses cheveux dégoulinaient, de même que ses boxers rayés, qui menaçaient de lui tomber sur les chevilles à chaque pas. Puis un auvent venu de je ne sais où a volé au-dessus de moi et le regard de Meunier a croisé le mien.

Je connaissais à peine ce type, si j'exclus ce que m'avaient appris les conversations dont j'avais malgré moi été témoin. Puisqu'on était voisins, on s'était salués à quelques reprises. Ça n'avait jamais été plus loin que ça, pas d'invitation à souper, pas de tarte aux pommes déposée sur le pas de ma porte, pas d'échanges virils sur les derniers modèles de Land Rover à l'heure de l'apéro. Ce que j'ai lu sur le visage de Meunier m'a prouvé que ça n'arriverait pas non plus. Meunier, comme un paquet d'autres campeurs, n'appréciait pas ma présence dans la petite communauté des Chutes rouges, et l'image que je projetais à l'instant, torse nu, une bouteille à la main, ne ferait pas remonter ma cote dans son esprit.

J'ai été tenté de lui demander si le tracteur qui flottait dans la boue appartenait à son fils et je me suis ravisé. Je connaissais la réponse, inutile de perdre mon temps. Je l'ai salué et je suis rentré sans attendre qu'il me renvoie la politesse. J'aurais pu rester là, puisque ma réputation était à son plus bas, mais Meunier m'avait gâché mon plaisir, qui a encore baissé d'un cran quand j'ai constaté que j'avais oublié de fermer mes fenêtres, que mon lit était trempé et que le plancher, d'un bout à l'autre de la roulotte, était recouvert d'une eau grisâtre où dérivaient les miettes de pain et autres reliefs tombés de ma table. J'ai arraché mes draps, j'ai épongé le carrelage avec et j'ai ouvert mon ordinateur, près duquel j'ai déposé la bouteille de Jim Beam. Ce soir, s'ouvrirait le troisième chapitre d'*Orages à Red River*.

*

L'eau de la rivière rougissait, gonflée par les torrents dévalant les flancs de la montagne. Sur ses rives inondées, les herbes hautes prenaient l'allure d'algues souples que frappaient les débris charriés par le courant, ainsi qu'elles s'emmêlaient à la chevelure de Betty Duncan, la jeune femme dont le corps ondoyait sur le fond pierreux.

À l'intérieur de la roulotte, la pluie entrait par la fenêtre que j'avais laissée ouverte du côté salon et la chaleur se faisait moins intense. Je suais néanmoins à grosses gouttes, effet de l'alcool et des efforts que je devais déployer pour décrire le corps de Betty Duncan emporté par la rivière.

Une grande partie de ma vie, j'avais commenté avec détachement, parfois avec ironie, les meurtres commis par les personnages de Julian, mais devant l'écran lumineux, la scène me paraissait trop concrète et il m'était impossible de ne pas voir les yeux vitreux sur lesquels déferlaient les flots rouges, des yeux autrefois bleus qui avaient tenté d'avaler le ciel pendant que Betty courait sur la plage où elle allait rencontrer son destin. J'avais eu moins de difficulté avec l'assassinat de l'homme au chapeau de paille, probablement parce que j'avais expédié ce meurtre en deux coups de cuillère à pot et que Chet Lamarre, de son nom fictif, était un fumier.

En revanche, la mort que je venais de décrire était survenue dans les circonstances scabreuses agencées par Julian et je n'arrivais pas à prendre la distance nécessaire pour que les yeux vitreux se ferment. Mon cœur battait la chamade, à cause de l'alcool, encore, dont le niveau baissait à vue d'œil dans la bouteille, mais surtout à cause de la clarté avec laquelle j'avais vu la corde s'enrouler autour du cou de Betty et de l'orage qui frappait de plus belle, secouait la roulotte et l'enveloppait de couleurs apocalyptiques. Toutes les vingt secondes, un jour jaunâtre et fantomatique éclairait les fenêtres, sitôt suivi par le fracas du tonnerre, que semblait décupler la configuration de la roulotte.

Dehors, des objets continuaient de voler, de rouler sur le sol, de se frapper les uns aux autres. Julian n'avait ni menti ni exagéré. Les orages qui assourdissaient les Chutes rouges vous donnaient un aperçu des musiques de l'enfer, et ce sont ces musiques qui accompagnaient Betty Duncan dont le corps, culbuté par la Red River, avait été arrêté par un tronc d'arbre auquel elle paraissait s'accrocher, le torse appuyé sur la rondeur du tronc et la tête penchée de l'autre côté, comme si elle buvait à la rivière après avoir échappé à ses périls.

C'est Julian qui avait nommé cette jeune femme. C'est également lui qui lui avait donné ses longs cheveux roux, son sourire moqueur et sa tache de naissance, sur l'épaule gauche, semblable à un papillon aspirant la sueur de Betty. Pour le reste, je me refusais à parachever le portrait de Betty D., mais son visage s'imposait à moi, et ses yeux, ses yeux d'après la mort dont je ne parvenais pas à détourner les miens.

J'écrivais le nom de Betty pour la dixième fois, peut-être, tentant d'y mettre toute la tendresse dont j'étais capable, quand un éclair m'a révélé ma pâleur, dans la fenêtre qui me faisait face, et que Charlotte McCormick m'est apparue en pleine lumière. Son visage, sur lequel son maquillage avait coulé, effaçait le mien dans la vitre où une eau sinueuse brouillait ses traits apeurés. Pendant un instant, j'ai cru que Betty Duncan se matérialisait devant moi tant Charlotte paraissait irréelle avec ses cheveux emmêlés par la pluie et le vent, son regard fixe et cette absence de sourire donnant à son visage l'allure d'un masque plastifié.

Cette vision n'a duré que quelques secondes, puis Charlotte a replongé dans le noir. Je ne percevais que le bruit de sa clé, qu'elle essayait maladroitement d'introduire dans la serrure de sa porte, en proie à la panique. Instinctivement, je me suis levé pour aller voir ce qui l'avait mise dans cet état. Au moment où je sortais, sa porte se refermait sur sa longue jupe blanche maculée de boue. J'ai tout de même frappé contre la paroi de sa roulotte pour lui demander si ça allait. Je n'ai cette fois entendu que le bruit de la douche, à travers celui de la pluie, puis des pleurs, je crois, des sanglots retenus qui voulaient se cacher derrière la pluie.

8 JUILLET

Le lendemain matin, le camping ressemblait à un champ de bataille et ma roulotte aussi, que j'observais d'un œil las, la bouche empâtée et le crâne endolori par la gueule de bois. Il me faudrait mettre un peu d'ordre dans ce bordel avant de partir, car j'avais toujours l'intention de quitter les Chutes rouges d'ici la fin de la journée, mais j'avais d'abord besoin d'un café et d'une douche.

J'ai commencé par la douche, dont j'ai laissé le jet d'eau froide me fouetter jusqu'à ce que je me mette à bleuir puis, après m'être séché, j'ai vérifié mon état dans le miroir du lavabo. Les choses ne s'étaient pas améliorées. Le tour de mon œil injecté de sang jaunissait, mes rides se creusaient et ma joue gauche semblait gonflée par la chair d'un fruit pulpeux qui cherchait à se libérer en poussant sur ma peau. Quant à ma blessure au front, elle refusait de se cicatriser. Un peu de sang y perlait encore et, de ses bords ourlés, suintait un liquide de la même couleur que le pourtour de mon œil. N'ayant rien pour me nettoyer, je me suis tamponné le visage avec le fond de la bouteille de Jim Beam et me suis fabriqué un pansement à l'aide d'une débarbouillette découpée en bandelettes et de ruban à masquer. J'étais pitoyable, mais tout ce qui m'importait pour le moment était de quitter ce lieu après m'être tapé un ou deux cafés bien tassés.

Manque de pot, je n'avais plus de café, ce qui me donnait un prétexte pour aller en emprunter aux McCormick-Leblanc et m'assurer que Charlotte se portait mieux que la veille. J'ai frappé trois fois. Pas de réponse. J'ai attendu quelques secondes et j'ai frappé encore, attentif au silence inhabituel qui régnait dans la roulotte. Pas trop rassuré par ce silence, j'ai appelé une dernière fois le nom de Charlotte et me suis dirigé vers la cantine, où l'employé du matin, Maxime, Max pour les habitués, me servirait un liquide dégueulasse en détaillant les résultats sportifs.

En chemin, j'ai croisé Hank, le gardien, qui aidait un autre employé à ramasser des branches. Fidèle à son naturel air bête, il a levé le bras et a pointé un doigt vers moi, simulant le canon d'une arme à feu, mais il n'a pas pressé sur la détente. Il m'a seulement visé, façon de me dire qu'il m'avait dans sa mire, et il a éclaté de rire, probablement parce qu'on pouvait lire sur mon visage impassible que je ne le trouvais pas drôle du tout. En réalité, je préférais me tenir loin de ce type. Il y avait quelque chose de pas clair chez lui, qui tenait à sa démarche et au fait qu'il n'enlevait jamais ses Ray Ban, même par temps gris. Il avait peut-être un problème aux yeux ou une forme de fragilité exigeant qu'il les protège, mais je n'y croyais pas vraiment. Selon moi, Hank cachait son regard parce que celui-ci révélait son profond crétinisme. J'ai salué l'autre gars et j'ai poursuivi mon chemin en disant mentalement à Hank d'aller chier.

Il y avait déjà quelques clients à la cantine. Un gros type répondant au diminutif de Fred, Frédéric, donc, qui se tapait un hamburger à neuf heures du matin, un couple dans la cinquantaine et une jeune fille en bikini accompagnée d'un gars qui, lui aussi, manquait visiblement de caféine. J'ai patiemment attendu mon tour pendant que la fille hésitait entre une gaufre et un muffin aux bleuets, et j'ai commandé un café sans lait ni sucre, que Max m'a servi en m'apprenant que les Tigers avaient battu les Orioles à plate couture la veille. J'ai ensuite eu droit à quelques détails sur le match, à une description du lancer gagnant, et j'ai été délivré par la fille au bikini, qui avait opté pour un milk-shake aux fraises.

J'ai emporté ma tasse à l'ombre, car le peu de fraîcheur qui avait suivi l'orage était déjà un lointain souvenir. Le café avait un arrière-goût de poisson cru, ce qui m'a rappelé la gueule de carpe de Vaillancourt. Il accomplissait toutefois sa job de café, me dévoilant lentement les couleurs du jour, que mon œil gauche agrémentait de quelques filaments violets. Je l'ai avalé d'un trait et suis retourné au comptoir chercher un journal et un autre café. En remplissant ma tasse, Max m'a annoncé que la tempête avait fait des ravages et que la rivière avait débordé en plusieurs endroits. Résultat, la route était bloquée et le camping n'avait pu être ravitaillé. Aucun journal n'avait donc été livré ce matin-là. Selon ce qu'on avait dit à la télé et à la radio, il faudrait deux ou trois jours, peut-être quatre, pour que la route soit de nouveau praticable. Ce genre de situation se produisait à l'occasion et les campeurs y étaient préparés. Ils faisaient des provisions et reportaient éventuellement leurs rendez-vous.

J'écoutais Fred, le gros gars, expliquer avec détachement à Max qu'il avait déjà été bloqué aux Chutes pendant une semaine et je n'en croyais pas mes oreilles. C'était impossible. Ce type en remettait sûrement. Je ne pouvais pas rester dans ce repaire de joueurs de pétanque trois ou quatre jours de plus.

Il doit bien y avoir une autre route, non ?

Non. La seule route qui mène aux Chutes est celle qui longe la rivière. Autrement, on doit se déplacer à pied, ce qui fait une sacrée trotte jusqu'au premier village.

Et dans les cas d'urgence ?

On fait venir un hélicoptère, mais faut que ça soit vraiment urgent.

Et en bateau, c'est possible ?

Max a éclaté de rire. Il la trouvait bien bonne, celle-là, de même que Fred, le gros gars, qui terminait son repas et ramassait du bout du doigt les graines collées au fond de son assiette. Autant essayer de remonter un canyon en patins à roulettes, a-t-il éructé, crachant du même coup une miette de beignet mouillée près du pot de confitures aux groseilles, spécialité de la mère de Max. Au même moment, Hank arrivait en affichant son ingénu rictus de requin. Qu'est-ce qu'il y a de si drôle, les gars ?

Ce type veut remonter la rivière en bateau, a encore éructé Fred, et Hank s'est mêlé au fou rire général. T'es pressé de nous quitter, mon grand, a-t-il rétorqué en posant une main sur mon épaule. Ce geste m'a fait l'effet d'une décharge électrique et j'ai senti toute l'animosité de ce type passer par cette main poisseuse dont la sueur imprégnait ma chemise.

Je suis pas ton grand, Hank, ôte tes sales pattes de là. Mais Hank a insisté. Il a resserré son emprise sur mon épaule et m'a gratifié d'un sourire assassin. Je me suis dégagé brutalement, Hank a levé les bras en signe de reddition et il a commandé un Sprite sans bouger d'un pouce, sa main calleuse presque collée à la mienne sur le comptoir.

Je n'ai pas bougé non plus. J'ai bu mon café dégueulasse aussi lentement que possible, les yeux rivés sur le champignon aimanté qui ornait la porte du frigo. Le malaise était palpable. Plus personne ne parlait et chacun se demandait s'il devait continuer à se taire ou lancer une blague pour détendre l'atmosphère.

C'est Fred qui a brisé la glace en disant qu'un arbre était tombé sur la caravane de Vaillancourt durant la nuit et que ce dernier était à prendre avec des pincettes, d'autant plus que sa cabane à outils avait récemment été convertie en œuvre d'art postmoderne. Fier de sa trouvaille, Fred répétait une putain d'œuvre d'art, les gars, quêtant autour de lui quelques rires d'approbation, mais seul Max se fendait d'un sourire pour l'encourager. Hank, quant à lui, a saisi l'allusion à la cabane de Vaillancourt pour me demander si j'aimais bricoler dans mes temps libres. Hein, mon grand, tu préfères quoi, la sculpture ou la démolition ?

La démolition, ma poulette, et mon poing est parti. Je lui ai proprement écrasé le brin de foin sur les gencives, j'ai fait voler ses Ray Ban dans le décor et je lui ai recoiffé le toupette. La prochaine fois que tu m'appelles mon grand, Hank, je te transforme en nain de jardin.

Sur ce, j'ai terminé mon deuxième café, j'ai délicatement déposé ma tasse dans le bac à vaisselle sale et j'ai laissé au comptoir deux gars muets penchés sur un autre gars qui vociférait en cherchant ses lunettes.

Avant d'aller plonger ma main dans un seau de glace, je suis retourné frapper chez mes voisins, au cas où Charlotte serait réapparue. Un bruit de chaises déplacées m'est parvenu au-delà de la cloison, suivi d'un grognement. C'est Steve qui m'a ouvert. Je le sortais du lit et il avait l'air en rogne. Ce n'était pas le moment de m'informer de sa femme. Je me suis donc rabattu sur le café, sur la route bloquée, et lui ai demandé s'il n'avait pas un peu de café à me prêter. Steve a encore grogné, il a disparu derrière un rideau de fausses perles qui ont cliqueté sur son passage et il est revenu avec un minuscule contenant Tupperware. Je devrais me contenter de ça pour les jours à venir. Eux aussi étaient rationnés et Charlotte n'était pas parlable tant qu'elle n'avait pas avalé son premier café du matin. J'ai sauté sur l'occasion pour lui demander comment elle allait. Il m'a toisé du haut de ses six pieds flush et des trois marches qui nous séparaient et j'ai senti dans son regard la même hostilité que celle que j'avais éprouvée quand Hank avait posé sa main sur mon épaule.

Pourquoi tu veux savoir ça ?

Parce que…

Parce que quoi, Dubois ?

Parce qu'elle avait pas l'air en grande forme hier soir et que…

T'as vu Charlie hier soir ? Une autre game de cartes, je suppose ?

Tu sais ben que j'ai jamais joué aux cartes avec Charlotte, Steve.

Non, je sais pas. Tu laisses ma femme tranquille ou je t'arrange le côté droit de la face dans les mêmes tons que la moitié gauche, compris ?

Je n'ai pas eu le temps de répliquer. Le rideau de perles dont je n'entrevoyais qu'une partie a volé dans tous les sens, une ou deux perles ont roulé sur le sol, et un poing s'est abattu dans un mur de la cuisine des McCormick-Leblanc. Heureux de ne pas m'être trouvé devant ce mur, j'ai tourné les talons et me suis enfermé dans ma roulotte, dont j'ai tiré tous les rideaux avant de lancer le Tupperware au bout de mes bras. Il s'est renversé sur les notes de Julian, déjà tachées de moutarde et de bourbon, et je me suis effondré dans un fauteuil. J'étais tombé dans un nid de cinglés et, au train où allaient les choses, je ne ressortirais de ce camping vivant que si je fermais ma grande gueule.

Pour me remettre d'aplomb, j'ai calé une bière et j'ai attrapé le sac d'ordures qui traînait dans un coin pour aller le porter à l'entrée du camping, dans les bacs qui sentaient la charogne. En sortant, j'ai croisé Charlotte, qui portait d'énormes verres fumés et triturait le bas de son débardeur de coton comme si elle tentait de le déchirer.

Faut que je parte d'ici, Ric, a-t-elle soufflé.

Moi aussi, Charlotte, mais va falloir attendre…

Non. T'as pas compris. Faut que je crisse mon camp ! Right now !

Je lui ai demandé ce qui s'était passé, si elle s'était bagarrée avec Steve, si c'est pour cette raison qu'elle portait des verres aussi larges que son visage, mais mes questions lui passaient dix pieds au-dessus de la tête. Tout ce qui lui importait, c'est qu'elle devait s'en aller, aujourd'hui même. C'est-tu clair, Ric ? Sinon ça va me rendre folle, calvaire !

Qu'est-ce qui va te rendre folle, Charlie ?

Ma question est une autre fois restée sans réponse, puis Charlotte a bredouillé la nuit, le froid, les hosties de fantômes. Faut que je parte d'ici, c'est pas safe, a-t-elle ajouté en baissant la voix, puis elle a enlevé ses lunettes pour scruter le sous-bois, sauf qu'elle ne scrutait rien du tout. Son regard avait la fixité d'un regard de pierre et rien n'y pénétrait, pas même la lumière qui effleurait son visage à travers les feuillages amollis par la chaleur. Si je n'agissais pas, elle allait se changer en statue de sel. Je l'ai donc attrapée par les épaules pour la forcer à se calmer. Elle a momentanément paru revenir à la réalité, puis un bruit de moteur qui se rapprochait l'a replongée dans sa transe et elle a couru vers le chemin, où elle a hélé la voiturette qui laissait dans son sillage un nuage de fumée grise.

Malgré la chaleur qui régnait toujours, un vent frais, venu de je ne sais où, m'a chatouillé la nuque. La peur de Charlotte était contagieuse et j'ai senti peser sur mon dos une menace imprécise, qui se faufilait entre les roulottes, les remises et les chaises renversées par la tempête. Le danger qui poussait Charlotte à ruer comme un animal qui s'aperçoit que des barreaux sont soudainement apparus autour de lui venait de partout à la fois, invisible, impalpable, et chargeait l'atmosphère d'un souffle malsain.

Charlie avait raison de ruer contre les barreaux de sa cage, car c'est bien ce qu'étaient devenues les Chutes rouges après l'orage, un piège d'où il était impossible de s'enfuir. J'ai levé les yeux, au cas où quelques réponses me viendraient du ciel à propos de la nuit et du froid. Sur nos têtes, des nuages s'amoncelaient. Nous aurions encore de l'orage ce soir.

*

Il ne me restait dans mon frigo que deux œufs, une tranche de jambon douteuse, cent grammes de mozzarella et un six pack de bière, complément essentiel au bien-être général du campeur. L'armoire n'était pas mieux garnie : un pain entamé aux neuf dixièmes, une boîte de petits pois oubliée par le précédent locataire et un May West dont la chaleur avait fait fondre l'enrobage chocolaté. Je ne survivrais pas trois ou quatre jours avec ça.

N'ayant aucune envie de retourner à la cantine et d'y rencontrer Hank, Vaillancourt ou l'un des dignes représentants du comité d'accueil des Chutes rouges, j'ai fait frire les œufs dans une poêle qui n'avait d'antiadhésive que le nom et j'ai avalé ça sur du pain sec que j'ai ensuite fait descendre avec une canette de bière. J'ai emporté les autres bières dehors, j'ai traîné ma chaise longue dans le sous-bois et m'y suis étendu en me nourrissant des odeurs de steak qui montaient d'un barbecue.

Pas très loin, un garçon a crié Pow ! Pow ! je t'ai eu, soulevant les protestations d'un autre garçon, qui prétendait être trop bien caché pour que le premier l'atteigne, et je les ai vus passer à toute vitesse, un étui à pistolets autour des hanches. J'ai aussi vu passer quelques lointains jours d'enfance dans le sillage des gamins, quelques souvenirs poussiéreux traversés du galop des chevaux qui nous servaient de montures imaginaires lorsque le soleil atteignait son zénith et que les champs, devant chez moi, se métamorphosaient en longues étendues désertiques. Où était passé ce gamin, de quel rêve avait-il dégringolé pour se casser ainsi la gueule et disparaître dans le bruit des galops s'amenuisant ?

Je n'en étais qu'à ma deuxième bière, mais la nostalgie propre aux heures d'ivresse s'emparait déjà de moi, et le lieu de cette nostalgie était l'enfance, territoire idyllique qu'illuminaient des couleurs délavées, du bleu, du vert, du gris descendant des nuages. Aujourd'hui, ces couleurs étaient devenues des abstractions que l'alcool ramenait parfois aux frontières d'une réalité qui me laissait dans la bouche un goût amer. Rien ne savait plus me désaltérer, pas même le bourbon avec lequel je me rinçais quotidiennement le gosier. Un bruissement de foin mûr a effleuré ma mémoire et les garçons sont repassés, poursuivis par un bruit de sabots qui n'était en réalité que celui rocailleux du petit tracteur orange qui roulait en direction de la caravane des Meunier-Gervais, poussé par un enfant dont je n'ai vu que la silhouette s'enfuir à l'orée du sous-bois.

Aussitôt après, des cris me sont parvenus de la rivière, entremêlés au roulement chaotique du tracteur et au son de l'instrument désaccordé qui me battait aux tempes. Alertés par les cris, deux hommes venus de l'autre côté du chemin sont passés près de moi à toute épouvante. Ils ont coupé par les bois et je les ai suivis, j'ai couru aussi. Chaque enjambée résonnait dans mon dos comme un coup de lance, mais j'ai couru, car les cris lancés depuis la rivière étaient des hurlements de détresse.

Quand je suis arrivé près du quai, hormis les deux hommes qui m'avaient précédé, il y avait déjà un attroupement, une dizaine de personnes réunies en cercle dans un bourdonnement de chuchotements inquiets duquel s'échappaient parfois des exclamations de colère, maudite rivière, maudite chaleur. À l'écart, un jeune homme assis dans le foin se tenait la tête à deux mains, le jeune homme que j'avais vu le matin à la cantine, avec la fille au bikini. Puis une femme penchée sur un corps a ordonné aux autres de se pousser. Elle avait besoin d'espace. Elle avait besoin d'air.

Les joues en flammes, la femme agenouillée embrassait le corps couché, lui transmettait son souffle, lui broyait la poitrine puis, soudainement, le corps s'est arqué, un jet d'eau a surgi de sa bouche, et la jeune fille au bikini a hoqueté, quelques hoquets espacés, d'abord, suivis d'une série de râles, de pleurs, de cris étouffés. Elle venait de se rendre compte qu'elle était vivante, ce qu'elle avait oublié pendant quelques instants, et c'est cet oubli qui lui arrachait ces pleurs, cette claire conscience qu'elle s'était absentée du monde. Rapidement, la femme agenouillée l'a abriée d'une serviette, lui a massé le dos et l'a serrée dans ses bras, sous les yeux du jeune homme qui pleurait aussi et était venu s'agenouiller près de la femme, près de la fille, trois êtres soudés qui se balançaient devant la mort évitée de peu, lui offrant leurs lamentations et leur soulagement.

Peu à peu, l'attroupement s'est défait et les gens sont retournés à leurs barbecues, leurs transats, leurs lits, maudite chaleur, maudite rivière. Je me suis pour ma part engagé dans le sentier par lequel j'étais arrivé et j'ai entendu la jeune fille gémir c'est lui, c'est lui qui m'a poussée. Un frisson m'a parcouru l'occiput, mais je ne me suis pas retourné pour voir si elle me montrait du doigt.

*

Torride. La nuit était de nouveau torride et je n'arriverais pas à fermer l'œil, car les gémissements de Charlotte McCormick, qui avait décidé de se jeter sur Steve pour oublier ce qui la poursuivait, n'avaient jamais été aussi près des frontières de la douleur. Effrayée par ce qu'elle ne savait nommer, elle avait choisi la souffrance, le sexe qui lacère et qui libère, et ses cris me rentraient dedans comme ceux de la jeune fille au bikini, Sandra, c'est le nom qu'avait prononcé son ami, Sandra, Sandy, qui étaient restés logés dans un coin de mon cerveau et ne voulaient plus se taire.

J'avais tenté d'écrire jusqu'à minuit, mais j'avais l'esprit ailleurs. Sur l'écran de mon ordinateur, les mots s'embrouillaient et, au corps jeté à la rivière par Chris Julian, se superposait sans cesse celui de Sandy. Je voyais sa bouche hoqueter par-dessus les lèvres bleuies de Betty Duncan et je mélangeais les noms, les rivières, les jours, tressant les cheveux de Sandy avec ceux de Betty et leur donnant une femme agenouillée pour les bercer.

De guerre lasse, je me suis relevé et me suis ouvert une autre bière. Ghislain Meunier était assis devant sa roulotte et des amoureux passaient sur le chemin, en haut, l'ombre de leurs corps enlacés projetée au sol par le réverbère, suivant une diagonale qui se déplaçait dans le sens de la rotation de la Terre. Soudain, ils se sont mis à courir en lâchant des cris amusés, poussés par la pluie qui s'était brusquement mise à tomber.

En moins de temps qu'il n'en faut pour cligner des yeux, la nuit s'est transformée. Le chant des criquets a stoppé aussi net que si les criquets s'étaient tous étouffés d'un coup sec, puis un violent tambourinement a frappé la toiture de ma roulotte, pendant que les rideaux se soulevaient à l'horizontale dans des claquements de fouets et que les notes de Julian volaient dans tous les sens. Pas loin de moi, une radio s'est tue, un fracas assourdissant a retenti près de la roulotte et le sol a vibré, prêt à s'ouvrir sous mes pieds.

Je me suis rué à la fenêtre pour voir si Meunier était rentré. Entre nos roulottes, un arbre famélique auquel était suspendue la corde à linge de mes voisins avait été frappé par la foudre. J'ai à peine eu le temps de me retourner qu'un nouveau coup de tonnerre, tel un rocher qu'on aurait fendu en deux, a couvert le camping entier de son bruit d'éboulis. J'ai ramassé ma canette de bière, qui avait roulé contre le mur, et j'ai constaté que je tremblais. J'ai resserré ma main sur la canette, l'ai écrasée jusqu'à ce qu'elle ne soit plus qu'un morceau de tôle froissée, et l'ai lancée dans l'évier. J'avais les nerfs à vif, la tête sur le point d'exploser, et j'aurais donné n'importe quoi pour un steak saignant.

Je me suis jeté dans un fauteuil et j'ai tenté de me calmer. Pas facile, car la nuit avait un air sinistre, un air d'avant la catastrophe, comme dans les descriptions que Julian avait ébauchées dans ses notes, où le fracas de la tempête ne servait qu'à museler les plaintes suscitées par le drame dont elle était complice.

N'y tenant plus, je me suis relevé en vue d'aller examiner les dégâts. Au passage, j'ai attrapé mon avant-dernière bière, qui m'attendait sagement sur le comptoir. En tirant la languette, dont le pop a retenti à travers les grincements de tôle, j'ai cru entendre un hurlement dans la roulotte des McCormick-Leblanc, semblable à celui que j'avais fait pousser à Mary Jones, alias Charlotte McCormick, dans le roman sur lequel je m'acharnais, un cri qui pouvait être confondu avec ceux de la jouissance, à moins qu'une douleur intenable, une blessure de la chair, n'en soit à l'origine. J'ai tendu l'oreille, mais la pluie, le vent, le tonnerre et les grincements de la toiture m'empêchaient de percevoir clairement la voix qui, me disaient tous mes sens en alerte, appelait à l'aide.

Pendant plus ou moins cinq minutes, je suis demeuré immobile, à l'affût de la voix, puis je me suis entrevu dans le miroir de la penderie, un individu à la barbe trop longue, aux yeux rougis, aux lèvres entrouvertes, arrêté dans un mouvement où il tendait une bière devant lui. Pour la deuxième fois en quelques heures, et pour la millième fois de ma vie, j'ai eu honte de l'homme que j'étais devenu.

J'ai déposé ma bière et me suis étendu sur le lit défait. La journée avait été longue et le hurlement que j'avais cru percevoir était tout simplement celui de Sandy, celui de Betty, celui de Mary Jones refusant de croire que la mort pouvait venir si vite. J'étais sur le point de craquer, rien d'autre, et c'est moi qui avais hurlé, moi, l'homme épuisé qui ne savait plus distinguer les visages des vivants de ceux des morts.

9 JUILLET

Le café de la cantine me semblait moins dégueulasse que la veille, probablement parce que le manque vous rend con ou parce que l'habitude assouplit vos critères, ce dont j'ai fait part à Max pendant qu'il préparait le hamburger de Fred, avec qui j'allais bientôt être copain comme cochon si je devais encore longtemps venir chercher ma dose quotidienne de caféine ici.

D'ailleurs, j'éprouvais déjà une sincère sympathie pour cet homme qui, dès qu'il m'avait vu arriver, m'avait félicité d'avoir remis Hank à sa place la veille, un maudit prétentieux qui se pense plus fin que tout le monde. I drink to that, a-t-il fait, puis il a cogné sa tasse contre la mienne et m'a gratifié d'une amicale tape dans le dos.

Max est pour sa part demeuré plus discret, se contentant de seconder Fred à coups de monosyllabes et de commentaires sur la température. Aux dernières nouvelles, l'orage qui avait frappé durant la nuit avait causé d'autres dégâts. Le pont qui enjambait la rivière sur le chemin des Braconniers avait subi des dommages et il était possible que la route de la Red River soit fermée plus longtemps que prévu. J'ai avalé cette information avec une gorgée de café brûlant, maudissant le ciel, Chris Julian et les sans-génie qui avaient construit une route aussi près de la rivière.

La situation ne paraissait toutefois pas déranger Fred, qui arrivait au camping à la mi-juin et n'en bougeait pas jusqu'à la fin août. Malgré son statut d'homme seul, tout le monde le laissait tranquille, y compris Vaillancourt, parce qu'il faisait partie du décor et de l'histoire des Chutes, qui constituaient pour lui une forme de havre, une microsociété autosuffisante qui vous évitait le martyre des étés en ville. Du point de vue de Fred, tant qu'il y avait de quoi bouffer à la cantine, il ne voyait aucune raison d'aller s'asphyxier au milieu du béton. J'en voyais pour ma part plusieurs, dont le fait qu'il ne me restait qu'une foutue bière et que mon garde-manger était aussi vide que peut l'être un garde-manger du fond duquel vous observe une boîte de petits pois dont le destin demeure aussi incertain que le vôtre.

J'allais demander à Fred s'il n'avait pas quelques bières à me vendre quand Steve Leblanc a débouché en courant au coin de la cantine. Charlotte n'était pas dans son lit quand il s'était réveillé, ce matin, et il l'avait cherchée partout sans succès. Ça ne ressemblait pas à Charlotte de partir sans l'aviser. Elle était là quand il s'était endormi, vers les onze heures, et il ne l'avait pas entendue sortir.

Aussitôt, l'écho du hurlement que j'avais cru entendre la veille a résonné dans ma tête, accompagné du claquement des sandales de Charlotte sur le gravier, puis j'ai revu son visage à ma fenêtre, durant l'orage, pareil à celui d'un mort-vivant, j'ai revu ses yeux paniqués, ses mains qui trituraient son débardeur alors qu'elle m'affirmait qu'elle devait sacrer son camp right now, et je me suis senti coupable de ne pas l'avoir retenue, de pas l'avoir forcée à parler, de ne pas l'avoir prise dans mes bras pour atténuer ses tremblements.

Pendant que Fred croquait dans son hamburger, je me suis approché de Steve pour lui demander si Charlotte lui avait avoué qu'elle avait une peur du diable de je ne sais quoi. Je n'ai pas eu le temps d'ouvrir la bouche car un appel à l'aide, répercuté par la montagne, a fait taire tout le monde. Le silence a duré une fraction de seconde, puis Fred a échappé son hamburger, Max a envoyé valser sa spatule et on s'est tous rués vers la rivière, car c'est de là, encore, qu'était venu le cri.

La cantine se trouvant près de la côte qui menait au quai, on a pris cette direction, suivis de Ghislain Meunier, qui faisait son jogging et nous a vite rattrapés. Le chemin était boueux, jonché d'obstacles, des cailloux roulaient sous nos pieds et j'ai dû attraper Fred dans le dernier tournant pour qu'il ne s'étale pas de tout son long. En saisissant son bras, j'ai senti mon dos rechigner, j'ai insulté le Christ à deux ou trois reprises, quelques-uns de ses apôtres, et j'ai repris ma course malgré la douleur. Je pensais à Charlotte, à sa clé qui tintait contre son porte-clés pendant qu'elle essayait de l'introduire dans la serrure de sa porte, je pensais à Betty Duncan, aux marques qui tailladaient son cou, aux secours qui arrivent toujours en retard quand la forêt hurle.

Le spectacle qui nous attendait, dans son inconsciente indécence, avait quelque chose d'horrifiant. Sandra, la fille au bikini, se tenait nue au milieu du quai, sa robe de nuit jetée à ses pieds, et ses cheveux dégoulinaient sur son ventre, pareilles à de longues algues mortes. Des tremblements agitaient ses épaules et de faibles sons, une interminable suite de ke… ke… ke… demeuraient prisonniers derrière ses lèvres entrouvertes, que masquait en partie sa chevelure d'algues noires.

Meunier a immédiatement couru pour lui tendre sa robe de nuit. Sandy l'a laissée retomber et Meunier n'a pas osé la ramasser, n'a pas osé toucher Sandy, n'a pas osé masser son dos comme l'avait fait hier la femme agenouillée. Il est resté devant elle les bras ballants, attendant que les ke… ke… ke… se taisent et que Sandy puisse parler. Je me suis avancé vers Meunier avec Steve, alors que Max, à peu près du même âge que Sandy, demeurait à quelque distance, choqué par une nudité qu'il ne pouvait se représenter ainsi, froide et ne demandant qu'à être voilée. Quant à Fred, il était sous le choc. Il venait de s'apercevoir que les Chutes rouges n'étaient pas Disneyland et que les eaux de la rivière pouvaient susciter la peur en vous montrant la violence contenue d'un corps nu.

Steve a parlé le premier, d'une voix qui se voulait apaisante mais révélait une profonde inquiétude. Au son de cette voix, Sandy a relevé la tête, ouvrant son regard immense sur quelque image d'épouvante, et aux ke… ke… ke… se sont mêlés des gue, des cha, des re, pendant qu'elle levait le bras vers le bout du quai, cha… cha… char…

Steve est resté figé et je me suis lentement dirigé vers l'endroit que désignait le bras frêle de Sandy. L'eau de la rivière était rougeâtre, résultat des pluies torrentielles des deux dernières nuits. Elle n'était cependant pas assez brouillée pour qu'on n'y perçoive pas, à une trentaine de centimètres sous la surface, la main délicate et baguée de Charlotte McCormick, qui s'agitait doucement dans un geste d'au revoir. Quant à Sandy, elle était toujours nue.

*

L'hélicoptère est arrivé trois heures plus tard, répandant sur les Chutes rouges son vacarme infernal, couchant l'herbe et les buissons au sol et soulevant la poussière du stationnement, qu'on avait dégagé pour permettre à l'engin de se poser.

Sur le quai, après l'agitation, les pleurs et les beuglements de Steve Leblanc, qu'on avait dû assommer au gros gin pour qu'il n'étrangle pas tous ceux qui cherchaient à le réconforter, un semblant de calme était revenu. Effondré sur une chaise pliante, Steve gémissait en faisant de grands gestes avec ses bras. Il expliquait à Meunier, qui le surveillait de près pour qu'il ne fasse pas de conneries, comment Charlotte et lui s'étaient rencontrés dans une fête foraine aux États-Unis, entre la plage et les motels affichant complet dans la chaleur caniculaire. Les membres lourds, il esquissait le cercle dans lequel évoluait la grande roue, mimait le trajet erratique des autos tamponneuses, et échappait parfois un rire aigu, le rire de Charlotte photographiée avec la femme à barbe.

Derrière, Fred et Max, leurs vêtements encore humides, tentaient d'oublier la peau froide et légèrement poisseuse de Charlotte McCormick, qui nous avait dix fois glissé des mains pendant que nous la sortions de la rivière, sa tête ballottant sur son cou étrangement mou, ses cheveux se collant à nos bras, ses ongles effleurant nos poitrines, mais ils n'étaient pas près d'oublier, et moi non plus, même si j'essayais de le cacher, de jouer à celui qui prenait les choses en main. Or j'avais beau me donner l'air du gars en plein contrôle de la situation, je ne contrôlais rien du tout. J'avais l'impression que le quai se détachait de la rive et qu'un animal fébrile, un reptile à la peau écailleuse, se faufilait dans mes entrailles, car la mort de Charlotte McCormick était par trop semblable à celle de Betty Duncan, par trop semblable à celle qu'avec l'aide de Chris Julian, j'avais décrite dans le manuscrit enfermé dans mon ordinateur.

Je tâchais de me convaincre que la mort de Charlotte était un banal et triste accident, qu'elle avait quitté sa roulotte durant la nuit parce qu'elle n'arrivait pas à dormir et qu'elle avait abouti à la rivière, où elle avait eu envie de se baigner après la tempête, alors que l'eau est plus chaude que jamais, mais l'histoire de Betty Duncan l'emportait, l'histoire de Mary Jones, que Charlotte avait commencé à écrire lorsqu'elle m'avait avoué qu'elle devait fuir les Chutes au plus sacrant. Je devais détruire le manuscrit sur lequel je planchais, voilà ce que je me disais en observant Sandy, qu'on avait encore enveloppée d'une serviette de plage et qui s'était enlisée dans un état de torpeur catatonique que les paroles chuchotées de sa mère ne parvenaient pas à ébranler.

Autour du quai, quelques personnes s'étaient rassemblées, parmi lesquelles se trouvait Marc Lessard, mon deuxième voisin sur la gauche, avec qui j'avais été chercher le gros gin et une trousse de premiers soins après avoir tiré la mère de Sandy du roman à l'eau de rose qu'elle lisait dans sa cuisine. Le roman était tombé à ses pieds et l'eau de rose avait été remplacée par celle de la Red River, qui salissait maintenant les pages cornées du livre de poche pendant qu'elle s'évertuait à sortir sa fille de son mutisme.

Lessard était retourné avec les autres badauds, qui demeuraient tous à une certaine distance, heureux de ne pas faire partie de ceux qui avaient repêché le corps pour l'étendre là, au bout du quai, sous un drap trop coloré pour couvrir la mort, en attendant que la police se pointe et qu'on les décharge des obligations auxquelles sont contraints les premiers témoins d'un drame. Puis un murmure s'est élevé parmi les gens réunis à l'écart. L'hélicoptère arrivait. Quelques personnes sont parties en courant, des gamins, surtout, qui voulaient assister à l'atterrissage de l'appareil, tandis que les autres soupiraient et s'épongeaient le front, soulagés qu'un peu de bruit assourdisse enfin les gémissements de Steve Leblanc, qui était le seul qu'on entendait, le seul qui ne retenait pas sa respiration en attendant que la dépouille de Charlotte soit emportée.

Du quai, on a vu l'hélicoptère survoler les chutes, disparaître derrière les arbres et, une quinzaine de minutes après, les secours arrivaient, accompagnés de Hank et de Vaillancourt, qui conduisaient chacun un véhicule dont ils ont fait déraper l'arrière dans la boue qui séchait, pour le spectacle, pour montrer qu'ils étaient des hommes, car il n'y avait en réalité aucune urgence. Charlotte était morte. Steve était soûl raide et aurait mal à vouloir s'en arracher les tripes pendant quelques semaines, mais il survivrait. Quant à Sandy, elle ne s'approcherait plus jamais de la rivière, et les autres, Meunier, Fred, Max et moi, se démerderaient avec leurs cauchemars.

Alors que la légiste, une femme qui n'avait pas l'air d'avoir plus de trente ans avec ses jeans troués et sa queue-de-cheval, constatait le décès, les brancardiers ont sorti leur matériel et le flic de service s'est dirigé vers nous avec Hank et Vaillancourt, qui se donnaient des airs de durs et avaient décrété, sans consulter qui que ce soit, qu'ils étaient chargés du déroulement des opérations.

Quand il m'a vu près du corps, Hank m'a ordonné de dégager, fais de l'air, Dubois, tout en me poussant du coude. Je n'ai pas riposté, car le moment aurait été mal choisi pour régler nos comptes et que je pouvais apercevoir, dans les éclats de soleil matinal qui frappaient ses Ray Ban, deux AK 47 prêts à me fusiller.

Tout de suite après, le flic de service, un type rougeaud et un peu bedonnant, mais qui paraissait dans une sacrée forme, a crié qu'il s'appelait Bouchard, Jean-Paul Bouchard, inspecteur à la SQ, et que tout renseignement concernant la mort de madame McCormick devait passer par lui. Par moi, c'est clair ? a-t-il hurlé devant l'apathie générale. Un murmure d'approbation a circulé parmi les têtes baissées et Bouchard est allé offrir ses condoléances à Steve, qui observait la fête foraine depuis le plus haut point de la grande roue et a tendu à Bouchard une main molle pleine de pop-corn et de barbe à papa. Bouchard l'interrogerait plus tard. Il s'est ensuite tourné vers nous et a demandé qui avait découvert le cadavre. On a désigné Sandy, toute menue sous sa serviette fleurie, ses cheveux d'algues sèches encadrant son visage d'une blancheur quasi spectrale. Bouchard a poussé un soupir. Elle aussi, il l'interrogerait plus tard. Il m'a fait signe de le rejoindre, puis il m'a laissé poireauter en compagnie d'un de ses adjoints. La légiste devait lui parler.

Au cours de leur conciliabule, j'ai senti que la tension montait d'un cran. Tout le monde était sur le qui-vive et se demandait ce qui clochait, qu'est-ce que la légiste avait décelé qui avait échappé à tous, puis Bouchard est revenu vers nous. La mine renfrognée, il s'est éclairci la gorge, a attendu que les dernières conversations se taisent et nous a ordonné de demeurer au camping jusqu'à nouvel ordre. Il était fort possible que Charlotte McCormick ne soit pas morte de cause naturelle. Il reviendrait plus tard avec son équipe technique pendant que la légiste vérifierait ses doutes en charcutant Charlotte.

D'ici là, personne ne bouge, a-t-il beuglé, personne ne quitte ce foutu camping, puis il est revenu vers moi pour m'interroger. Près de nous, les brancardiers mettaient la dépouille de Charlotte McCormick dans un grand sac de plastique noir dont la fermeture à glissière s'est bloquée au niveau de la poitrine, obligeant les deux hommes à la faire glisser de nouveau de haut en bas, puis de bas en haut, prolongeant ce craquètement qui donnait envie de se gratter, de repousser l'insecte qui vous tournait autour avec acharnement. Un peu plus tard, les portières de la camionnette conduite par Vaillancourt ont claqué, Steve Leblanc a sursauté, son bras gauche arqué au-dessus de sa tête, et Charlotte McCormick a quitté les Chutes rouges en suivant la courbe d'un manège.

*

Il régnait un silence de mort aux Chutes. Après le départ de l'hélicoptère dans un nuage de poussière que le vent a dispersé d'un bout à l'autre du camping, tout le monde était rentré chez soi en chuchotant, et la journée s'était déroulée dans l'écho de ce chuchotement qui enveloppait chaque terrain, chaque roulotte, chaque espace privé, y formait d'autres nuages bruissants où frissonnaient la peur, le doute, la suspicion. À vingt heures, tous les enfants étaient couchés, tous les ados confinés dans le coin de la caravane familiale qui leur servait de chambre, et la Red River clapotait doucement au bout du quai, contemplant ses rives désertes.

Quant à moi, j'étais assis devant mon ordinateur, incapable de me résoudre à jeter le roman de Julian dans la petite poubelle blanche tassée dans un coin de l'écran. Si je détruisais ce roman, je pouvais dire adieu à mes soixante-quinze mille dollars et aux autres soixante-quinze mille qui m'attendaient, et je n'étais pas en position de me permettre ça.

J'aurais pu changer le nom des lieux, remplacer la rivière par un lac, mais ça n'aurait rien donné. La mort de Betty Duncan, à laquelle allait succéder celle de Mary Jones, alias Charlotte McCormick, ne pouvait être effacée. Poussé par la même lassitude que celle qui incite le désespéré à se jeter sous des rails, j'ai prolongé sur l'écran le hurlement de Mary Jones et l'ai transportée de la rivière à la forêt, où j'ai creusé pour elle une fosse, autant dire ma propre tombe, sur laquelle venaient s'échouer en virevoltant les premières feuilles tombées de l'été.

J'ai fermé l'ordinateur après avoir jeté une dernière pelletée de terre sur la fosse de Mary Jones et j'ai ouvert la bouteille de Jack Daniel's que Fred m'avait donnée en me gratifiant d'une autre tape dans le dos et d'un sourire de gars complètement dépité. Je m'en suis servi une solide rasade et l'ai avalée en deux gorgées. La journée avait été riche en imprévus et j'avais besoin d'un remontant pour compenser le sentiment que je tombais en chute libre du haut d'un gratte-ciel.

Ce n'était pas la première fois que mon existence était bouleversée par un événement inattendu, mais cette fois, j'étais attaché au bout d'un fil qui risquait de se rompre à tout moment. Quand le fil céderait, mon masque s'envolerait du même coup, et on retrouverait sous mon corps démembré celui de Chris Julian, avec son ventre de noyé, dont les entrailles éclateraient pour m'asperger du sang de Mary Jones et de Betty Duncan.

J'ignorais comment Charlotte était morte. Quand je l'avais sortie de la rivière avec Fred et Max, je n'avais remarqué aucune blessure, aucune plaie par où son sang aurait pu s'écouler, lui faire perdre ses forces et l'empêcher de remonter sur le quai. Bouchard n'avait rien voulu nous révéler, pas plus que Pony Tail, la légiste, n'avait consenti à faire part de ses observations à la bande d'innocents qui la fixaient de leurs yeux ronds et ne comprendraient rien à son jargon. Elle n'avait pas cru bon de se présenter non plus, puisqu'elle faisait partie de ceux qui repartent aussi vite qu'ils sont venus, de ceux qui annoncent les mauvaises nouvelles, découvrent sur la tempe l'hématome que personne n'avait décelé et retournent dans leur morgue s'empoisonner aux odeurs de formol.

Ils passent et on n'en entend plus parler. On se souvient seulement de la queue-de-cheval, de la précision des gestes devant la mort, puis de la mine du policier avec qui ils se sont entretenus.

Le superbe corps de Charlotte McCormick se trouvait maintenant en compagnie de Pony Tail, dans un tiroir réfrigéré ou sur une table en acier inoxydable, une entaille en forme de Y sur la poitrine, et c'était peut-être un homme des Chutes rouges, un bon père de famille, un bon travailleur, du moins en apparence, qui l'avait expédiée dans cette morgue, d'où les chuchotements, la peur, la suspicion. J'étais évidemment l'un des gars pas nets qui suscitaient ces réactions. Bouchard m'avait d'ailleurs posé quelques questions à propos de mon emploi du temps, de même qu'il l'avait fait avec Fred, Max et Meunier, s'attardant un peu plus à moi, à cause de la cabane démolie de Vaillancourt, de ma bagarre avec le même Vaillancourt, de l'ecchymose que j'avais tatouée sur la mâchoire de Hank, et du reste, de tout le reste, de tout ce qui faisait de moi le parfait suspect.

Paraît que vous aimez bien sortir la nuit, monsieur Dubois, avait marmonné Bouchard en feuilletant les pages de son calepin, et je lui avais parlé de la chaleur, des nuits torrides, de l'impossibilité de s'endormir quand on a l'impression de flotter dans un aquarium. Pendant ce temps, je dardais mon regard sur Meunier, une grande trappe, un visage à deux faces, qui s'était empressé de parler de mes allées et venues à Bouchard. J'avais ensuite reporté mon attention sur Vaillancourt, qui démarrait au volant de sa camionnette, puis sur Hank, qui mâchouillait son putain de brin de foin et ne me quittait pas du regard. Foutu, j'étais un homme foutu, coupable par acclamation, et il me faudrait me battre comme un forcené pour sortir de la fosse où plusieurs souhaitaient me jeter.

Je me suis versé un autre Jack, j'ai regardé la roulotte noire et silencieuse des McCormick-Leblanc, où il n'y avait pas âme qui vive, puisqu'on avait rapatrié Steve en ville après avoir installé des rubans jaunes autour de la roulotte, et j'ai demandé à Charlotte de qui, de quoi elle avait peur à ce point. C'est le tonnerre qui m'a répondu, son grondement au-delà des montagnes.

10 JUILLET

Le lendemain, un autre hélicoptère a survolé les Chutes rouges, avec à son bord Bouchard, son assistant et une équipe de techniciens qui passeraient la roulotte des McCormick-Leblanc au peigne fin, de même qu'ils ratisseraient les rives de la Red River en vue d'y déceler un indice susceptible de les mener au possible meurtrier de Charlotte.

Bouchard a installé son quartier général dans le chalet réservé aux gardiens, pas loin de la cantine, et la mascarade a commencé, le défilé de visages contrariés qui auraient voulu se trouver à des kilomètres de là.

Je croyais être parmi les premiers à subir mon interrogatoire, mais Bouchard me gardait pour le dessert. C'est Hank qui est venu me chercher en début d'après-midi, alors que j'essayais de faire une sieste. Il a brutalement frappé à ma porte et m'a dit de me grouiller le cul, que Bouchard m'attendait et n'avait pas de temps à perdre. Je lui ai répondu que j'arrivais dans un moment et l'ai laissé macérer deux ou trois minutes, question de lui signifier que je n'avais pas d'ordre à recevoir de lui et que je n'entendais pas me comporter en lèche-cul. Pendant ces deux ou trois minutes, il s'est usé les jointures sur la tôle de la roulotte. Je l'ai ignoré. La colère de ce minable me rassérénait.

Je suis sorti sans me presser et j'ai planté mon regard le plus féroce dans les Ray Ban de Hank en lui recommandant un cours de yoga. S'il n'avait pas eu peur de perdre son boulot, il m'aurait proprement remis la monnaie de ma pièce. Il m'aurait enfoncé les parois nasales entre les deux yeux ou m'aurait redressé le menton, mais Hank était un pisseux et j'avais son code d'éthique de mon côté. Je l'ai donc suivi à pas lents, ignorant encore ses vociférations et me délectant devant sa colère impuissante, son visage qui rougissait, le bout de foin baveux qui se promenait dans sa bouche et allait finir par lui verdir le dentier. Si je n'avais déjà considéré Hank comme un ennemi, j'aurais été heureux de m'en faire un nouveau en cet après-midi caniculaire tant le ridicule pouvoir qu'il tentait de s'octroyer me donnait envie de frapper.

Je lui ai de nouveau fermé la porte au nez en arrivant au chalet des gardiens. Je pouvais me débrouiller seul. Bouchard était debout au fond de la pièce qui servait de salle commune et contemplait la forêt par une fenêtre ouverte. Saprée chaleur, a-t-il murmuré, et il m'a invité à m'asseoir à la table où s'affairait son assistant. Il s'est ensuite installé face à moi, sous un ventilateur peinant à sécher la sueur qui mouillait son front et sa chevelure clairsemée, et a poussé un soupir qui en disait long sur la lourdeur de sa tâche. Sur la table, quelques glaçons fondaient dans une carafe de verre embuée, à côté de deux tasses vides, d'un carnet, d'un stylo et de l'ordinateur de l'assistant. Bouchard a soulevé la carafe pour m'offrir un verre d'eau et l'interrogatoire a commencé.

Il m'a posé les mêmes questions que la veille, je lui ai donné les mêmes réponses, machinalement, tout en observant le calendrier suspendu au mur derrière lui, où une femme en tenue plus que légère souriait de toutes ses dents au soleil de juillet près des rives d'un lac léchant ses pieds nus. Curieusement, c'est l'endroit qui faisait rêver, pas la fille, pas ses seins surdimensionnés, un endroit qui inspirait le repos et semblait de nature à vous faire oublier les pires emmerdes. Puis, sans que je m'en rende compte, Bouchard s'est levé pour arracher le calendrier du mur. Mon tour de taille vous plaît peut-être pas, Dubois, mais quand je vous parle, c'est moi que vous regardez.

J'ai bredouillé de vagues excuses, inutile de chercher à lui expliquer que c'est le lac qui m'intéressait, et je lui ai de nouveau décrit ma bagarre avec Vaillancourt, au terme de laquelle j'avais hérité de mon œil poché, de ma balafre au front, de ma démarche de gars qui a le dos en compote. Mes réponses ont paru le satisfaire, mes blessures ne datant manifestement pas de la veille, puis il m'a demandé ce que je foutais aux Chutes rouges. J'ai prétexté un besoin dc repos, ce qui l'a fait s'esclaffer.

Besoin de repos, monsieur Dubois, au milieu des gamins, des radios, des fêtes entre voisins, des soirées de karaoké et des mecs qui vous tabassent ? Vous vous moquez de moi ? Bouchard s'était soulevé de sa chaise, les mains à plat sur la table qui nous séparait, son visage à quelques centimètres du mien, et n'avait plus envie de rire du tout.

J'ai fabriqué une histoire comme quoi j'avais cru que l'isolement du camping était garant de la tranquillité de l'endroit. De toute évidence, je m'étais trompé, on ne pouvait pas se reposer dans un lieu pareil. Je n'avais jamais si bien dit, car depuis mon arrivée, je n'avais pas connu une véritable nuit de sommeil. Je dépérissais à vue d'œil, assommé par la chaleur, l'humidité poisseuse, l'animosité que je ressentais à mon endroit et la promiscuité à laquelle j'étais soumis nuit et jour.

Bouchard s'est contenté de ma réponse à demi, puis il a enchaîné avec Charlotte McCormick. Qu'est-ce que je savais d'elle ? Est-ce que son comportement m'avait paru inhabituel ? Est-ce que je lui connaissais des ennemis ?

Je lui ai répondu que Charlotte avait peur, mais que j'ignorais ce qui l'effrayait. Il m'a asticoté à ce sujet, m'a conseillé de fouiller ma mémoire, de chercher un détail qui pourrait nous éclairer puis, constatant que je ne pouvais rien lui apprendre de plus, il a mis fin à l'interrogatoire. Ça va être tout pour aujourd'hui. Je vous convoque dès que j'ai du nouveau, car j'en aurai, ne vous en faites pas.

Dehors, le temps s'était encore alourdi, une cigale étirait son long cillement dans l'herbe rare et le marcheur qui faisait le tour du camping vingt fois par jour, la casquette sur les yeux et la jambe traînante, passait en sifflotant le même air que d'habitude, cinq notes qui reproduisaient le chant vespéral du merle d'Amérique, suivies d'une pause, de cinq autres notes, d'une pause, de quoi rendre dingue, mais il avait l'air serein, parfaitement concentré sur la rengaine qui accompagnait sa marche et lui permettait de poser un pied devant l'autre. J'étais d'ailleurs prêt à parier que s'il s'arrêtait de siffler, il s'écroulerait, tant ses mouvements saccadés s'accordaient à son refrain.

Près de la porte, Ghislain Meunier attendait son tour, un bandana bleu azur noué sur le front pour retenir la sueur qui lui pissait du cuir chevelu. Je suis descendu de la large galerie sans le saluer, me demandant combien de couteaux il me planterait dans le dos pendant que Bouchard l'interrogerait, et je me suis dirigé vers la cantine, où Maddy arrivait pour remplacer Max.

Café ? m'a-t-elle lancé lorsque je me suis accoudé au comptoir, et j'ai fait signe que oui, café, malgré la chaleur, malgré mon mal de crâne, malgré qu'à ce rythme, je ne dormirais plus jamais de ma putain de vie. Max m'a pour sa part salué d'un simple hochement de tête. Il préférait ne pas trop s'approcher de moi, je suppose, comme on préfère se tenir à distance de ceux avec qui on a fait la guerre, question de ne pas voir dans leurs yeux ce qu'on essaie de chasser des siens. Puis, en désignant le ciel, il a annoncé que ça allait barder. Des nuages pas trop rassurants, en effet, s'amassaient au-dessus des arbres. Nous aurions droit ce soir à notre troisième orage, ainsi que l'avait prévu le bulletin météo. Max a ramassé son sac à dos, a fait la bise à Maddy, puis on l'a vu descendre le chemin vers la roulotte de ses parents en poussant des cailloux avec ses runnings.

Je suis pas sûre qu'il va s'en remettre, a soupiré Maddy, puis elle m'a demandé comment je me sentais. Mal. Je me sentais mal. Charlotte McCormick était morte assassinée, j'avais tenu son corps désarticulé dans mes bras, et on me soupçonnait d'avoir un lien avec sa mort.

Maudite histoire de fous, Charlie méritait pas ça. As-tu une idée de ce qui a pu se passer ? Je lui ai rendu son demi-sourire, cette espèce de grimace qu'on a devant l'ignorance, et j'ai eu envie de lui sauter au cou. Tout, dans l'expression de Maddy, me prouvait qu'elle n'entretenait aucun soupçon à mon endroit. Contrairement à la majorité des imbéciles que je côtoyais, Maddy savait que je n'avais pas le profil d'un tueur. Maddy me voyait tel que j'étais, un pauvre idiot que tout accusait alors que son seul tort était d'avoir abouti là où les gars comme lui ne cadraient pas dans le décor.

Malheureusement, je n'avais aucune idée de ce qui avait pu se produire. Je savais seulement que Charlotte avait peur, une peur bleue qui la faisait courir dans tous les sens avec ses talons trop hauts qui s'enfonçaient dans le sol. On aurait dit qu'elle était aspirée par un abîme vers lequel elle se précipitait contre son gré, luttant de tout son être pour repousser la force qui voulait sa peau.

Moi aussi, je commence à avoir peur, m'a confié Maddy en me tendant une galette aux framboises, gracieuseté de la maison, et elle avait raison. Toutes les femmes avaient raison d'avoir peur, n'importe où, n'importe quand, particulièrement quand l'une d'elles vient d'être repêchée dans une rivière.

J'ai avalé ma galette aux framboises de travers et j'ai offert à Maddy de la raccompagner après son travail. Je savais que Maddy n'avait personne et qu'elle vivait seule dans un petit chalet hérité de ses parents, à l'écart du camping, au bout d'un chemin sur lequel la forêt empiétait lentement, ce qui constituait probablement la meilleure planque pour un salaud qui n'avait pas assez de couilles pour s'attaquer à aussi gros que lui.

C'est donc parce que Maddy ne pouvait rien contre les salauds, rien contre la forêt et son emprise, que je lui ai promis de revenir à vingt-deux heures, quand elle fermerait la cantine, et que je me suis enfoncé plus profondément dans la fosse où certains s'apprêtaient à jeter des pelletées de terre sur un homme à bout de souffle.

*

Il pleuvait à siaux lorsque Maddy et moi nous sommes engagés sur le chemin envahi de broussailles qui menait à son chalet, au-delà d'une courbe où elle garait sa vieille Nissan, un tas de ferraille dont elle ne se servait que pour aller en ville. On a contourné la Nissan, sur laquelle la pluie crépitait avec régularité, lavant les vitres empoussiérées, les aiguilles de conifère accumulées sur la toiture, la rouille qui grugeait les portières. L'averse nous avait surpris alors que nous quittions la cantine et, au-dessus de nous, le ciel grondait, illuminait l'horizon toutes les dix secondes et nous révélait la profondeur du gris qui fonçait droit sur nous.

La forêt s'épaississait autour de nous quand Maddy a poussé une clôture de bois à moitié pourrie et m'a entraîné sur un terrain boueux où l'herbe ne poussait que par plaques. Devant elle, le faisceau de sa lampe de poche fendait la pluie, faisant apparaître un tas de bûches qui se décomposaient, une vieille balançoire, un banc de bois verdi par la mousse, autant d'objets qui appartenaient à un passé dont s'étaient emparées l'humidité et la végétation. Maddy vivait en dehors du monde, en dehors du temps, dans une enclave qui se refermait sur elle-même et sur une époque révolue.

À une vingtaine de mètres de la balançoire, s'élevait le chalet, une construction de bardeaux de cèdre vers laquelle nous nous sommes précipités en courbant le dos pour protéger nos visages de la pluie cinglante. Pendant que Maddy fouillait dans son sac pour y récupérer sa clé, j'ai examiné la galerie, dont quelques planches allaient bientôt céder et dont le toit fuyait à plusieurs endroits. Elle a enfin trouvé la clé sous un tas de mouchoirs chiffonnés et a ouvert en donnant un coup de hanche dans la porte. L'intérieur était aménagé avec soin, mais les fenêtres vibraient sous l'assaut du vent et on devinait tout de suite que la plomberie devait grincer et l'électricité flancher à tout bout de champ. Maddy vivait en dehors du monde. Maddy vivait dans une ruine.

Je n'ai formulé aucun commentaire sur l'état des lieux. Maddy savait mieux que quiconque que son chalet allait lui tomber dessus si elle n'y effectuait pas rapidement quelques réparations. Elle est allée chercher un paquet de serviettes pour que je m'éponge le visage et les cheveux, m'a dit de me mettre à l'aise et a disparu dans une minuscule cuisine d'où elle est revenue avec deux bières qu'elle a déposées sur une table basse dans le coin salon.

Quelques minutes plus tard, dans le bruit du tonnerre et le tambourinement des volets, Maddy me racontait sa vie, serveuse à la cantine l'été, serveuse dans un bar le reste de l'année. C'est ce qu'elle était, Maddy la fille du bar, Maddy la fille de la cantine, et c'est ce qu'elle serait encore dans trente ans, Maddy la fille fripée qui servirait des frites graisseuses et nettoierait des tables sales.

Dis pas le contraire, je t'en prie, m'a-t-elle arrêté alors que je tentais de répliquer, de lui faire croire qu'elle avait la vie devant elle et tout un tas de conneries du genre. Je suis pas malheureuse, tu sais, a-t-elle ajouté en se penchant vers la table basse pour y rallumer une bougie dont la cire avait coulé dans une assiette de carton où d'autres bougies, des blanches, des jaunes, des rouges encore, avaient sculpté des motifs qui évoquaient ces nébuleuses fuyant dans la noirceur glaciale de l'Univers.

C'est à ce moment que je suis tombé amoureux, mais amoureux fou de Maddy Fréchette, la fille du bar, la fille de la cantine dont le sourire m'avait fait craquer dès qu'elle m'avait servi mon premier café, et que j'ai eu envie de renverser la table pour lui sauter dessus. Au lieu de ça, je lui ai dit qu'il était tard, qu'elle devait aller dormir, parce que Maddy méritait mieux que moi. Elle n'a pas protesté. Elle avait deviné, au ton de ma voix, que je devais me mordre les joues pour ne pas me jeter sur elle, mais que je demeurerais vissé dans mon fauteuil jusqu'à ce que le jour se lève. Elle m'a effleuré le bras au passage, m'a souhaité bonne nuit, puis a doucement refermé la porte de sa chambre.

Ça m'a pris tout mon petit change pour résister aux frissons provoqués par la main de Maddy sur mon bras, mais j'ai tenu bon. J'ai sagement veillé dans le noir, attendant que le vent qui se faufilait par les fissures de la fenêtre du salon éteigne la dernière bougie et qu'un coup de tonnerre fracassant m'annonce que la foudre avait frappé tout près du camping, où d'autres rubans jaunes, installés par un assassin qui aimait l'orage, étaient apparus durant la journée autour du quai.

Entre chaque éclair dardant sa brève lumière sur la balançoire abandonnée, je me demandais pourquoi j'avais été trop con pour saisir la main de Maddy lorsqu'elle m'avait touché le bras, trop con pour suivre cette main jusqu'où elle avait envie d'aller, ainsi que je me demanderais de nombreuses fois, dans les jours qui ont suivi, ce qui se serait passé si j'avais embrassé Maddy Fréchette dans la lueur des bougies, au milieu d'une tempête dont un toit percé nous protégeait, parce qu'embrasser une femme, c'est ouvrir une porte qui ne se referme plus, qui demeure éternellement béante, même si celui qui l'a poussée a pris ses jambes à son cou pour disparaître au premier coin de rue.

Qu'aurions-nous laissé entrer par cette porte offrant accès à une intimité plus fondamentale que celle du sexe ? Je ne le saurais jamais, pas plus que je ne saurais quel tournant aurait pu prendre ma vie si j'avais frenché Lili Martel vingt ans plus tôt au lieu de me sauver comme un lâche pour aboutir dans cette gare qui sentait la pisse et le tabac froid et où mon destin avait croisé celui de Chris Julian, à l'aube, quand il ne reste plus que quelques loques qui ronflent sur les bancs de bois et que votre avenir semble inscrit dans cette lumière glauque balayant la crasse. Mais je n'ai pas embrassé Maddy Fréchette ce soir-là, ni le lendemain matin ni le soir d'après.

11 JUILLET

Charlotte McCormick cherchait à s'accrocher aux piliers du quai pour ne pas dériver vers la mer trop immense lorsque j'ai été réveillé par une douleur lancinante au bas du dos, une rassurante odeur de café et un éternuement provenant de la cuisinette, sitôt suivi du battement de la porte-moustiquaire et du bruit de plus en plus rapproché d'un hélicoptère qui volait en rase-mottes au-dessus de la forêt. J'ai déplié ma carcasse endolorie et suis sorti sur la galerie où Maddy, les mains en visière, observait le trajet du Bell 412 EP de la Sûreté du Québec, dont les rayures jaunes et noires fendaient les nuages pendant qu'il effectuait un virage périlleux au-dessus de la Red River.

Y cherchent quelqu'un, a murmuré Maddy, puis elle m'a dit de rentrer. Elle savait que j'étais le fuyard qu'on traquait ainsi et préférait être accusée de complicité que de me donner en pâture aux requins. J'avais aussi un mauvais pressentiment, qu'amplifiaient le bourdonnement de l'hélicoptère et la brume que la chaleur matinale faisait monter du sol.

Pas un souffle de vent ne troublait la lente évolution du brouillard, derrière lequel on devinait les arbres trempés de pluie, dont les feuilles s'égouttaient une à une pour alimenter le brouillard. L'atmosphère me rappelait ces jours d'angoisse où on demeure dans l'attente d'un événement indéterminé. La forêt entière participait à cette attente, retenant comme nous sa respiration, puis une mésange a pépié, du côté droit du chalet, a lancé quelques notes claires qui ont traversé la brume, y pratiquant une mince fissure où s'est immiscé le grondement d'un moteur.

Rentre, m'a ordonné Maddy, va-t'en dans le chalet, hostie. Je n'ai pas bougé. J'ai attendu que la mésange chante encore, j'ai déposé un baiser sur la tempe de Maddy et je suis allé à la rencontre de l'agent de police qui descendait du véhicule de Hank.

Je n'ai appris qu'un peu plus tard, quand l'inspecteur Jean-Paul Bouchard m'a reçu dans le chalet des gardiens, que Victor Vaillancourt s'était noyé dans la Red River.

*

On ne sait jamais de quelle façon commence un mauvais rêve. Une lampe ou deux s'éteignent, un couloir s'ouvre, un chien qui a l'allure d'un zèbre détale au fond du couloir et on se retrouve coincé en plein milieu d'une histoire sans queue ni tête où des visages familiers apparaissent sous des déguisements absurdes. Alors on court, si le scénario le permet, si nos jambes savent encore nous porter, on s'engage dans des voies sans issue et on essaie de crier, on s'accroche aux mots qui s'arrêtent au bord de nos lèvres engourdies, se transforment en sons inarticulés pareils à des mugissements enregistrés sur une bande défilant au ralenti et on attend la sonnerie, l'événement inattendu qui mettra fin à cette histoire de fou.

C'est Bouchard, son poing s'abattant sur la table, qui m'a tiré de ma torpeur, mais pas du cauchemar dans lequel j'avais été propulsé quand j'avais trouvé Chris Julian dans sa piscine et décidé de m'approprier son manuscrit. Ce rêve aussi absurde qu'imprévisible se poursuivait, et il se poursuivrait tant qu'on n'aurait pas mis la main au collet de l'assassin qui s'était enfui du roman de Julian pour semer la terreur aux Chutes rouges.

Depuis une heure quatre minutes exactement, Bouchard me bombardait de questions sur ma bagarre avec Vaillancourt, sur le saccage de sa cabane à outils, sur la gueule enflée de Hank, enchaînant sans transition avec mon passé, mon entourage, mon emploi du temps, et je lui mentais misérablement, me fourvoyant dans les dates, les lieux, les noms, puisque je n'avais ni passé ni entourage et que mon emploi du temps expliquait cette absence de passé. Je savais que Bouchard découvrirait tôt ou tard le pot aux roses, qu'il remonterait de Ric Dubois à Chris Julian et que la vérité éclaterait au grand jour. Comme je n'avais plus rien à perdre, j'utilisais pour le moment la tactique du désespéré prêt à renier sa mère pour prouver qu'il n'est coupable que de sa naïveté crasse, mais pas des crimes dont on l'accuse.

Je comprenais l'exaspération de Bouchard. Mon histoire était cousue de fil blanc et tous les éléments de son enquête faisaient de moi le coupable idéal. Je persistais tout de même à nier, et ma seule façon de nier était de mentir, car je n'avais assassiné ni Charlotte McCormick ni Victor Vaillancourt. J'avais d'ailleurs un alibi pour la nuit d'avant, ce que je me tuais à répéter à Bouchard en lui décrivant en détail ma nuit chez Maddy, mais cet alibi chiffonnait Bouchard.

On dirait que dès qu'il se produit quelque chose de pas clair au camping, vous passez la nuit avec une femme différente, a-t-il vociféré en faisant rebondir son stylo sur la table. Qu'est-ce que vous leur faites ? Vous les menacez ? Vous les faites chanter ? Nom de Dieu, Dubois, c'est quoi votre problème ?

Chaque fois qu'il me sortait son nom de Dieu, je voyais les nuages se déchirer et le ciel s'abattre sur moi, alors que je savais depuis longtemps que l'au-delà des nuages n'était constitué que d'un noir d'encre, d'un magma impénétrable masquant cette vérité que Bouchard tenait tant à m'arracher. Ce n'est pas Dieu que Bouchard aurait dû invoquer, mais cette déchirure nous prouvant que l'enfer s'ouvrait au-dessus de nos têtes, qu'il était cette noirceur affolant notre désir de vérité.

Je me contentais toutefois de lui rappeler qu'il se trompait, que tout le monde se trompait, puis, en jetant un coup d'œil à l'horloge suspendue au mur, je me suis rendu compte que depuis une heure six minutes exactement, je tressais la corde avec laquelle on me pendrait. J'aurais dû me taire dès le départ. J'avais voulu jouer franc jeu et prouver du même coup que je n'avais rien à cacher, alors qu'il y avait autant de squelettes dans mes placards que dans des foutues catacombes. J'allais exiger un avocat quand la porte de la salle communautaire s'est ouverte sur un agent en uniforme qui s'est approché de Bouchard pour lui remettre une enveloppe de plastique dans laquelle quelques feuilles de papier ligné, de simples feuilles de papier ligné, allaient faire parler l'enfer.

*

Les pales de l'hélicoptère claquaient dans le ciel gris, emportant le corps bleui de Vic Vaillancourt là où une femme en sarrau taché de matières organiques tenterait de découvrir dans ses entrailles si le mal, le noir, le blanc, si toutes les couleurs du monde mentaient.

Quelques heures seulement s'étaient écoulées depuis qu'on avait repêché Vaillancourt au bout du quai, là même où, deux jours plus tôt, le paisible visage de Charlotte McCormick avait poussé la fille au bikini à se dénuder pour plonger dans l'eau rouge, au cas où le sourire de Charlie pourrait encore s'épanouir, et l'atmosphère qui régnait au camping était passée de la consternation à l'hébétude.

Selon la rumeur, Victor Vaillancourt, après la mort de Charlotte McCormick, était devenu carrément fou. Il s'était enfermé dans sa cabane à outils défoncée et s'était mis à griffonner des visages horrifiés et des corps mutilés préfigurant le destin qui l'attendait, le tout accompagné de suites de mots incohérents plongeant au cœur de la nuit et du froid. Il avait ensuite disparu avec sa carabine, et Flora, son épouse, ne l'avait jamais revu vivant.

Elle avait apporté à la police la liasse de feuilles lignées sur lesquelles Victor, en proie à une frénésie qu'elle ne lui connaissait pas, avait tenté d'exprimer ce qui le rongeait au point de le rendre pareil à une bête qui montrait les crocs dès qu'on s'en approchait, et avait supplié Bouchard qu'on lui explique pourquoi Victor avait été jeté à la rivière tel un poisson crevé sur lequel se seraient acharnés des enfants cruels, mais ni Bouchard ni ses collègues ne pouvaient expliquer quoi que ce soit. Ils demeuraient bouche bée devant les dessins, ne comprenant pas plus que Flora quelle mouche avait piqué Vaillancourt.

Le délire de Victor Vaillancourt, en fait, déconcertait tout le monde, Vaillancourt n'étant pas homme à perdre les pédales, sauf quand il s'agissait de remettre à sa place un triste individu défiant l'ordre et la morale. L'état dans lequel le cadavre avait été repêché était tout aussi déroutant. Si j'en croyais ce qu'on racontait, Vaillancourt s'était tatoué le ventre, les cuisses et les avant-bras. Il avait pris ses crayons-feutres et en avait enfoncé la pointe dans sa chair. Il avait mélangé son sang à l'encre rouge ou noire et avait tenté de graver sur sa peau des figures semblables à celles qu'il avait dessinées dans sa cabane à outils, qui se résumaient sur son corps à un réseau d'égratignures illisibles où des bouches difformes côtoyaient des visages lisses et muets.

Aux dires d'Antoine Dubreuil et de Lucas Beaudoin, les deux adolescents qui avaient franchi les rubans jaunes entourant le quai pour se croire des hommes lorsqu'ils appelleraient le fantôme de Charlotte McCormick, Vaillancourt ressemblait à ces épouvantails que les corbeaux picorent. Penchés à l'extrémité du quai, ils avaient d'abord pris Vaillancourt pour un tronc d'arbre roulant sur lui-même. Puis, dans le faisceau de sa lampe de poche, Beaudoin avait vu les yeux, martelés par la pluie drue, et s'était redressé d'un bond, frappant Dubreuil au menton avec son épaule et risquant de le faire basculer dans la flotte sur le tronc devenu homme, puis épouvantail, d'un simple regard. Dubreuil en avait gardé une marque à la mâchoire, une ecchymose qui s'élargissait le long de l'os et qu'il tâtait constamment en répétant que Victor Vaillancourt n'avait pas pu se décorer lui-même de la sorte, à moins d'être complètement malade.

Lui et Beaudoin étaient installés à l'une des tables à pique-nique de la cantine lorsque l'hélicoptère avait soulevé la poussière du stationnement et ils racontaient à qui voulait l'entendre comment ils étaient tombés sur Vaillancourt alors qu'ils cherchaient dans la Red River le spectre lumineux de Charlotte McCormick. C'est ce que le père de Beaudoin avait prétendu, que les victimes d'une mort violente laissaient derrière elles une aura luminescente et Beaudoin avait voulu voir ça de ses propres yeux, avec Dubreuil, surnommé le Chevreuil, qui expliquait aux autres ados rassemblés autour d'eux qu'ils l'auraient vue, cette aura, si le corps de Vaillancourt ne l'avait pas enfouie sous l'eau. Il avait même cru, à un moment, qu'elle se déployait autour du cadavre et cherchait à l'enlacer, puis Beaudoin s'était vivement redressé, le frappant au bas du visage en échappant un hostie de crisse auquel Dubreuil avait répondu par un what the fuck, Beaudoin, qu'est-ce qui te prend ? pendant que la lueur disparaissait dans celles de l'orage et que les yeux du mort s'offraient à la nuit pluvieuse.

J'étais assis pas loin d'eux, observant le café qui refroidissait dans ma tasse, comme si les reflets qui ondulaient sur la surface noire pouvaient m'apprendre quelque chose à propos de la crise que Vaillancourt avait pétée. Les nouvelles quant aux heures précédant sa mort avaient fait le tour du camping aussi rapidement que la foudre frappait ses installations et chacun avait sa théorie sur cette folie subite, les uns prétendant que Vaillancourt avait tué Charlotte, une pute, disait celui-ci, une traînée dont le souffle vicié empuantissait l'atmosphère des Chutes. Selon eux, la culpabilité l'avait ensuite poussé à avouer et son confesseur lui avait réglé son compte. C'est donc le confesseur que l'on craignait, le justicier qui avait fait de son absolution une condamnation au feu éternel.

Les autres affirmaient que Vaillancourt avait toujours marché sur la frange étroite entre raison et aveuglement et que la colère qui l'habitait en permanence avait fini par lui varloper les neurones. Ceux-là évoquaient la thèse du suicide, tout en n'excluant pas que Vaillancourt ait pu tuer Charlotte, et que, cédant au remords, il se soit appliqué sa propre justice, un assassin ne méritant pas plus qu'une catin de respirer le même air que les autres. Pour ma part, je n'y croyais qu'à demi, incapable d'imaginer que cet individu qui détestait la joie puisse avoir retourné sa colère contre lui.

À travers toutes ces hypothèses, personne ne parlait de Chris Julian ni des dessins morbides qui noircissaient le buvard de son bureau, personne ne le pouvait. J'étais seul à savoir qu'une folie identique à celle qui avait poussé Julian à se faire sauter la moitié du crâne s'était emparée de Vaillancourt et que cette démence prenait sa source aux Chutes mêmes, dans leurs forêts à perte d'horizon ou dans les eaux empoisonnées de la rivière.

Quant à Bouchard, il avait passé la journée à étudier les gribouillages du défunt et à s'arracher les cheveux, persuadé qu'il pouvait trouver un sens à la mort de celui-ci parmi les membres enchevêtrés tombant au creux des gueules ouvertes, mais ces gueules ne parlaient que le langage de la violence, paré de couleurs si dénaturées qu'il fallait soi-même avoir les mains souillées pour le comprendre.

À deux reprises, j'avais été tenté de tout raconter à Bouchard à propos de Julian et d'alléger ainsi le sentiment que j'étais complice d'une faute qui avait peut-être entraîné la mort d'un innocent, puis j'avais conclu que le désespoir d'un homme qui s'enfonçait dans sa piscine depuis près d'un an ne serait d'aucune utilité à Bouchard. Si j'ouvrais ma grande trappe, tout s'écroulerait autour de moi et je ne sauverais ni Vaillancourt ni Julian.

Pour le moment, Bouchard n'avait rien de concret contre moi. Il avait par contre un paquet de soupçons assez épais pour me passer les menottes à la moindre incartade, me réciter mes droits et m'offrir un congé à l'ombre aux frais de l'État. Je veux connaître tous vos déplacements, avait-il hurlé après mon interrogatoire, de la cuisine aux chiottes et des chiottes à l'épicerie, c'est clair ? C'était aussi clair qu'un matin de janvier ensoleillé, je n'étais pas en état d'arrestation, mais j'avais une corde de la grosseur d'un bras attachée aux jambes. Il valait donc mieux que je me débrouille avec les trois tonnes de remords qui écrasaient ma conscience.

Aux dernières nouvelles, la route serait rouverte le lendemain, mais elle ne le serait que pour ceux que les flics n'avaient pas dans leur mire. Si l'idée me prenait de foutre mes bagages dans ma voiture pour aller prendre la cuite de ma vie dans le premier motel en vue, je ne finirais pas la nuit avant que deux ou trois costauds armés jusqu'aux dents enfoncent ma porte en vociférant.

De toute façon, il m'était impossible de partir tant que le cadavre de Vaillancourt flottait encore dans mon champ de vision par-dessus celui de Julian. Que je le veuille ou non, j'étais condamné à rester aux Chutes et à me triturer les méninges en vue de comprendre ce qui avait fait courir Charlie et de découvrir, surtout, quelle main sanglante avait déposé devant Vaillancourt le papier ligné sur lequel il allait faire aveu de sa faiblesse. À ces motifs, s'ajoutait le lien qui me rattachait à Maddy, plus fort que toutes les chaînes avec lesquelles on aurait pu vouloir me retenir. Je me sentais le devoir de protéger cette femme et rien ni personne ne m'en empêcherait, pas même Maddy et son foutu orgueil.

C'est pas fini, Ric, avait-elle murmuré quand je lui avais appris pour Vaillancourt. C'est pas fini, ça va recommencer, c'est jamais fini, hostie, jamais, et pendant qu'elle jurait, elle se passait les mains dans les cheveux et regardait nerveusement autour d'elle, comme si tout allait recommencer maintenant, aux abords de cette cantine, par ce jour de juillet.

Je ne reconnaissais plus Maddy, et pour cause, car ce n'était pas Maddy qui s'agitait ainsi, mais la peur, la chienne et sa flopée de chimères. Il était toutefois clair que Maddy savait des choses que nous ignorions, des choses dont elle ne voulait pas ou ne pouvait pas parler. Toutes les questions que Fred et moi lui posions se perdaient dans ses yeux affolés et je revoyais Charlotte et son regard de pierre, Charlotte qui balbutiait en triturant son chandail, incapable de formuler une phrase qui ait du sens et criant à l'aide du fond de l'espace clos où elle s'était enfermée.

Excédée par nos questions, Maddy avait fini par nous crier de fermer nos gueules. Fichez-moi la paix, hostie. Poursuivie par le spectre de Vaillancourt, elle avait ensuite couru s'enfermer dans les toilettes, laissant brûler le cheeseburger que venait de commander Fred, qui avait la gueule aussi longue qu'un matin de pluie froide et regardait cramer son repas sans réagir, attendant seulement que Maddy revienne, qu'un cheeseburger juteux apparaisse dans son assiette et que le monde se remette en marche, Maddy derrière son comptoir, lui devant le comptoir, le réfrigérateur qui ronronnait, le café qui coulait, la crème glacée qui fondait sur la tarte aux pommes.

Or le monde ne s'était pas arrêté. Il ne faisait que marcher de travers, butant sur ce qui n'était pas là la veille, un potentiel assassin, deux cadavres, une fille en bikini qui pétait les plombs. Avant que le feu prenne dans la cantine, j'étais allé jeter le hamburger de Fred aux poubelles et nous avions regardé la boucane noircir les murs, les annonces de Pepsi, les résultats des derniers matchs de fer à cheval punaisés au-dessus d'une étagère, pendant que Maddy, assise sur la lunette de bois de la cuvette des toilettes pour dames, enroulait probablement autour de son index quelques carrés de papier qu'elle déroulait ensuite en répétant que ce n'était pas fini, que ça ne pouvait pas finir, parce que les mirages de la peur étaient innombrables et que sa flopée de chimères survivait en dévorant ses propres enfants.

Enough is enough, je crisse mon camp demain, avait-elle déclaré à son retour, puis elle m'avait servi une tasse de café dans lequel je tentais de lire le passé et l'avenir des Chutes rouges en écoutant Antoine Dubreuil et Lucas Beaudoin, deux adolescents que le drame poussait à la bravade, décrire le regard stupéfait que Victor Vaillancourt avait posé sur le dernier visage qui s'était imprimé sur sa rétine, celui de Charlotte McCormick, peut-être, ou celui de son assassin, voilé par cette indifférence que la souffrance procure jusqu'au plus minable des bourreaux.

*

Quelques étoiles perçaient enfin l'obscurité. Je pouvais apercevoir la partie supérieure d'Orion, où se démarquait nettement Bételgeuse, au nord-ouest, mais un nuage auquel s'amalgamaient des volutes qui perdaient rapidement de leur légèreté stagnait sur la partie inférieure de la boucle que formait la constellation, tel un mauvais présage, un signe que le ciel n'en avait pas fini non plus avec les Chutes rouges.

À vingt-deux heures, j'avais rejoint Maddy à la cantine et j'avais insisté pour la conduire de nouveau chez elle. Nous étions demeurés silencieux pendant presque tout le trajet, attentifs aux bruits environnants et aux craquements qui pouvaient ressembler à ceux produits par les pas d'un homme, car un tueur vivait parmi nous, et si ce tueur n'existait pas, quelque chose ou quelqu'un, dans la communauté des Chutes, semait dans les esprits des idées que l'orage transformait en obsessions que seule la rivière, semblait-il, pouvait apaiser.

J'avais consenti à ficher la paix à Maddy, puisque c'est ce qu'elle souhaitait, mais des dizaines de questions se bousculaient dans ma tête et j'attendais le moment où elle se déciderait enfin à parler. Pour atténuer le malaise qui érigeait son mur de briques entre nous, je m'étais lancé dans une description aussi inutile qu'imprécise de la Voie lactée, puis je lui avais appris que certains campeurs croyaient toujours que Vaillancourt s'était suicidé et elle avait explosé. Vaillancourt était une hostie d'ordure, Ric, pis les ordures, ça se jette pas tout seul, parce que ça n'a aucune maudite conscience, une calvaire d'ordure. Vaillancourt s'aimait trop pour se faire hara-kiri.

Le silence était ensuite retombé, plus irrespirable qu'avant, et au risque de me faire rentrer dedans, j'avais demandé à Maddy pourquoi les femmes détestaient tant Vaillancourt. Elle m'avait regardé comme si j'étais un idiot, avec ses deux grands yeux bleus qui brillaient dans le noir, et m'avait rappelé les règles de la plus simple des équations. Deux et deux, ça fait quoi, Ric ? Vaillancourt haïssait les femmes. Inverse la proposition, tu vas avoir ta réponse. Y a juste Flora qui acceptait de s'agenouiller devant lui, pis Flora est folle, Vaillancourt l'a rendue folle.

Cette fois, elle était crinquée, et en arrivant à son chalet, elle m'avait dit de retourner chez moi, qu'elle n'allait pas se laisser impressionner par un hostie de malade et passer le reste de sa crisse de vie avec un bodyguard. J'avais reçu son bodyguard en plein plexus, mais j'avais encaissé. Maddy voulait se débrouiller seule. Inutile d'insister. D'accord, Maddy. OK, Maddy.

Après avoir extirpé ses clés du fouillis qui s'entassait dans son sac à main, elle avait envoyé valser une poubelle de tôle au bas de la galerie, histoire de me prouver qu'elle était capable de se défendre. Le bruit avait résonné quelques instants, le couvercle de la poubelle avait roulé au pied d'un peuplier et une chouette avait hululé derrière le chalet, conjuguant ses chuintements de prédateur aux bruits que la peur redoute. Va-t'en, Ric, avait-elle simplement lâché en s'essuyant les pieds sur le paillasson, puis sa porte s'était refermée, une lampe s'était allumée à l'intérieur, et je l'avais vue pousser sur le seuil le fauteuil dans lequel j'avais dormi la veille.

J'avais cherché un endroit où je pouvais passer la nuit, puis je m'étais dirigé vers le vieux banc de bois. Je me ferais un oreiller avec mon sweat shirt et je veillerais jusqu'à l'aube, au cas où l'assassin se faufilerait jusque chez Maddy en sifflant l'un de ces airs banals que seul le mal sait siffler, l'un de ces airs qui vous donnent froid dans le dos alors que les lumières s'éteignent brusquement et que vous n'entendez plus que cela, le sifflement qui se rapproche et votre cœur qui bat.

Je venais à peine de m'asseoir, bien décidé à affronter quiconque se pointerait dans les environs, quand la porte du chalet s'est ouverte et qu'une volée d'injures a fendu l'air poisseux pour me rebondir en plein visage. Crisse ton camp, Ric. J'ai besoin de personne, pis je veux voir personne. All right, Maddy. Pogne pas les nerfs.

J'étais donc reparti en sacrant à mon tour, frappant de toutes mes forces sur les mottes de terre, les roches, les ronces qui me barraient le chemin, tout en traitant Maddy de maudite tête de pioche, puis j'avais vu les étoiles, quelques petits points lumineux dans le ciel toujours chargé des Chutes rouges. Cette vision m'avait réconforté, un peu de clarté venue de temps anciens, et j'avais laissé les mottes tranquilles. Aucun assassin ne se cachait dans les fourrés.

Au camping, tout le monde dormait, tous les innocents qui rêvaient à des mains qui se resserraient autour de leur cou. À part un téléviseur dont les lueurs bleutées éclairaient l'une des fenêtres de la caravane des Beaudoin, d'où s'échappaient quelques rires, pas un bruit ne traversait la nuit. Le crissement de mes pas dans la fragilité de cette accalmie me semblait déplacé et j'avais la conviction qu'on m'épiait, que derrière les fenêtres noires, quelqu'un guettait l'homme qui s'avançait à pas mesurés sur le chemin désert et représentait peut-être ce danger indistinct qui rendait l'atmosphère à ce point oppressante.

En insérant ma clé dans la serrure de la porte, j'ai entendu un froissement, puis j'ai aperçu une silhouette s'enfoncer lentement dans un coin d'ombre plus compacte, au bout du terrain des McCormick-Leblanc. Si je n'avais été aussi sobre qu'un enfant de chœur, j'aurais juré qu'il s'agissait de Vaillancourt qui se dirigeait vers la forêt en traînant les pieds sur le sol gorgé d'eau. J'ai stupidement demandé qui était là, étant entendu que les rodeurs ont envie de s'identifier, et me suis avancé vers le coin d'ombre, mais j'étais seul dans la nuit noire avec le souvenir de Charlotte McCormick braquant ses yeux démaquillés par la sueur et les larmes sur l'invisible objet de sa nervosité, quelque part dans cette zone à laquelle n'avait accès que sa détresse.

Je suis rentré avec le sentiment de plus en plus tenace que quelqu'un m'épiait et me suis dévêtu en silence, cherchant Bételgeuse à travers les feuillages. L'étoile aussi avait disparu, dissimulée par les nuages qui écrasaient la région.

NUIT DU 11 AU 12 JUILLET

Dans mon rêve, Chris Julian apparaissait dans la rivière, venu des eaux poussiéreuses qu'embrumait la vase remuée par son passage. Je voyais sa chemise gonflée, éclairée par je ne sais quelle lumière en accentuant la blancheur, qui s'avançait à contre-courant, ondoyait au gré des remous et pivotait sur elle-même, prise dans un lent tourbillon qui voulait la ramener vers l'arrière, mais la forme blanche, après s'être arrêtée à l'oblique, reprenait sa pénible remontée vers le cadavre de Vic Vaillancourt, qui cherchait aussi à la rejoindre, arrivait au bout de la corde qui le retenait au quai, puis revenait se frapper contre le bois vermoulu dans un clapotis d'eau douce et de chairs visqueuses produisant une onde qui s'évanouissait en touchant la rive.

Je croyais que Julian n'atteindrait jamais son but quand les deux corps s'étaient enfin rejoints. Leurs têtes étaient entrées en contact et l'un des bras de Julian, allongé dans l'angle de son épaule affaissée, s'était posé sur le ventre crevé de Vaillancourt, qu'il caressait en s'accordant au rythme des vagues. Les deux hommes avaient ensuite roulé, emmêlant leurs membres et leurs bouches, jusqu'à ne plus être qu'une masse indistincte, un amas de grognements étouffés duquel se détachait le blanc de la chemise, éclairée par je ne sais quelle lumière au cœur de la nuit profonde.

J'étais moi-même dans la rivière, du côté opposé au quai, plongé dans l'eau jusqu'à la taille et attendant l'issue du combat que se livraient les noyés. Je puisais parfois une pierre plate dans le fond de mes poches et la lançais dans leur direction, atteignant à tout coup l'œil ou l'oreille de l'un des corps amalgamés, qui grognaient alors de plus belle, remuaient leurs têtes dans un mouvement de colère évoquant ces monstres bicéphales prisonniers de leur fureur, puis plantaient leurs dents dans la chair de l'autre et reprenaient leur lutte, soumis à ce lent enroulement de la mort sur elle-même.

Je sortais mon bras de l'eau, me préparant à un nouveau tir, lorsque j'ai brusquement interrompu mon mouvement et que je me suis clairement vu, silhouette sombre tenant dans sa main une pierre qu'elle s'apprêtait à faire ricocher sur l'eau noire.

À partir de ce moment, mon rêve a changé de cap. Julian et Vaillancourt ont disparu dans les limbes du cauchemar et il n'y avait plus que moi, moi le bras tendu et moi qui me regardais avec cet atroce sentiment de ne plus me reconnaître, d'être réduit à un simple regard englobant l'image floue d'un homme qui lançait des projectiles sur des cadavres. Puis soudain, pris de panique à l'idée qu'il s'évaporerait avec les eaux de la rivière, l'homme qui lançait des cailloux a reculé jusqu'à la rive, son pantalon trempé appesanti par les pierres qui emplissaient ses poches, et il a couru vers les bois, mon regard à ses trousses captant sa course ainsi que peut le faire l'objectif d'une caméra, puis une lueur a traversé son corps flou, un projecteur braqué sur la forêt depuis la cime des arbres, et je me suis réveillé dans le rayon de lumière qui perçait le feuillage de l'érable ombrageant ma roulotte.

J'ai mis un certain temps à retrouver mes repères, bouleversé par l'image de mon être dédoublé qui rejoignait Julian et Vaillancourt à la périlleuse périphérie du rêve, tout autant que par l'étreinte quasi amoureuse des deux hommes. Une fois relativement éveillé, j'ai péniblement tiré ma carcasse du lit, pas certain que mon dos allait consentir à me suivre, et me suis dirigé vers la salle de bains tel un vieillard que le ciel aurait oublié sur Terre. Après m'être aspergé le visage d'eau froide, j'ai vu dans le miroir bariolé ce qu'avait vu le regard de mon rêve, un être sans identité échoué sur les berges d'une rivière qui allait emporter jusqu'à ses derniers espoirs de liberté.

Il fallait que je sacre mon camp d'ici, right now, avant de me retrouver à la flotte au milieu des regrets et des désirs noyés de Charlotte McCormick, les lèvres repoussantes de Vic Vaillancourt écrasées sur les miennes. Au diable les flics, au diable l'enquête, je n'allais pas attendre qu'on m'assassine pour prouver à Bouchard que j'étais innocent. Sitôt ma douche prise, je bouclerais mes valises, j'irais faire mes adieux à Fred et à Max, je piquerais un sprint jusque chez Maddy en espérant qu'elle accepte de me suivre dans ma fuite, et on prendrait la route pour l'Ohio, pour l'Indiana ou pour l'Arkansas, pourquoi pas, tels deux éblouissants hors-la-loi ne se souciant ni de l'enfer ni du paradis. Le sourire fendu jusqu'aux oreilles, on gueulerait *On the Road Again* en se passant la bouteille de bourbon devant l'aridité des paysages qui défileraient à toute vitesse et on penserait au bonheur, au bonheur et à la liberté. Je reprendrais ma vie là où Chris Julian se l'était appropriée, j'éparpillerais dans les fossés les pages du roman morbide qui prenait vie autour de moi et constituait la preuve que jamais, jamais je n'aurais dû mettre les pieds là où Julian avait laissé sa peau.

12 JUILLET

La voiture rouillée de Maddy n'était plus là, la poubelle avait été ramassée, les rideaux tirés. Maddy était partie. Sans un mot, sans un au revoir. D'accord, Maddy. Adieu, Maddy. Il n'y avait rien à ajouter, sinon que l'Arkansas devrait attendre, car je n'avais toujours pas l'intention de me pousser avant d'avoir la certitude que Maddy Fréchette, la fille de la cantine, était en sécurité dans un lieu où la vie n'était pas trop moche, et non au fond d'un ravin où quelque psychopathe aurait poussé sa Nissan déglinguée.

En refaisant le trajet jusqu'au camping, j'essayais de me convaincre que tout était pour le mieux, que Maddy n'avait pas besoin d'un homme de mon espèce pour l'entraîner là où elle serait poursuivie par les gyrophares et les sirènes fendant les nuits de l'Amérique. Je me faisais quand même de la bile. Ça ne lui ressemblait pas de lever les voiles sans saluer son monde.

N'empêche, elle aurait pu me faire signe, ai-je répété à Max, qui se débattait avec un pot de cornichons en ressassant la même chose que moi, qu'elle aurait pu l'avertir, joualvert, et lui remettre son CD des

Stones. Les yeux rivés sur son Pepsi diète, Fred, qui avait décidé de maigrir, avait également décidé de ne pas se mêler à notre conversation, qui avait plutôt l'allure d'un échange où les répliques des deux protagonistes leur rebondissent dans le front, un dialogue de sourds qui s'obstinent à gueuler dans le vide.

J'ai commandé un deuxième café à Max, que j'ai laissé refroidir, et j'ai annoncé aux gars que je partais faire des courses au village, qu'ils pouvaient me refiler leur liste d'emplettes s'ils le voulaient.

Quatre yeux étonnés m'ont répondu, deux regards ahuris qui ne comprenaient pas pourquoi je restais aux Chutes alors que, quelques jours plus tôt, j'étais prêt à me construire un radeau pour quitter ce lieu. Apparemment, d'autres campeurs étaient partis, profitant de ce que la police avait levé son interdiction de bouger pour emmener leur famille loin d'ici. Dans une semaine, le camping va être pratiquement vide, a marmonné Max, qui se retrouverait tout nu derrière son comptoir ou perdrait l'emploi qui lui permettait d'oublier à quel point un été passé à racler la poussière d'une chaise de parterre à une autre pouvait être long.

J'ai répondu aux gars que je m'accommodais relativement bien du vide et leur ai rappelé que la marge de manœuvre que m'avait laissée Bouchard était à peine assez large pour que je me rende à Fall-Jonction sans rebondir au bout de ma corde. Je préférais ne pas leur avouer que, deux heures plus tôt, j'étais prêt à ronger cette corde pour entasser mes valises dans le coffre de ma voiture et filer avec Maddy jusqu'où les Chutes seraient englouties au ras de l'horizon rougeoyant. La donne avait changé durant ces deux heures, me faisant prendre conscience qu'un épisode de mon existence s'était amorcé ici et que si je filais comme un vaurien, je passerais le reste de ma vie à me demander comment se terminait l'histoire et si la fille qui servait des frites et des boissons gazeuses aux campeurs qui poissaient son comptoir de ketchup s'en sortait mieux que les autres.

Ramène-moi un paquet d'Oreo double chocolat, m'a crié Max alors que je me dirigeais vers le stationnement sous le soleil cuisant en tâchant de ne penser ni à Maddy ni au fait que j'avais peut-être laissé filer la femme de ma vie. J'ai fait signe à Max que je l'avais bien entendu et j'ai poursuivi ma route.

Dans le stationnement, qui débordait normalement sur le champ adjacent, plusieurs places étaient libres, creusées d'ornières et entourées de traces de pneus séchées. Fred et Max avaient raison, les campeurs désertaient les Chutes. Ma voiture, reléguée au fond du terrain, était quant à elle couverte de plaques de boue, résultat des dernières pluies, et quelqu'un avait dessiné sur la portière côté passager une bonne femme sourire qui levait les bras au ciel à côté d'un bonhomme qui dégringolait pattes en l'air.

Je suis demeuré bouche bée devant ces gribouillages qui me rappelaient trop bien comment Julian et Vaillancourt avaient tenté de terrasser leurs hantises en se lançant dans l'art brut. Un puissant malaise, qui tenait probablement au fait que ces dessins me paraissaient trop vivants, m'a poussé à m'éloigner pour les observer d'un autre point de vue.

Ce n'était qu'un effet de perspective mais, de ma nouvelle position, le sourire inoffensif de la bonne femme s'élargissait en un sourire de satisfaction perverse qui donnait froid dans le dos. Avant que son sourire ne dégénère en un rire dément, je me suis rapproché et, du revers de la main, j'ai effacé ces dessins stupides, réduisant du même coup la femme au silence. Je n'allais pas tomber dans la paranoïa pour un couple de bonhommes allumettes qui voulaient se payer ma gueule. Ces esquisses étaient l'œuvre de gamins qui s'emmerdaient et voulaient offrir une variante au traditionnel « lave ton char ».

J'époussetais ma manche de chemise quand j'ai aperçu le sourire carnassier de Hank, aussi pervers que celui de la bonne femme, qui sortait de la guérite installée à l'entrée avec sa casquette, ses Ray Ban et son brin de foin. La vision toujours réjouissante de Hank m'a en quelque sorte remis sur les rails et je me suis ressaisi.

On lève le camp, Dubois ? m'a-t-il crié en décrottant ses bottes sur le seuil de la guérite, heureux de me voir enfin partir, car le camping n'était décidément pas une place pour les faces à claques de la grande ville. Exactement les mêmes propos que Vaillancourt, la même exacte face de con.

Je vais te décevoir, Hank, parce que je m'absente seulement pour une heure ou deux. Garde ma place au chaud. Mon grand. Sur ce, je suis monté dans ma voiture sans attendre sa réaction et j'ai démarré sur les chapeaux de roues, question de lui prouver que, selon ses critères, j'étais aussi un homme. La journée était resplendissante, mais le paysage n'en était pas moins sinistre. Les drames survenus au camping avaient déteint sur les couleurs de l'été et avaient posé sur mon regard un filtre à travers lequel le moindre brin d'herbe prenait les teintes de l'orage et du roman de Julian. Je vivais dans une enclave rouge et sombre qu'éclairaient, au cœur du vacarme, des zébrures de lumière jaune.

À l'embranchement qui menait à Fall-Jonction, j'ai pris à droite et me suis arrêté pour observer la montagne. Malgré le soleil, ses flancs demeuraient du bleu acier des profondeurs et aucun oiseau ne la survolait, aucun pygargue, aucun prédateur dont l'ombre se serait perdue dans sa masse grondante. Le Massif bleu était à ce point imposant qu'il me semblait en effet entendre le grondement de ses fondations s'élever du sol comme une foudre souterraine, sa masse geindre sous son poids, son souffle anéantir celui du vent et des tempêtes. Le Massif bleu était une bête, un animal souffrant de son gigantisme, et sa vie se déroulait en son sein, au creux de cette forêt dense qui ne devait connaître du jour que les rares percées du zénith.

J'ai redémarré, j'ai fait demi-tour et j'ai observé dans mon rétroviseur cette montagne qui se faisait de plus en plus haute, de plus en plus large, un colosse de pierre échoué sur des plaines verdoyantes qui avaient peu à peu colonisé ses flancs. Dès que j'ai pris la courbe montant vers le village, elle a sombré dans la vallée, ne me laissant voir que son dos courbé, parcouru des blessures que lui avaient infligées l'humain, le temps et les orages.

Jamais je ne m'étais senti aussi insignifiant que devant ce paysage dont la puissance tranquille m'obligeait à relativiser mon existence entière, mes désirs autant que mes douleurs, et à admettre que je n'étais qu'un homme qui allait mourir bientôt, après des millions d'autres hommes, et qu'il n'existait de réponse aux questions qui me ravageaient que cette mort prochaine. Pourquoi ne pas en finir maintenant, me suis-je dit en voyant foncer vers moi un camion chargé à bloc de troncs d'arbres pris à la montagne ? Un coup de volant suffirait. Pourquoi pas maintenant ? Puis l'image de la tête renversée de Maddy culbutant au fond d'un ravin m'a traversé l'esprit et j'ai ramené mon véhicule, que j'avais lentement laissé dériver vers le milieu de la route, en deçà de la ligne jaune.

Affichant mon sourire des jours merdiques, j'ai fait un signe de la main au conducteur du camion et j'ai dépassé l'écriteau m'apprenant que Fall-Jonction abritait sept cents âmes. Le terme m'a fait éclater de rire, car je ne croyais pas plus à l'âme qu'au paradis. J'étais un homme qui mourrait sans âme, sans descendance, sans autre croyance que la certitude de sa fin, mais qui devait d'ici là se nourrir. J'ai donc mis mon clignotant, j'ai tourné à gauche et j'ai coupé le moteur pour m'extirper lentement de l'habitacle, où le froissement de mes vêtements, le bruit métallique du porte-clés qu'effleurait mon genou, le crissement du tissu synthétique couvrant le siège me semblaient tout à coup les seuls bruits du monde où je m'enlisais. Dérouté par la désagréable sensation que plus rien ne respirait autour de moi, j'ai claqué la portière et quelques chants d'oiseaux, tourterelles et mésanges, me sont parvenus.

L'épicerie du village était plutôt dégarnie. J'y ai quand même trouvé ce que je cherchais, du café, de l'alcool, des cigarettes et de quoi ne pas crever de faim jusqu'au prochain orage et au-delà. Au moment où je sortais du commerce avec mon premier chargement, entouré du bruit strident de l'alarme signalant l'ouverture de la porte, la caissière, une femme corpulente qui m'avait toisé d'un regard en biais pendant qu'elle emballait mes achats, hésitant à me poser ces questions qu'on réserve aux étrangers, s'est résolue à me demander si je venais du camping. J'ai répondu par l'affirmative et elle a tapoté son comptoir du bout de son index en murmurant vous ne devriez pas y retourner. Y se passe des choses… là-bas, vous ne devriez pas y retourner, a-t-elle ajouté après une hésitation, glissant sur le mot *choses* comme si elle n'osait formuler ni même concevoir ce qu'il recouvrait.

Oui, il se passait des choses aux Chutes, des événements de nature à faire frémir quiconque en avait vent, et c'est précisément la raison qui m'incitait à y demeurer, mais j'étais curieux d'apprendre ce qui poussait cette femme à me mettre en garde.

La montagne, a-t-elle répondu, elle gronde plus fort que d'habitude.

Pendant un moment, la stridence de l'alarme s'est également faite plus insistante, à la limite du supportable. Devant moi, la grosse femme continuait de marmonner et je n'entendais rien de ce qu'elle disait, assourdi par le sifflement qui voulait se mesurer aux grondements de la pierre. Je suis rapidement sorti porter mes sacs dans la voiture pour éviter que les tympans m'éclatent et j'ai reçu quelques grains de sable en plein visage. Le vent, qui n'était qu'une brise à mon arrivée à Fall-Jonction, avait triplé d'ardeur. Quelques papiers volaient à travers la poussière de la route, quelques feuilles du précédent automne asséchées par l'été, et j'ai constaté que des nuages s'amoncelaient au sud. Une autre tempête se préparait.

Lorsque je suis retourné dans l'épicerie chercher le reste de mes provisions, la caissière n'avait pas bougé. Son regard se perdait au-delà de la fenêtre lui faisant face, là où grondait la menace des drames à venir, et elle égrenait le tabac d'une cigarette sur son comptoir. Je l'ai saluée pour la forme, car elle ne me voyait plus, et j'ai repris la route en tendant l'oreille, car je savais de quoi parlait cette femme. Elle faisait allusion à ces musiques lourdes qui se dégagent des lieux impénétrables, à ces tremblements que ne perçoivent généralement que les animaux, mais qui atteignent le cerveau survolté de ceux qui croient y deviner quelque mauvais augure. C'est cette musique que j'avais aussi perçue, ces lents accords d'orgue roulant de la montagne jusqu'à mes pieds.

J'ai été tiré de mes réflexions par un coup de klaxon et le vrombissement d'une Mustang dont le conducteur avait probablement des idées aussi suicidaires que les miennes. J'ai braqué pour ramener ma voiture dans la voie de droite, mes pneus ont fait voler le gravier de l'accotement et j'ai freiné brusquement, effectuant un tête-à-queue qui a soulevé autour de moi une poussière jaunie de soleil pâle à travers laquelle m'est apparu le Massif bleu, couvert de nuées également grondantes.

J'ai lentement ramené ma voiture sur la route, pas maintenant, Ric, pas avant d'avoir revu Maddy, j'ai allumé la radio pour me distraire de mes idées noires, et j'ai filé droit devant, accompagné par la voix d'un présentateur de nouvelles annonçant les funérailles de Charlotte McCormick, trente-deux ans, morte dans des circonstances qui n'avaient pas encore été élucidées.

*

L'heure du souper approchait quand je suis revenu aux Chutes, où l'effervescence des jours précédents avait fait place au désenchantement. Près des roulottes, ne s'élevaient que des bruits étouffés. Des barbecues fumaient ici et là, des enfants s'amusaient dans l'aire de jeux, mais on n'entendait plus les rires des adultes, les bouteilles de bière s'entrechoquer, ni les plaisanteries habituellement lancées d'un terrain à l'autre. Ça sentait la fin de l'été, la fin de ces tristes étés trop rapidement conclus qui vous laissent les bras ballants devant l'inachèvement, la déception de ne pouvoir prolonger l'espoir d'une saison parfaite.

Près de leur roulotte, les Meunier étaient assis à leur table à pique-nique, et ni Meunier ni sa femme ne parlaient. Leur fillette, dont j'ignorais toujours le nom, jouait dans sa purée de pommes de terre pendant que Jérémie, leur aîné, racontait qu'il avait construit un nid pour les fourmis à l'arrière de la roulotte, n'obtenant que de vagues réactions de la part de ses parents. Un souper désolant, auquel Ghislain Meunier et Clara Gervais ne participaient pas vraiment, piquant leurs fourchettes dans leurs pommes de terre et y traçant des cercles, comme la petite, en se demandant s'ils devaient écourter leurs vacances et si leur été se terminerait bel et bien là, au cœur de juillet, entre deux orages.

Je les ai salués et ils m'ont gratifié d'un demi-sourire, sauf Jérémie, qui m'a répondu en agitant son Terminator en plastique au bout de son bras, imité par sa jeune sœur, qui a secoué sa cuillère dans ma direction avec un grand sourire à deux dents. Ces gens devaient partir. Immédiatement. Les Chutes rouges n'étaient plus un endroit pour les enfants, pas tant que la montagne grondait, de l'autre côté, pas tant que les nuages s'amoncelaient.

En déverrouillant la porte de ma roulotte, j'ai échappé un what the fuck ? et j'ai instinctivement regardé autour de moi pour vérifier si l'auteur du tableau naïf que j'avais sous les yeux, deux bonhommes allumettes semblables à ceux qu'un joyeux plaisantin avait dessinés sur ma voiture, se trouvait encore dans les parages. Personne à l'horizon.

J'ai monté mes sacs d'épicerie à l'intérieur et suis revenu examiner la chose. En fait, les deux versions du dessin comportaient quelques variantes. Dans celui qu'on avait gravé sur la porte de ma roulotte à l'aide d'un canif ou d'un objet pointu, l'homme et la femme tombaient dans le vide, leur chevelure dressée vers le ciel. On avait même poussé l'effet de réalisme en inversant le triangle figurant la jupe de la bonne femme, seul élément, avec ses cheveux, qui permettait d'ailleurs de déterminer son sexe.

L'effroi trop palpable de ces personnages murés dans le silence, après ma rencontre avec la propriétaire de l'épicerie, m'apparaissait comme une nouvelle mise en garde contre les grondements de la montagne. J'ignorais qui représentaient ces deux êtres décharnés et si j'étais censé saisir quelque message dans leur chute, mais je n'ai pu m'empêcher de penser à Maddy. J'ai fait le tour de ma roulotte pour demander aux Meunier s'ils avaient vu quelqu'un s'attarder près de chez moi et n'ai eu droit qu'à deux hochements de tête.

Je me suis contenté de cette réponse pour le moins laconique et suis retourné au stationnement chercher ce qui restait dans la voiture. Je n'ai croisé personne en route, sauf cet infatigable marcheur qui vivait dans je ne sais quelle roulotte et occupait ses journées à arpenter tout ce qu'il y avait d'arpentable au camping. Un type un peu débile, qui sait, qui avait oublié où il habitait et cherchait patiemment le chemin qui le ramènerait chez lui. À part ce marcheur, pas un joggeur ni un cycliste pour colorer le paysage. Les gens demeuraient dans leur coin et mangeaient en fixant leur assiette. Ils se passaient le beurre, le sel et le pain avec des gestes las, ils repoussaient la nappe soulevée par le vent qui prenait lentement de la force et ordonnaient aux enfants de ne pas s'éloigner. J'avais néanmoins l'impression que quelqu'un me suivait encore, qui dardait son regard sur ma nuque et y provoquait ces désagréables picotements qui vous font regretter de ne pas avoir un ou deux yeux derrière la tête.

Quelques chuchotements, quelques ragots chuintaient aussi avec le vent sur mon passage, qui désignaient l'homme seul, le voisin de Charlotte McCormick, l'inconnu que la police avait longuement interrogé. Je tâchais de garder la tête haute, mais le poids des chuchotements épars qui glissaient jusqu'à moi depuis les parasols et les tables dressées alourdissait ma marche et me donnait l'allure d'un homme qui cherche à cacher son ivresse.

Je m'engageais dans une courbe quand la fillette aux tresses blondes, celle-là même qui m'avait montré du doigt peu de temps auparavant, a fait taire les murmures en s'écriant c'est lui, maman, c'est lui. Je me suis arrêté net, je l'ai fixée d'un regard noir et j'ai attendu que sa mère, le rouge aux joues, la pousse à l'intérieur de leur roulotte. Une vingtaine de secondes plus tard, le père m'attrapait par le collet et je le repoussais violemment en lui recommandant d'apprendre à sa fille à vivre. Je venais de me faire de nouveaux ennemis et je m'en foutais. J'ai replacé le col de mon t-shirt et j'ai repris ma marche, poursuivi par la rumeur qui s'amplifiait.

De retour à ma roulotte, j'ai rangé mes achats, j'ai ouvert toutes les fenêtres pour laisser entrer le vent et, fidèle à mes habitudes, je me suis servi une portion assassine de Jack Daniel's. J'ai ensuite ouvert mon ordinateur, j'ai cliqué sur l'icône *Orages à Red River*, retrouvant presque mon calme dans ces gestes devenus routiniers, et j'ai couché Betty Duncan sur une table en acier inoxydable, au centre d'une pièce où résonnait une musique dramatique dominée par la vibration de grandes orgues. Près de Betty, dont le corps reposait sous un drap immaculé, était penchée une jeune légiste qui examinait les épaules de la morte en se mordant les lèvres, qu'elle avait exsangues, et en se demandant ce que pouvaient représenter les tatouages incrustés dans la blancheur de la peau de Betty, un homme et une femme qui culbutaient là où l'épaule coule vers le bras.

Je n'avais malheureusement aucune réponse à lui fournir. Seule Betty savait et Betty ne parlerait pas. J'ai levé mon verre pour porter un toast à sa mémoire et j'ai constaté qu'il était vide. Je l'ai donc rempli, vidé cul sec, rempli de nouveau, puis les objets se sont mis à tourner autour de moi, le coucou de l'horloge, la peinture sur velours montrant une biche et son petit près d'un ruisseau, le coussin bariolé déposé sur le fauteuil, pendant que les murs se rapprochaient et s'inclinaient, me piégeant dans un espace étroit où résonnaient mes halètements. De la sueur couvrait mon visage et j'ai dû m'agripper à la table pour ne pas basculer de ma chaise, sur le sol dont le carrelage tanguait.

Assez ! C'est moi qui avais crié, mais j'avais peine à reconnaître ma voix. Assez, ai-je répété, et je me suis laissé tomber sur le sol qui tanguait, sur le carrelage que ma sueur mouillait avec ma bave et dont la bienheureuse fraîcheur atténuait les battements à mes tempes. Lorsque je me suis redressé, dix minutes ou une heure plus tard, les objets avaient retrouvé leur immobilité, le coussin s'était enfoncé dans le fauteuil et les murs avaient repris leur place, bien droits, perpendiculaires au sol où la houle refluait.

Après avoir avalé un grand verre d'eau froide dont j'ai versé les dernières gouttes sur mon front brûlant, je suis retourné à Betty et à la légiste, qui ébauchait un croquis sur une tablette lignée, et mon cœur s'est remis à battre la chamade pendant que le coussin bariolé s'embrouillait. Julian, les croquis de Julian…

Les jambes molles, je me suis dirigé vers un meuble de rangement dont j'ai renversé le tiroir du haut pour y prendre les notes de Julian éparpillées entre mes t-shirts et mes chaussettes. Ce que je cherchais se trouvait là, dans cet amas de feuillets noircis d'une main tremblante, consciente que ce qu'elle s'apprêtait à dévoiler ne pourrait être effacé et que, de la violence de certaines pensées, pouvaient naître les pires abominations. Mes mains tremblaient aussi, cherchant fébrilement les quelques lignes griffonnées dans le coin d'une page, la petite tête ronde écrasée sous la masse des mots, puis j'ai enfin trouvé. Les bonhommes étaient là, tout en bas d'un feuillet raturé cette fois par une main rageuse.

J'ai approché le feuillet d'une lampe et j'ai tenté de lire ce que Julian avait écrit sous les ratures. Je ne suis parvenu à déchiffrer que quelques mots qui avaient trait au lent apprivoisement de l'effroi et à la résistance que l'on devait opposer à la peur. Le reste était soit illisible, soit composé de ces paroles sans queue ni tête qu'on prononce quand aucun autre mot ne peut exprimer ce qui nous agite, flarg, grim, grim, verm… J'ai répété ces mots à voix haute, flarg, grim, verm, jamur, le feuillet est lentement tombé à mes pieds, et son léger chuintement s'est confondu à l'écho de ma voix, jamur, verm, grim. Oppressé par le sentiment que la folie qui avait poussé Julian au suicide commençait à m'atteindre, j'ai ramassé le feuillet du bout des doigts, comme s'il risquait de me contaminer, puis j'ai réuni les feuillets dispersés près de la commode et en ai repris la lecture de la première à la dernière page.

Après les drames survenus aux Chutes rouges, ces notes se présentaient à moi sous un autre angle. Ce n'est plus l'effroi des personnages décrits par Julian que j'y percevais, mais sa propre peur, qu'il s'efforçait de subjuguer en la transposant dans une fiction où une jeune femme du nom de Betty Duncan poussait avec lui les cris qui le déchiraient. L'objet de la peur de Julian n'était toutefois pas fictif. Il s'avançait dans son jardin, centimètre par centimètre, le poussant à se retrancher dans son bureau et à y dessiner des suppliciés à la gueule béante, des êtres soumis à une torture qu'il ressentait lui-même au plus creux de sa chair, celle de l'attente fiévreuse précédant la manifestation du mal sous sa forme la plus inconcevable.

À mesure que je progressais dans ma lecture, cette forme se précisait à travers les nombreuses allusions de Julian aux statues nichées au fond des allées aménagées de part et d'autre de sa piscine, qui se métamorphosaient sous la pression de son angoisse en créatures animées que leur allure faisait paraître maladroites, mais qui n'étaient en fait atteintes que d'une indicible lenteur.

J'ai déposé sur la table le dernier feuillet, où Julian s'était arrêté au milieu d'une phrase dans laquelle il transportait dans la Red River l'une des statues qui se déplaçaient dans son jardin, un homme de pierre grise, écrivait-il, dont la pluie noircissait l'épais sang noir, striant son visage d'un réseau de veinules qui s'élargissait, si bien que la pierre, de granit, devenait obsidienne. J'essayais d'imaginer une suite à la phrase de Julian quand un craquement m'a fait sursauter.

Quelqu'un marchait près de ma roulotte, j'en avais cette fois la certitude. Déterminé à ne pas laisser filer en douce l'individu qui m'épiait depuis trop longtemps, je suis sorti en trombe et j'ai cru apercevoir, là où le chemin de gravier bifurquait, un homme à la démarche pantelante qui disparaissait derrière les cèdres. Je m'y suis précipité et n'y ai aperçu que mon ombre, jetée à plat au sol par la lumière du réverbère. J'ai encore fait quelques pas dans la nuit, marchant sur l'ombre qui se comprimait pour s'allonger dans mon dos et imprimait sur le gravier une silhouette aux membres interminables que l'obscurité a fini par absorber. Lorsque je suis rentré, le tracteur de Betty

D. roulait au bas de la légère pente qui délimitait le terrain de Meunier, emplissant la nuit de ce craquètement évoquant l'emprise que l'ignorance peut avoir sur vos plus simples perceptions.

*

Allongé sur mon lit, j'ai fumé jusqu'aux petites heures en regardant le plafond, m'efforçant d'oublier que quelqu'un m'épiait, que quelques jours plus tôt, la chair pleine de Charlotte McCormick jouissait encore, et qu'il n'est pas de pire ennemi que le souvenir quand celui-ci se fait hantise.

Les gémissements de Charlotte me manquaient comme peut vous manquer la preuve, quand les murs se resserrent, qu'il y a quelqu'un au-delà des cloisons, un être vivant dont le souffle peut vous sauver de l'asphyxie. Au lieu de cela, il n'y avait que ces pas, au dehors, qui longeaient de nouveau les murs de la roulotte, aussi réguliers qu'un métronome, une mécanique vivante qui s'accordait aux battements de mon cœur et qu'il était inutile d'essayer de rattraper, puisque ces pas n'étaient que le fruit du délire de Chris Julian, qui s'immisçait dans mes pensées confuses.

J'ai fini par m'endormir quand le niveau de la bouteille de Jack m'a indiqué que mon degré d'ivresse frôlait l'intoxication éthylique. J'ai dû rêver, on ne s'endort pas tourmenté par l'angoisse sans que quelque motif d'inquiétude cherche à s'expliquer durant le sommeil, mais je ne m'en souvenais pas. Je me suis éveillé à l'aube, l'esprit vide et la bouche pâteuse, tenaillé par le sentiment que j'avais une tâche à accomplir.

Je me suis fait couler un café et me suis assis à l'ordinateur dans l'intention de parfaire le portrait de Betty allongée sous son drap, mais Betty n'était plus qu'une statue de matière cireuse sans mémoire autre que celle des plaies qui rougissaient son cou, des tatouages incrustés dans sa peau et des blessures neuves ou anciennes qui avaient laissé leurs traces sur son squelette. Gêné par la courbe des seins sous la blancheur du drap, j'ai fait glisser le curseur des épaules de Betty à son visage et j'ai constaté, en caressant ses joues creuses, que les traits de l'homme immobile décrit par Julian se superposaient aux siens, un homme de pierre ou de bois qui s'avançait dans la rivière sans pourtant se déplacer, qui riait sans qu'on sache si le rire venait de sa gorge ou du masque qui s'étirait jusqu'à son torse et s'effritait au contact de l'eau, puis j'ai brusquement refermé l'ordinateur.

Je venais de résoudre le meurtre de Betty Duncan, car j'avais l'intuition, au plus profond de moi, que l'homme dont le portrait avait été esquissé par Julian était bel et bien le meurtrier de Betty, qu'il était aussi celui de Charlotte McCormick, de Victor Vaillancourt et, pourquoi pas, de Julian lui-même.

13 JUILLET

Récapitulons, a soupiré Bouchard, qui venait d'envoyer sa cravate valser au fond du chalet des gardiens et s'était renversé sur sa chaise, yeux mi-clos, en faisant craquer ses jointures, qu'il avait aussi épaisses que des nœuds tressés dans de la corde à bateau. Il aurait fait de la boxe ou de la lutte que je n'aurais pas été étonné, mais mes préoccupations étaient autres pour le moment.

Les résultats de l'autopsie de Vaillancourt n'avaient rien révélé de plus que ce qui était immédiatement visible sur son corps couvert de stigmates. Vic Vaillancourt était mort au bout de son sang, de sa douleur, de son souffle, victime d'hallucinations qui l'avaient conduit à se mutiler. Quant à savoir s'il avait sauté à la flotte de son plein gré ou si quelqu'un l'avait aidé à franchir le pas qui l'obligerait à respirer le même air que les poissons qu'il embrochait, cela demeurait un mystère. Bien entendu, Bouchard n'allait pas me mettre dans le secret des dieux. Je voyais cependant qu'il penchait pour la thèse du meurtre et était déterminé à coincer le malade qui avait posé son pied sur le torse de Vaillancourt jusqu'à ce que celui-ci épuise sa réserve d'oxygène.

C'est donc parce que Bouchard ne croyait pas au suicide de Vaillancourt qu'il nous avait organisé un autre rendez-vous intime. La prochaine fois, il penserait peut-être aux chandelles, mais je devrais aujourd'hui me contenter de sa présence. Mon alibi pour la nuit de la mort de Vaillancourt pouvait encore tenir, pourvu que Maddy accepte de répondre aux questions qui chicotaient toujours Bouchard, c'est-à-dire où ? quand ? comment ? pourquoi ?

Le problème, c'est que Maddy n'était pas là, que Maddy avait levé les voiles pour une destination inconnue, ajoutant ainsi quelques maillons à la chaîne qui me retenait au fond de mon étang de merde. Bouchard avait essayé de la joindre chez elle, en ville, et n'avait obtenu que son répondeur. Il réessaierait plus tard. En attendant, il voulait que je lui répète ce que je faisais la nuit où la cabane à outils de Vaillancourt avait été mise en pièces et pourquoi Charlotte McCormick m'avait couvert, car Steve, dans un moment de désarroi, avait avoué à Bouchard que Charlotte avait menti, que je n'avais pas passé la nuit à jouer aux cartes, au strip-poker ou à quelque autre jeu débile avec sa femme, et que si ça s'était produit, c'est sur mon assassinat que la police enquêterait aujourd'hui.

J'avais déjà expliqué à Bouchard que je m'étais retourné dans mon lit jusqu'au matin, à essayer de trouver une position dans laquelle je n'aurais pas l'impression que quelqu'un me sciait le dos avec une égoïne mal affûtée, mais il voulait que je lui détaille mes heures de torture de A à Z, que je lui dise si j'avais rêvé et à quoi, combien de temps avait duré le rêve, si j'étais allé pisser et à quelle heure, combien de millilitres j'avais pissés, si j'avais conservé un échantillon d'urine et si je pouvais prouver que j'avais souffert seul jusqu'au matin, car s'il se fiait aux confidences de Steve Leblanc, je n'étais pas dans une posture enviable.

Si je regarde mon tableau, Dubois, je vois une femme qui vous sert d'alibi pour je ne sais quelle raison, qui va ensuite servir de bouffe aux poissons pour je ne sais quelle autre raison, deux jours à peine avant que l'homme de qui elle cherchait à vous protéger la rejoigne. Ou j'ai un problème de myopie, ou vous figurez en plein milieu de ce tableau. Ma question est donc la suivante : qu'est-ce que vous foutez là ?

De pâle qu'il était au début de l'interrogatoire, le visage de Bouchard avait viré au cramoisi, et Bouchard m'aurait probablement attrapé par le collet pour ramener ma face de charlatan à quelques centimètres de la sienne et me faire cracher le morceau si son téléphone, dont la sonnerie émettait un code en morse, un S.O.S., peut-être, étant donné qu'on attendait de lui qu'il sauve la veuve et l'orphelin, n'avait miraculeusement sonné.

J'ai pris ça comme un signe que la providence ne m'avait pas totalement oublié et j'ai cherché une réponse adéquate pendant qu'il grognait dans l'émetteur de son appareil. La seule réponse en mesure de satisfaire Bouchard se résumait en deux mots, Chris Julian, et il était hors de question que je lui parle de Julian, de sa piscine rose, de ses statues animées ni de Betty Duncan, au risque d'être expédié sur-le-champ dans une cellule capitonnée avec pour seule compagnie l'araignée de service qui tisserait sa toile jusque dans mon cerveau auparavant intact.

Je sais pas, ai-je bêtement répondu à Bouchard après qu'il eut coupé la communication, je le sais juste pas. Retrouvez Maddy Fréchette et elle pourra peut-être résoudre une partie de l'énigme. Bouchard a saisi ce dernier mot pour tracer quelques gribouillis inintelligibles sur sa tablette lignée, vu qu'on nageait en plein mystère, et il a fait signe à son adjoint d'arrêter l'enregistrement de l'interrogatoire. Quatorze heures treize, le suspect peut disposer.

Il ramassait sa cravate quand je suis sorti, une banale cravate rayée dont il a tiré l'extrémité pour en resserrer l'ouverture, comme s'il essayait d'étrangler le tueur invisible qui l'observait depuis la forêt.

*

L'image de Bouchard ajustant son nœud de cravate autour du cou de l'assassin qui se foutait de sa gueule me trottait encore dans la tête quand je suis arrivé à la cantine, où Max finissait de vider le frigo qui, à en juger par ses éructations, était sur le point de rendre l'âme. Le patron a décidé de fermer, y a plus assez de clients, m'a appris Max en me tendant un deux litres de crème glacée. Tu peux te servir, sinon ça va se perdre.

Fred, qui n'avait eu qu'une demi-portion de son déjeuner, s'était servi avant moi. La mine défaite, il faisait tinter sa cuillère au fond de son bol en marmonnant qu'un camping sans cantine, ça équivalait à un hamburger sans viande, que ça n'avait pas de maudite allure. Et pis elle est où, Maddy, avez-vous eu de ses nouvelles ? a-t-il poursuivi sans transition, signifiant par là qu'un camping sans Maddy, c'était le monde à l'envers.

Je me posais précisément la même question depuis des heures et des heures, où était Maddy, bordel ? Après les révélations que venait de me faire Bouchard, mon anxiété avait monté d'un cran, et le fond de cafetière bouillant que m'avait versé Max dans un gobelet de plastique n'arrangeait pas les choses. Mes mains tremblaient plus que d'habitude et j'avais peine à fixer mon attention sur les paroles de Fred, qui reformulait son inquiétude sur tous les tons possibles, non, mais où est-ce qu'elle est passée, baptême ?

Personne n'avait de réponse au silence de Maddy et c'est bien ce qui me tracassait, son incompréhensible silence. Puisque Fred déblatérait dans le vide, je lui ai coupé la parole pour demander à Max si Maddy avait déjà parlé de se trancher les veines ou d'avaler son gallon d'antigel.

Ma question est restée en suspens le temps que la cuillère de Fred atteigne le sol et que Max sacre un coup de poing dans le frigo, qui s'est mis à ronronner de plus belle, de concert avec le sifflement de l'infatigable marcheur, qui débouchait au bout d'un sentier et se dirigeait vers nous en égrenant sa rengaine, cinq notes haut perchées suivies d'une pause, cinq sifflements dont la sonorité me vrillait subitement les tympans et me donnait envie de casser quelque chose, n'importe quoi, sa grande gueule, par exemple. J'allais lui crier de se la fermer quand Max a lancé OK, ça va faire, je rappelle Maddy. Peut-être qu'elle répond pas à Bouchard juste parce qu'elle a pas envie de lui parler. Il a mis son appareil sur la fonction haut-parleur et on a entendu la voix de Maddy, sur sa boîte vocale, nous dire ni plus ni moins qu'elle n'avait pas de temps à perdre avec nous. Salut. C'est Maddy. Laissez-moi un message. Vous avez quinze secondes. Max a raccroché. Pas là. Ça ne signifiait rien. Elle pouvait être n'importe où. Il ferait une nouvelle tentative dans la soirée.

Deux minutes à peine s'étaient écoulées, deux minutes que s'étaient appropriées les mouches qui bourdonnaient autour de la poubelle, lorsque Max a saisi son téléphone dans le but de laisser un message à Maddy. Maddy, c'est Max, on s'inquiète, rappelle-moi. Il a ensuite coupé la communication, mais je continuais d'entendre l'interminable bip annonçant la fin des quinze secondes, qui s'insinuait dans le bourdonnement des mouches, dans le vent qui faisait voler un bout de carton échappé de la poubelle, dans le sifflement du marcheur, qui se perdait lui-même dans le vent. Puisqu'on était contraints à l'attente et que mes nerfs étaient sur le point de lâcher, j'ai déclaré que je retournais au chalet de Maddy, au cas où. Max m'a demandé d'attendre, puis il m'a tendu la clé que Maddy gardait dans le tiroir-caisse de la cantine. On se tient au courant si on a des nouvelles.

J'arrivais en vue du chalet quand la pluie a remis ça, mais je n'ai pas couru. Au contraire, plus j'approchais, plus je ralentissais le pas, appréhendant ce que j'allais peut-être découvrir dans la chambre ou la salle de bains de Maddy. Mes jambes pesaient des tonnes et j'avançais comme dans un film où la caméra effectue l'un de ces longs travellings dont le point de mire vous révèle peu à peu des objets insolites jusque-là demeurés flous.

Derrière le rideau de pluie, j'avais l'impression que le chalet grandissait, qu'il s'élargissait et qu'au moment où je l'atteindrais, je me trouverais au pied de murs infranchissables qui refuseraient de me divulguer leur secret. Quand j'ai enfin posé le pied sur la première marche de l'escalier, le chalet a repris ses véritables dimensions, si tant est que la vérité ait eu quelque chose à voir avec ce que je percevais. La masse imposante du bâtiment qui s'élevait devant moi quelques secondes plus tôt représentait peut-être, qui sait, les réelles proportions du lieu où je m'apprêtais à pénétrer.

J'ai enfoncé la clé dans la serrure et j'ai appelé, Maddy ? Maddy ? en donnant une forme interrogative à son nom, même si je n'attendais aucune réponse. C'est ce qu'on fait quand on entre chez quelqu'un, on signale sa présence, on lance le nom de la personne qu'on devrait normalement trouver dans sa cuisine, dans son salon ou confortablement étendue sous sa courtepointe. J'ai donc appelé et je suis entré. J'ai essuyé mes chaussures sur le tapis et j'ai prêté attention aux bruits pouvant venir du fond du chalet.

J'ai commencé par la chambre, honteux de m'introduire dans une pièce où je n'avais jamais été convié, mais je n'allais pas sécher sur le tapis en attendant qu'on me poste une invitation. Je me suis avancé en retenant mon souffle, sur la pointe des pieds, la tête pleine d'images qui me donnaient des crampes au ventre, Maddy tombée de son lit, yeux grands ouverts et tête renversée, Maddy blessée, Maddy dessinant des bonhommes Sept Heures en bavant sur son pyjama ou se tordant de douleur parce qu'un putain de virus lui gangrenait les membres, puis j'ai encore appelé, Maddy ? avant de pousser la porte décorée d'une affiche où Garfield ronflait en soufflant des Z, des grands Z et des petits z représentant son ronflement, ZZZzzzzz, pour constater que la pièce était vide, qu'aucune Maddy n'y était ligotée et que la penderie ne contenait que les quelques vêtements qu'on laisse sur place au cas où on déciderait à l'improviste de revenir pour un jour ou deux.

Dans la salle de bains, où m'avaient précédé quelques scènes de films qu'on devrait interdire aux gens fragiles, le rideau de douche était en place, la douche bien propre, et il ne restait dans l'armoire à pharmacie qu'une brosse à dents, de la pâte dentifrice et un flacon de comprimés d'ibuprofène. La cuisine ne faisait pas exception, une cuisine fermée pour l'hiver, où tout ce qui pouvait pourrir avait été jeté ou emporté.

Maddy était partie et rien n'indiquait qu'il fallait s'alarmer. Pas de signe de violence, pas de tiroirs ni de meubles renversés, pas de fenêtres brisées. Elle avait fait ses valises, vidé son frigo et voilà, adiós amigos. Ce départ précipité ne lui ressemblait pas, et pourtant, que savais-je de Madeleine Fréchette, dite Maddy ? Cette question s'ajoutait aux dizaines d'autres qui me pourrissaient la vie depuis quelques jours et auxquelles je n'aurais probablement jamais de réponse.

J'ai essuyé les traces que mes vêtements dégoulinant de pluie avaient laissées sur le plancher, j'ai jeté un dernier coup d'œil au salon, dans l'éventualité où un détail m'aurait échappé, et j'ai refermé derrière moi avec le sentiment que je ne reviendrais plus à cet endroit, que le claquement de la porte était un claquement définitif et que si je revoyais Maddy Fréchette un jour, ce serait à l'entrée de l'un de ces purgatoires où le remords vous ronge jusqu'à l'os et s'affaire à vous sucer la moelle dès qu'il n'y a plus de gras à grignoter.

J'ai quitté la maison en pensant à tous les purgatoires dans lesquels mes congénères s'arrachaient les cheveux et je suis revenu au camping en suivant mes idées noires. La pluie n'était plus aussi forte, mais la couleur du ciel indiquait que ce n'était pas fini, que d'autres nuages approchaient. Arrivé à la courbe au-delà de laquelle le chalet de Maddy était en partie camouflé par les feuillages, je me suis retourné pour imprimer le schéma du bâtiment dans ma mémoire. Il s'était éloigné en même temps que moi et ne constituait plus qu'un point minuscule que la forêt s'apprêtait à absorber.

Je suis repassé par la cantine remettre à Max la clé qu'il m'avait prêtée et l'informer que tout était en ordre chez Maddy. Il m'a pour sa part appris qu'elle ne l'avait pas encore rappelé et m'a conseillé de ne pas trop m'en faire. Maddy était comme ça, incapable de s'imaginer que trois crétins puissent se faire du souci pour elle.

Quand je suis revenu chez moi, les Meunier-Gervais finissaient d'entasser leurs bagages dans leur VUS. La petite était déjà installée dans son siège d'enfant, à l'arrière, et Jérémie transportait un sac de jouets duquel dépassait son Terminator. Quant à Meunier, il se pliait dans tous les sens pour savoir comment il parviendrait à loger dans le coffre arrière la boîte qui traînait à ses pieds. Je ne lui ai pas offert mon aide, persuadé qu'il la refuserait, et je suis rentré chez moi en me demandant pourquoi je ne suivais pas l'exemple des Meunier.

Le camping se vidait, Maddy était partie et, dans deux ou trois jours, l'endroit ressemblerait à un village abandonné, avec ses balançoires qui grinceraient même en l'absence de vent, ses auvents arrachés, ses gobelets qui rouleraient sur le gravier avant d'être écrasés par le pied d'un homme errant dans les parages, un inconnu au visage caché par son capuchon. D'autres familles suivraient l'exemple des Meunier. Aucun cri d'enfant ne résonnerait plus aux Chutes rouges d'ici la fin de l'été et, qui sait, d'ici la fin de tout été. Aucun adolescent n'éclabousserait plus ses copains de l'eau de la Red River. Ne demeureraient aux Chutes que les inconditionnels, ceux qui cherchaient des réponses par bravade ou par bravoure, et un assassin, qui frapperait encore ou laisserait l'écho de son rire macabre se perdre dans la peur et l'ignorance.

En temps normal, cette désertion m'aurait réjoui, mais je me rendais compte qu'un lieu tel que les Chutes n'avait de raison d'exister que s'il était bondé, saturé de bruits, et que la désolation qui suivrait le départ de la majorité des campeurs ne ferait qu'ajouter au climat déjà suffocant qui y régnait. Ceux qui choisiraient de rester se regarderaient de travers, chacun demeurerait sur ses gardes, les chuchotements dégénéreraient en engueulades et le calme auquel certains n'osaient aspirer dans un endroit pareil deviendrait invivable.

Je ferais partie de ceux-là, de ceux qui restent et qui s'engueulent, puisque je n'avais nulle part où aller et que l'Arkansas était un État pourri, un putain de mirage qui avait fini par perdre ses couleurs, comme tous les fantasmes des abrutis de mon espèce. Je resterais aux Chutes parce que je pouvais vivre avec un paquet d'épées suspendues au-dessus de ma tête, je l'avais déjà fait, et si je n'étais pas mort au bout de la course, je trouverais bien un coin pas trop moche où me poser, avec juste assez d'espace pour qu'on me foute la paix.

14 JUILLET

Ce pays aux soleils tout aussi impitoyables que ses tempêtes m'échappe totalement. L'orage que je redoutais n'est pas venu. J'appréhendais ses effets sur l'esprit dérangé du tueur ou de quelque autre campeur qui prenait son pied à pousser à bout de nerfs des costauds de la trempe de Vaillancourt, à terroriser des femmes qui s'appelaient Charlie, Maddy, Sandy ou Betty, mais seule une pluie drue et discontinue a percé le ciel chargé. Cela ne m'a pas vraiment rassuré, car celui que tout le monde craignait, assassin ou campeur sadique, existait bel et bien, il n'y avait pas de doute là-dessus, les dessins apparus sur ma voiture et ma roulotte ne pouvant avoir été l'œuvre d'un être immatériel.

Puisque le ciel nous laissait respirer un peu, j'en ai profité pour faire un tour de reconnaissance, à l'affût d'une présence suspecte entre les roulottes vides, d'un homme qui se serait déguisé en statue de pierre pour faire le drôle, et je suis rentré pour boucler ce à quoi j'aurais dû mettre un terme bien avant.

Assis dans la pénombre, devant le seul éclairage diffusé par l'écran de mon ordinateur, j'ai enterré

Betty Duncan, j'ai fleuri sa tombe de marguerites et de renoncules qui oscillaient sous le vent chaud traversant l'éternel juillet de Betty D., après quoi j'ai traqué son assassin à travers bois, cherchant un enculé aux poings ensanglantés, aux yeux aveugles et au sourire perdu dans la contemplation des horreurs qu'il avait commises ou s'apprêtait à perpétrer. Quand je l'ai enfin trouvé, assis dans une cabane où ses mains rouges pelaient un lièvre, j'ai saisi une hache et j'ai couché son corps au fond d'une barque que j'ai fait dériver vers les chutes orageuses. Au bout de quelques instants, la tache grise de la barque sur les eaux noires, malmenée par les vagues, a chaviré dans le vide, éjectant l'assassin de Betty dans le bouillonnement des chutes. De la rive, son corps flasque ressemblait à celui des personnages qu'on avait gravés sur ma porte, sans chair ni substance. Après avoir pivoté deux ou trois fois, membres écartés, l'homme a été englouti dans les remous agitant la rivière, pendant que l'orage, plus éblouissant que jamais, arrachait des éclairs au bateau tourbillonnant dans le tumulte.

Voilà, le roman se terminait ainsi, il n'y avait plus rien à ajouter. J'ai écrit le mot *FIN*, pour être bien certain que l'assassin de Betty ne ressurgirait pas de la rivière, et j'ai dragué l'icône *Orages à Red River* dans la poubelle de mon ordinateur, où il a disparu dans un bruit de papiers froissés. J'ai ensuite détruit le manuscrit et les notes de Julian et les ai jetés aux ordures sans le moindre regret. Betty Duncan était vengée et ni Bouchard ni qui que ce soit ne retrouverait ce manuscrit trop près de la réalité pour être vrai.

Cette tâche accomplie, j'ai dormi durant des heures, ne m'éveillant brièvement que lorsque le vent poussait la pluie contre la fenêtre derrière laquelle quelqu'un, homme ou femme, marchait dans la nuit.

*

J'avais à peine mis le pied dehors, pas encore secoué par ma première dose de caféine, que je les ai aperçus, deux autres bonhommes allumettes, grandeur nature cette fois, qui flottaient à l'horizontale sur la roulotte des McCormick-Leblanc, un homme et une femme exécutant des mouvements de brasse vers l'extrémité de la roulotte, Charlotte et Vaillancourt, l'une avec ses longs cheveux ondulés et sa jupe courte, l'autre tout nu, sans chapeau, sans bottes, sans canne à pêche, mais ça ne pouvait être qu'eux, représentés devant le relief du Massif bleu, sur l'un des sommets duquel un animal à la gueule ouverte, chien ou loup, hurlait vers le ciel bas. What the double fuck ?

En deux temps, trois mouvements, j'ai attrapé ma casquette, mes cigarettes, mes verres fumés, et j'ai laissé un mot sur la porte à l'intention de Max, au cas où il m'apporterait des nouvelles de Maddy. La chemise à moitié boutonnée, j'ai ensuite couru à la recherche de Hank. Ce type avait beau me donner des ulcères, si quelqu'un pouvait m'apprendre quelque chose, c'était lui.

Le type qui s'affairait autour de la cabane à outils des gardiens, un homme d'une soixantaine d'années prénommé Maurice, n'avait pas vu Hank ce matin-là. P'têt parti en ville. P'têt en train de nettoyer le terrain de ceux qui se sont poussés. Je sais pas. C'est tout ce que j'ai pu tirer de Maurice, qui portait des lunettes aux verres si épais qu'il devait foutre le feu à son journal quand il voyait rouge. Il n'a même pas daigné lever les yeux de la hache qu'il affûtait. Il a poursuivi sa besogne, le chapeau calé sur le front, indifférent à la sueur grasse qui mouillait ses joues.

Alors que je partais, je l'ai entendu cracher dans mon dos. Je n'ai pas relevé, il faisait trop chaud pour que je gaspille ma salive. J'ai plutôt fait le tour du camping, où j'ai constaté que la moitié des roulottes étaient cadenassées. Quant à Hank, il était introuvable. De guerre lasse, je suis descendu près de la rivière. Il n'y avait pas un chat dans les environs. Depuis qu'on avait repêché deux cadavres dans la Red, personne ne voulait s'y baigner. Personne n'avait envie d'y pêcher non plus ni de s'étendre au soleil sur le quai pour parfaire son bronzage ou se faire sécher la couenne.

Je suis tout de même allé m'y asseoir, revoyant le jour pas si lointain où Victor Vaillancourt m'avait sacré une volée, et j'ai eu une petite pensée pour ce salaud, une toute petite pensée qui est allée mourir avec lui dans la flotte qui n'était plus tout à fait rouge, ainsi qu'elle avait dû l'être après les averses de la nuit. Elle était maintenant d'une couleur instable, parcourue de résidus rougeâtres qui se rassemblaient en nappes mouvantes ou allaient se déposer sur le fond ferrugineux de la rivière.

J'ai contemplé la rive opposée, là où je m'étais vu dans mon rêve. Rien n'y troublait le paysage. Le soleil encore bas faisait étinceler la surface tranquille de la Red River, quelques canards volaient vers l'ouest, une sittelle pépiait dans les broussailles, m'offrant l'illustration de la parfaite journée d'été au bord de l'eau. Et pourtant, un détail me gênait dans cette pureté, que j'ai associé à l'intensité de la lumière, à l'absence de vent, à la température qui grimpait et m'obligeait à cligner les yeux pour en chasser la sueur. La rivière était trop lente, le ciel trop pâle à l'horizon. La langueur du temps m'engourdissait et me donnait envie de me laisser dériver avec les nappes rougeâtres qui se dématérialisaient sous la surface de l'eau.

Il était encore tôt, mais la chaleur se faisait accablante. Je me suis traîné au bout du quai pour m'y agenouiller et j'ai observé mon reflet dans la rivière, mes verres fumés qui miroitaient, la visière de ma casquette qui, selon l'angle dans lequel je me plaçais, opacifiait les miroitements. Un homme sans regard, me suis-je dit, tout en luttant contre l'étourdissement qui me gagnait, puis une ombre s'est plaquée sur mon reflet et je me suis vivement redressé, frappant à la poitrine l'homme qui se tenait là, Hank, dont le regard s'effaçait aussi sous les Ray Ban et dont la tête s'auréolait d'un halo noir.

Pendant un moment, les jambes molles, j'ai cru que j'allais tomber à la renverse au bout du quai, à moins que Hank m'y pousse et me maintienne sous l'eau, où mon corps irait enlacer ceux de Charlotte McCormick et de Vic Vaillancourt dans une danse lascive qui nous entraînerait au royaume des damnés. Puis j'ai vu la main de Hank qui s'avançait vers moi, une poussée suffirait, la bouche de Hank qui s'ouvrait de façon ridicule, son visage quasi collé au mien qui me projetait en plein nez son haleine verte, mélange de menthol et de foin, et je l'ai saisi à bras-le-corps pour tenter de le repousser.

Calvaire d'innocent, c'est tout ce qu'a dit Hank après s'être dégagé, calvaire d'innocent, puis il m'a demandé ce que je lui voulais. Paraît que tu me cherches.

En fait, je ne savais plus ce que je lui voulais. Des petites lumières dansantes explosaient devant mes yeux, le paysage se brouillait et une envie de vomir me soulevait l'estomac comme si je m'étais payé une soûlerie magistrale, alors que j'avais à peine bu la nuit précédente.

Accouche, a craché Hank, j'ai pas toute la journée. J'ai tenté de me rapprocher, question de lui parler face à face, mais le quai tanguait trop à mon goût, rasant l'eau rose qui menaçait de le submerger. Je me suis donc accroupi dans l'ombre de Hank, dont la silhouette à contre-jour m'a rappelé le couple qui nageait sur la roulotte des McCormick-Leblanc. C'est de cela que je voulais entretenir Hank, des bonhommes allumettes, de Charlotte et de Vaillancourt, alors je me suis lancé, écrasé par l'ombre de Hank qui me semblait de plus en plus gigantesque à mesure que je parlais.

De toute évidence excédé par l'incohérence de mon discours, il m'a interrompu au milieu de ma septième phrase. De quoi tu parles, Dubois, je te suis pas pantoute ? T'es complètement fou, man, complètement cinglé. Mais j'ai bien vu qu'il reculait, mastiquant plus rapidement son brin de foin et regardant autour de lui de façon nerveuse. Si tu sais quelque chose, Hank, parle, joualvert ! Il m'a répondu que mes hosties de bonhommes, je pouvais me les mettre dans le cul, fin de la citation, puis il est reparti en envoyant valser devant lui le gravier accumulé au pied du quai. Quand il a disparu dans le tournant de la côte, je me suis retrouvé seul avec la sittelle, dont le chant se mêlait au léger clapotement des vaguelettes qui roulaient sur le sable, et j'avais une nouvelle certitude. Hank avait peur.

*

J'avais une soif du diable, accompagnée d'un mal de tête qu'amplifiait la soif, quand je suis arrivé chez Fred. Il m'a tendu un verre d'eau que j'ai avalé d'un trait en levant la main pour lui en demander un autre, mais Fred a refusé, tu bois trop vite, tu vas te péter une crise cardiaque. C'est pas bon pour les artères, trop d'eau. C'était probablement la pire connerie que j'avais entendue dernièrement, mais j'ai écouté Fred, j'ai bu mon deuxième verre plus lentement et je lui ai expliqué que j'avais eu un coup de chaleur, rien de grave, qu'on n'allait pas en faire toute une histoire.

Je savais pourtant que la chaleur n'était qu'à demi responsable de ce qui m'était arrivé. J'avais l'impression d'avoir été ensorcelé par mon propre reflet dans l'eau paisible de la rivière, piégé dans un état de semi-hypnose qui m'avait ravi ma volonté. C'était ridicule, et pourtant l'impression persistait, aussi tenace que le mal de crâne qui m'arrachait les tempes. J'avais besoin d'aller m'étendre pour réfléchir à tout ça, mais je voulais d'abord des nouvelles de Maddy.

Max lui a laissé cinq messages, a répondu Fred, il a appelé sa mère, sa sœur, sa meilleure amie, ses patrons, ses voisins, le chien de ses voisins, personne l'a vue. D'après la meilleure amie, elle a dû se payer un trip aux États, étant donné qu'elle peut pas reprendre son travail en ville avant le mois de septembre. Ça faisait des années qu'elle projetait ce voyage, y paraît, ça fait qu'on devrait recevoir une carte postale dans pas longtemps.

Je n'avais aucune difficulté à imaginer Maddy en route pour les plages californiennes, une casquette à visière protégeant ses yeux bleus d'un soleil de plus en plus féroce, mais je ne croyais qu'à demi à la théorie de l'amie. L'auto de Maddy était un tas de ferraille et on ne s'aventure pas à des centaines ou à des milliers de kilomètres de chez soi dans une voiture qui perd ses morceaux et qui pisse l'huile sur l'asphalte chauffé.

As-tu son adresse ? Mon intention était de me rendre chez elle sans attendre une minute de plus et d'enfoncer sa porte si nécessaire. Fred m'a toutefois fait comprendre l'absurdité de ma réaction. Si elle est pas là, Ric, ça te donnera rien, tu vas frapper un mur, et aux dernières nouvelles, elle est pas chez elle. Sa mère est allée vérifier, sa meilleure amie aussi, sa voisine, sa sœur, le chien de sa voisine. On sait pas où elle est, Maddy, on le sait juste pas.

Il n'y avait rien à ajouter. Deux personnes étaient mortes en moins d'une semaine, Maddy n'était nulle part et un inconnu s'amusait à rappeler à ma mémoire les derniers instants de Charlotte McCormick et de Victor Vaillancourt, qui nageaient de concert vers le néant.

14 ET 15 JUILLET

Les deux jours qui ont suivi ont été des jours étranges. Le soleil ne dérougissait pas, la chaleur était quasi intenable et les campeurs, ou ce qui en restait, demeuraient à l'ombre, une bouteille d'eau ou de bière entre les jambes. Certains passaient de leur douche à leur hamac, d'autres s'aspergeaient d'eau froide avec leur tuyau d'arrosage en poussant des cris stridents qui se perdaient dans la stridulation des cigales. Personne, cependant, ne pataugeait dans l'eau fraîche de la Red River.

On aurait pu croire, avec cette chaleur, que les plus téméraires passeraient outre la crainte ou le dégoût que suscitait la rivière pour aller s'y rafraîchir, mais la souillure était trop récente. On préférait se vider de son eau sous les feuillages ou sous les parasols plutôt que de s'immerger dans le souvenir visqueux qu'inspirent les chairs mortes.

Seul l'inlassable marcheur, qui ne semblait pas souffrir de la canicule, effectuait ses dix ou douze kilomètres par jour en suant à peine, à croire qu'il n'était pas humain. On entendait le crissement irrégulier de ses pas sur le gravier, son sifflement de merle ou de bruant, puis les cigales se mettaient de la partie, aussi increvables que lui.

Je poursuivais pour ma part mon enquête à propos des dessins qui se multipliaient autour de moi. Je surveillais le comportement des gens, je posais des questions détournées à gauche et à droite, j'épiais les conversations, n'ayant toujours à l'esprit que la disparition de Maddy, car c'est bien ce qu'on dit des gens dont on a perdu la trace, qu'ils ont disparu. Ce mot enveloppé d'un insondable vide, qui évoquait tout aussi bien la mort qu'une forme d'absence floue, me poussait à élaborer les pires scénarios, un bras nu surgissant des fougères, un scalp ballottant contre l'arête d'un rocher, une robe tachée de sang abandonnée à l'orée du bois, alors que Maddy roulait peut-être en ce moment même sur une route poussiéreuse en écoutant du Johnny Cash face à un couchant qui emplissait de jaune ses yeux aveuglés.

Jamais je ne m'étais senti aussi impuissant devant le silence succédant à l'un de ces départs imprévus qui vous laissent les bras ballants au milieu de la place, emmuré dans l'écho du vide qu'amplifie le ronronnement du réfrigérateur, et je m'en voulais à mort de n'avoir pas insisté pour rester avec Maddy le soir où elle m'avait demandé de faire de l'air, quitte à la mettre en rogne contre moi jusqu'à la fin de mes jours.

Puisqu'il était trop tard pour ruminer ce type de regret qui vous jette en pleine face l'absolue irréversibilité du temps, je poursuivais mon enquête sans véritable espoir, passant et repassant par la roulotte de Fred ou celle des parents de Max, qui finissait la réserve de popsicles de la cantine en se tachant les doigts de rouge et de mauve. Je leur demandais s'ils avaient du nouveau, ils me répondaient d'un signe de tête négatif, et je repartais de mon côté. Puis, à la fin de ces deux journées torrides, alors que le soleil disparaissait derrière les nuages anthracite rasant le Massif bleu, Max m'a fait signe que oui, qu'il avait du nouveau.

Durant l'après-midi, la police était revenue pour fouiller le chalet de Maddy, qui demeurait aux abonnés absents. D'après ce qu'avait appris Max, ils n'avaient rien trouvé, mais Bouchard avait l'air d'avoir reçu un coup de matraque quand il était reparti. J'aime pas ça, j'aime pas ça pantoute.

Moi non plus, je n'aimais pas ça, d'autant plus qu'un nouvel orage se préparait au cœur des nuages, un amas de cumulonimbus qui frottaient leur masse au sommet de la montagne et s'avançaient en produisant ce grondement que seuls perçoivent ceux qui ont des raisons de craindre la tempête. J'étais de ceux-là. Les grondements à venir vibraient déjà à mes oreilles, se réunissaient en un déferlement de grandes orgues qui répandaient leurs tremblements sous mon thorax. Ce soir-là, je ne me trompais pas. Un orage d'une rare puissance allait s'abattre sur les Chutes rouges.

*

Je n'étais pas le seul à redouter la tempête. Quelques minutes à peine après que j'eus désigné les nuages à Max, Sandy, la fille au bikini, passait en courant, faisant claquer son unique sandale contre son talon rougi et hoquetant encore ces syllabes décousues censées définir l'objet de sa frayeur, to... to... rage... tonne... Max et moi l'avons regardée s'éloigner, ne comprenant pas que ses parents n'aient pas encore emmené cette adolescente loin des lieux du drame qui lui avait en partie ravi la parole.

Tu ferais mieux de rentrer, m'a conseillé Max quand elle a disparu entre deux rangées de cèdres, se rappelant probablement les convulsions qui agitaient le corps nu de la fille sur le quai ensoleillé. Il redoutait qu'un nouvel événement la pousse à se dévêtir et à sangloter des mots qui n'en seraient pas, des mots déchiquetés par l'horreur et qui donneraient envie de la gifler pour qu'elle s'arrête enfin et que la peur retrouve une forme de cohérence.

Il avait raison. Il vaudrait mieux être à l'abri lorsque l'orage se déclencherait, et c'était pour bientôt. En me dirigeant vers ma roulotte, j'ai constaté qu'une autre famille pliait bagage dans la précipitation à travers les protestations d'un gamin qui réclamait son iPhone. Ils n'iraient pas loin avant de croiser l'orage ou avant que celui-ci les rattrape. Ils pourraient toujours s'arrêter dans un motel le long de la route si la tempête s'avérait aussi furieuse que le ciel l'annonçait et, assis en cercle sur un lit king, se plonger dans le jeu de Monopoly que le père serait allé chercher dans la voiture en tenant au-dessus de sa tête un imperméable battu par le vent.

Non. Ils n'iraient pas loin sans devoir s'arrêter, mais cette perspective les dérangeait moins que de rester piégés aux Chutes. Le claquement de la portière côté conducteur m'a tiré de mes pensées et le véhicule a démarré, tous phares allumés, me signalant du même coup que la nuit se pointait. Je me suis poussé sur le bord du chemin pour les laisser passer et j'ai aperçu la sandale qu'avait perdue Sandy, une sandale de plastique rose dont l'une des lanières avait cédé. Je me suis penché pour la ramasser et me suis ravisé. Je ne voulais rien, chez moi, qui rappelle la course d'une fille effrayée, aucun objet qui puisse me relier à sa nudité ou à celle d'une autre femme.

Je multipliais peut-être les précautions inutilement, mais quelque chose dans la couleur du temps me disait qu'un autre drame allait survenir, qu'un hurlement allait éveiller à l'aube les vingt ou trente campeurs encore sur place, à supposer qu'ils aient fermé l'œil, et qu'un nouveau rassemblement d'hommes et de femmes épuisés allait se précipiter vers le quai dans les premières lueurs du jour. Je ne pouvais pas rester inactif en attendant qu'un autre cadavre pollue les eaux de la Red River.

J'ai couru jusqu'à ma roulotte en vue d'y prendre un imperméable, une lampe de poche, une paire de bottes, et d'appeler Bouchard pour savoir ce que lui et ses hommes foutaient chez Maddy plus tôt dans la journée. Je rameuterais ensuite tous les hommes valides du camping pour organiser une ronde de nuit et m'assurer que chacun fasse le guet sur une portion du terrain. Certains m'enverraient sûrement promener, mais les autres, rongés par la même inquiétude que moi ou anticipant la culpabilité qui les ferait grisonner prématurément si un cri de mort leur annonçait qu'ils auraient dû se grouiller, ceux-là accepteraient de me suivre.

J'arrivais chez moi quand un premier éclair a illuminé les banderoles jaunes ceinturant le terrain des McCormick-Leblanc et qu'un petit tracteur orange a roulé vers moi, ses roues de plastique dur produisant sur le gravier un cliquettement déplacé au cœur de l'obscurité grandissante. J'ai tendu une jambe pour interrompre sa course, le cliquettement s'est tu, et j'ai levé les yeux vers l'endroit d'où le tracteur avait surgi.

Le marcheur, son chapeau enfoncé sur le crâne, se tenait à l'orée du bois, des bouts de branche accrochés à ses vêtements. Je me suis dirigé vers lui pour lui demander s'il avait besoin d'aide et je me suis figé. J'avais devant moi un homme au visage ravagé dont la peau se veinait de noir sous l'effet des premières gouttes de pluie, ainsi que se veinait le front des statues dans le jardin de Julian.

Je n'avais jamais vu le marcheur de près et j'étais persuadé que j'étais victime d'une illusion qui s'évanouirait lorsque je pourrais observer cet homme sous un autre éclairage. Je me suis rapproché de quelques pas pour découvrir que ses globes oculaires, d'un blanc laiteux mêlé de jaune, mangeaient son iris et sa pupille. Cet homme était aveugle, cet homme était hideux, mais il ne semblait affecté ni par sa laideur ni par la maladie qui lui avait fait perdre la vue. Un mince sourire, hésitant entre la moquerie et la mélancolie, étirait ses lèvres fendillées, et sa tête demeurait inclinée vers la gauche, comme si elle était soudain devenue trop lourde ou comme si l'homme attendait que je réagisse à son silence.

J'allais lui dire d'aller se mettre à l'abri, que la tempête approchait, lorsque le tracteur s'est lentement remis à rouler, à tanguer sur le sol accidenté en produisant au cœur de la nuit une musique discordante s'apparentant à ces musiques de manège qui s'estompent dans l'oubli une fois les feux du cirque éteints. Immédiatement après, un craquement courant de la montagne à la rivière a ouvert le ciel et tout est devenu noir. L'électricité venait de flancher et la nuit, jusqu'au matin, ne serait plus éclairée que par la furie des nuages.

*

Le choc de la surprise passé, j'ai tenté d'ajuster mes yeux à l'obscurité et j'ai recommandé à l'homme de rentrer chez lui. Je n'ai obtenu d'autre réaction qu'un sifflement lancinant, à croire qu'il ne pouvait communiquer autrement qu'en inspirant puis expirant le même air vicié. Rapidement, le malaise que j'éprouvais quelques secondes plus tôt s'est amplifié. Curieusement, je n'avais d'autre envie que de frapper cet homme aux infirmités monstrueuses qui s'obstinait à demeurer muet. J'ai donc parlé plus fort. J'ai exigé qu'il me dise ce qu'il me voulait et lui ai promis de lui casser le sifflet s'il ne m'expliquait pas la raison de sa présence chez moi. Peine perdue. Il demeurait de marbre et j'avais la certitude que, du fond de l'obscurité où il se terrait, ce connard souriait de plus belle, qu'il se délectait de ma colère et espérait la faire monter jusqu'à ce que je pète les plombs.

En imaginant sa gueule tordue, j'ai été tenté de m'élancer pour lui sauter sur le paletot et lui arracher quelques mots de la gorge, mais une peur imprécise, tenant peut-être à sa trop grande immobilité et à mon incapacité à déterminer sa position à travers les arbres, m'en a dissuadé. Cet homme qui ne parlait pas, cet homme dont les lèvres molles s'ouvraient sur un sourire que je me représentais jaune et à demi édenté, était dangereux.

J'ai reculé et suis rentré à tâtons dans ma roulotte, palpant les murs en vue de trouver l'armoire où j'avais rangé ma lampe de poche et attrapant au passage un couteau de cuisine que j'ai passé dans ma ceinture en essuyant ma main moite sur mes vêtements trempés.

Dehors, la pluie avait gagné en vigueur. Le ciel martelait le sol et les toitures de sa rumeur continue, semblable à celle d'un vent qui aurait soufflé uniformément, sans rencontrer le moindre obstacle. Dans le faible halo de ma lampe de poche, la pluie formait un rideau de lumière opaque que le halo n'arrivait pas à fendre. À chacun de mes pas, le rideau se refermait et j'étais emmuré dans le noir.

J'arrivais à l'orée du bois quand un éclair est tombé à l'oblique sur les sapins devant lesquels se tenait l'homme auparavant. Il n'était plus là, mais je percevais encore le contour de son corps pailleté de noir qui se dématérialisait entre les branches. J'ai couru jusqu'où la silhouette s'était éclipsée et j'ai crié, jurant de plus belle et brandissant stupidement le couteau émoussé.

Puis le hurlement que je n'attendais pas avant l'aube a retenti, impossible à situer, qui venait de partout à la fois et implorait l'aide de quiconque avait un relent de conscience. Sans transition, le vent jusque-là relativement faible s'est levé dans un tourbillon qui a fait ployer les cèdres, a arraché les rubans qui ceinturaient la roulotte des McCormick-Leblanc et a transformé la pluie en une poudrerie qui rappelait les pires tempêtes de mars. Des nuages se sont frappés, en ont frappé d'autres encore, ont mélangé leurs brouillards en une masse qui roulait sur elle-même et le camping s'est éclairé d'une lumière quasi stroboscopique à travers laquelle je voyais apparaître puis disparaître l'homme qui souriait de son sourire immuable, figure de pierre grossièrement polie qui se déplaçait à la vitesse de l'éclair ou du vent.

Je me suis secoué avant que la tempête me rende fou et me suis rué vers le chalet des gardiens, patinant dans la boue, tombant et me relevant aussitôt, du sang sur les genoux, mêlé de sable que la pluie lavait à grande eau sur mes jambes nues, à bout de souffle et ayant l'impression de me noyer dans l'air liquide. J'ai frappé à m'en écorcher les jointures contre la porte verrouillée, j'ai crié le nom de Hank, celui de Maurice, son assistant archi-myope, j'ai fait le tour du bâtiment, en vain, le chalet était vide.

J'ai rebroussé chemin pour aller frapper à la première roulotte occupée, celle de la fillette aux tresses blondes, dont le visage à contre-jour s'est encadré dans une fenêtre éclairée par une chandelle, quasi fantomatique et prononçant des mots muets, c'est lui, c'est lui, qui mouraient sur ses lèvres exsangues, jusqu'à ce que son père ouvre la porte, armé d'une carabine, et me hurle de sacrer le camp.

J'ai tenté de raisonner le type, mais le canon pointé sur moi, rutilant sous la pluie, a eu raison de mes arguments. J'ai envoyé le gars se faire foutre et j'ai couru de plus belle, poursuivi par les détonations du tonnerre ou celles de l'arme au canon luisant, qui résonnaient sur le flanc de la montagne et la dévalaient en un mugissement d'avalanche. Lorsque Fred m'a ouvert, je cherchais ma respiration entre deux râles, le corps plié en deux, et je lui désignais la rivière, en bas, en essayant de prononcer le mot *hurlement.* Fred n'a pas eu besoin que je m'explique davantage, il a tout de suite compris pourquoi j'étais là. Il a enfilé un imperméable et nous avons dévalé la côte qui menait à la rivière. Fred glissait à son tour dans la boue, je dérapais sur le gravier, on se prenait les pieds dans les ravines et on pestait contre la pluie, mais on est arrivés en bas en un seul morceau.

Le bord de la rivière, ou ce que nous parvenions à en voir, était désert. Personne dans les parages, pas de jeune fille qui aurait plus tôt laissé surgir de son ventre un cri d'épouvante, pas de forme indistincte étendue sur le quai. Une chaloupe d'aluminium y était cependant amarrée, qui se frappait aux poutres vermoulues en produisant un battement discontinu que le bois du quai absorbait. Plus nous approchions, plus le battement s'amplifiait. L'avant du bateau se soulevait, cognait de la tête contre le quai, rebondissait au bout de la corde à laquelle il était attaché, puis l'arrière tanguait, frappait à son tour le bois trempe, s'éloignait d'un mètre ou deux et avalait une vague qui l'enfonçait un peu plus dans la rivière. On aurait dit un cheval sur le point de se noyer, une bête qui ruait obstinément contre les éléments dans une lutte perdue d'avance.

Fred a marmonné quelque chose à propos du gars qui allait retrouver sa chaloupe complètement cabossée le lendemain et j'ai raté la fin de sa phrase. Le son de sa voix s'est perdu dans le grondement des nuages et dans le sacre bien senti qui a fusé entre mes dents. Dans l'embarcation que la pluie et les vagues avaient remplie au quart, reposait un corps dont la chemise blanche, plaquée sur le torse mouillé, se gonflait sur les flancs, telle celle de Julian sous le soleil du plein été. C'est de ce corps qu'était venu le hurlement qui m'avait alerté, de cette bouche où l'eau s'infiltrait doucement.

Il n'y avait pas de temps à perdre, il fallait sortir ce type de la chaloupe et le ranimer illico. Je me suis agenouillé près de Fred afin de ramener le bateau contre le quai et lui ai crié de prendre le gars par les épaules, mais Fred demeurait immobile, son regard fixé sur les minuscules bulles qui s'échappaient des narines du type. Grouille-toi, Fred, calvaire, mais Fred ne m'entendait pas. Il récitait une prière impie, mélange de blasphèmes et de gargouillements, une prière conçue pour les damnés, qui aurait donné la chair de poule même au plus endurci des croquemorts.

Je n'avais cependant pas le temps de m'attarder au délire de Fred, pas plus que ne l'avait le type qui barbotait au fond de la chaloupe. J'ai saisi Fred par les épaules pour le secouer, réveille, hostie, le gars est en train de crever. Un semblant de lueur a traversé son regard et j'ai eu l'impression qu'il revenait sur Terre. Il a enfin déposé sa lampe de poche et a allongé les bras vers l'homme qui se vidait de son air. J'en ai profité pour attraper les jambes de l'homme, attendant inutilement que Fred soulève son torse. Ses mains s'étaient arrêtées au-dessus du visage et j'aurais juré qu'il voulait le palper, s'assurer de sa réalité ou repeigner le gars avant qu'il expire. Franck, a-t-il enfin éructé, Franck, et il m'a annoncé, entre deux hoquets, que le type qui ballottait au fond de la chaloupe était le père de Maddy. C'est Franck Fréchette, Ric, c'est le père de Maddy, hostie, j'étais sûr qu'y était mort au mois de mars, c'est François Fréchette, crisse. Et pendant qu'il braillait le nom de Fréchette, ses mains demeuraient au-dessus du visage, prêtes à le caresser ou à étrangler cet homme qu'il avait cru parti pour l'au-delà.

Tu déraillles, Fred, calvaire, tasse-toi de là. Il s'est poussé de quelques pas, se comportant comme un putain d'automate, pendant que je ramenais la chaloupe vers moi et que je hissais le gars sur le quai, où il s'est affalé sur le ventre dans un bruit de chairs spongieuses. Au prix d'efforts qui me laisseraient autant d'ecchymoses que de muscles étirés, je suis parvenu à le remettre à l'endroit et, après lui avoir cassé quatre ou cinq côtes pour lui faire cracher l'eau qui emplissait ses poumons, je me suis laissé tomber à ses côtés. Il n'y avait plus rien à faire, l'homme de la chaloupe ne reviendrait pas à la vie.

Quant à Fred, il maudissait les Chutes rouges en délirant à propos de Franck Fréchette. J'ai essayé de le raisonner en lui rappelant que le cadavre qui gisait à deux pas de nous était encore chaud et n'avait pas pu passer les quatre derniers mois dans un congélateur. À court d'arguments, je lui ai arraché sa lampe de poche et me suis retourné vers le mort pour examiner son visage. Un autre sacre a spontanément surgi de ma gorge. L'homme de la chaloupe ne pouvait être le père de Maddy, puisqu'il s'agissait du marcheur, de l'homme que j'avais vu chez moi une heure plus tôt. Tu perds les pédales, Dubois, tu débloques, me suis-je dit en me penchant sur le cadavre pour me prouver que j'hallucinais, que j'étais victime de la fureur de la tempête ou de mon imagination. Le visage de l'homme étendu sur le quai était bel et bien celui du marcheur, qui me souriait sous ses lèvres scellées, desquelles s'échappait un sifflement rappelant celui du vent.

Ta gueule, tu fermes ton hostie de gueule, me suis-je entendu murmurer, puis j'ai braqué ma lampe de poche sur sa chemise blanche, semblable à celle de Julian, sur son nœud papillon, pareil à celui de Julian, et j'ai vu les yeux gris de Julian me sourire derrière ceux trop blancs du marcheur.

Ça se peut pas, Dubois, ça se peut pas, ressaisis-toi, batêche. Je chuchotais presque, craignant d'éveiller ce mort qui se moquait de moi, prenait indifféremment le visage de Julian ou du marcheur et se métamorphosait selon l'angle de la lumière, quand un nouveau cri de mort, perdu dans le vacarme de la tempête, a traversé la rivière. Fred, qui braillait qu'il fallait avertir Maddy à propos de son père, s'est arrêté net, frappé comme moi par ce cri qui pouvait aussi bien être le mugissement d'un orignal en rut que le cri d'un homme ou d'une femme dont la détresse voyageait du fond d'un espace emmurant son écho.

Une main tremblante sur l'épaule de Fred pour lui signifier de rester calme, j'ai tendu l'oreille, espérant un autre appel dont je pourrais situer la source. Alors qu'un éclair dardait sa lumière tranchante sur nos gueules aussi blêmes et stupéfaites que celle du macchabée, l'appel que j'attendais a résonné de l'autre côté de la rivière, quasi inhumain mais ne pouvant avoir été lancé par un animal. Quelqu'un, dans la forêt bordant la Red River, implorait pour qu'on lui porte secours et je n'avais que Maddy en tête, Maddy qui avait disparu, Maddy dont le père était revenu d'entre les morts, Maddy qui portait un voile de deuil.

Faut qu'un de nous deux aille voir ce qui se passe de l'autre côté, ai-je dit à Fred en tentant de contrôler mes tremblements. Tu vas chercher de l'aide et je traverse. Fred a rétorqué que j'étais complètement fou, qu'avec le mauvais temps, je n'atteindrais pas le milieu de la rivière avant que celle-ci s'enroule autour de moi pour m'entraîner vers ses fonds pierreux. On va d'abord chercher tous les volontaires qu'on peut trouver, pis t'iras où tu voudras après.

Je lui ai renvoyé qu'après, il serait trop tard, qu'on n'avait pas une minute à perdre et que je traverserais cette foutue rivière, qu'il le veuille ou non. J'allais me lancer dans l'écume tourbillonnant au bout du quai quand Fred s'est posté devant moi, me dominant de son imposante stature, pour me dire qu'il faudrait que je lui passe d'abord sur le corps. Si tu te jettes à l'eau, tu t'en vas rejoindre Vaillancourt et compagnie au royaume des crétins. On a déjà assez de cadavres sur les bras. Je me suis opposé, on s'est engueulés en ignorant royalement les objections de l'autre, j'ai traité Fred de tous les noms de pisseux possibles, on a failli en venir aux mains, et ça n'a rien donné. Fred n'en démordait pas, je n'irais nulle part dans cette sacrée tempête.

Comme on perdait de précieuses secondes à se postillonner au visage, je lui ai sorti mon argument massue. Hostie, Fred, t'as pas encore compris que c'est Maddy qui est de l'autre bord ? Il a retenu le poing qu'il allait me coller sur la mâchoire pour me neutraliser et j'ai senti qu'il réfléchissait à la vitesse grand V, que des dizaines d'images pas belles à regarder se bousculaient dans son esprit et qu'il n'était plus aussi certain qu'on pouvait attendre la première neige pour agir.

OK, mais tu prends la chaloupe pis ma lampe de poche, la tienne est pourrie. Dix secondes plus tard, de l'eau à la taille, on vidait le bateau de l'eau qui s'y était accumulée et je sautais dedans, même si l'aura du mort y flottait encore, pendant que Fred courait vers le camping pour sonner l'alerte générale, ses grosses jambes entravées par le poids de ses vêtements trempés.

*

Il y avait des années que je n'avais pas manié de rames et, au train où allaient les choses, je ne décollerais jamais de la rive. Le courant me ramenait sans cesse vers le quai, le fond de la chaloupe raclait les pierres en grinçant et mes mains glissaient sur le bois verni des rames. À force de pousser et de frapper l'eau dans tous les sens, j'ai enfin réussi à m'éloigner, mais je n'arrivais pas à lutter contre la puissance de la rivière, qui m'entraînait en aval et me repoussait de deux mètres chaque fois que j'en franchissais un. La pluie me cinglait le visage, des flaques d'eau s'accumulaient dans le fond de la chaloupe et je voyais à peine plus loin que le bout de mes bras. Alors je ramais, je ramais de toutes mes forces, cherchant dans les grognements qui surgissaient de ma poitrine l'énergie dont j'avais besoin pour affronter les vagues qui faisaient tanguer mon embarcation et me poussaient dans la direction contraire à celle sur laquelle j'essayais de maintenir le cap.

Puis j'ai frappé un obstacle, un tronc d'arbre, peut-être, culbuté par la Red River, la chaloupe s'est renversée et je me suis retrouvé dessous, dans cet espace d'un noir d'encre où résonnaient la pluie, le vent, les vagues, les mains agrippées à un siège de bois gluant où j'avais du mal à assurer ma prise pendant que la chaloupe suivait le courant, se soulevant comme un animal enfin désentravé, et que l'espace entre la coque et la rivière s'amenuisait. J'allais mourir là, sous cette chaloupe renversée, si je m'entêtais à m'y accrocher. Alors j'ai pris une longue inspiration et j'ai plongé.

Sous la surface, tous les bruits me parvenaient assourdis et l'eau rougie par l'agitation de la rivière formait autour de moi un mur instable qui se dématérialisait à chaque mouvement de mes bras ou de mes jambes, m'enveloppant de milliers de particules pareilles à une fine poudre dont la noirceur rougeâtre ne m'est apparue qu'au moment où un éclair a allégé la nuit où je m'avançais. J'ai nagé dans cette poussière liquide tant que mon souffle me le permettait puis j'ai émergé en aspirant dans un long sifflement tout l'air que je pouvais aspirer, ignorant jusqu'où j'avais dérivé, si je m'approchais de l'autre bord de la rivière ou si j'allais bientôt me fracasser le crâne contre le quai.

Je tournais sur moi-même, à la recherche d'un quelconque repère, quand j'ai aperçu un saule dont les branches les plus chargées, par beau temps, léchaient lascivement la rivière. J'avais presque atteint mon but. Heureux de voir enfin la terre ferme, je me suis débattu avec l'énergie du désespoir, avalant une tasse ici et là et décrétant sous le ciel enragé que mon séjour sur Terre n'était pas terminé. Lorsqu'un de mes genoux a frappé un cap, signe que j'approchais de la rive, je me suis mis à rire de façon délirante et suis parvenu à me mettre debout. Je culbutais sur les roches, je m'entaillais des bouts de chair jusqu'à l'os, mais je riais comme un maudit malade, comme un gars qui se rend compte que sa maison n'a pas été emportée par la crue printanière, comme un hostie de clown qui vient de défroquer et qui envoie chier sa confrérie de bozos en courant tout nu vers l'océan.

J'étais vivant, j'avais vaincu la rivière, mais j'avais perdu la lampe de poche de Fred et j'étais presque aussi nu que le clown. En vue de parfaire la ressemblance, j'ai enlevé mon t-shirt, qui ne me servait plus à rien, et j'ai placé mes mains en porte-voix pour appeler en direction de la forêt. Si quelqu'un m'a répondu, la déflagration du tonnerre a recouvert sa voix. Jusque-là, je croyais que la puissance de l'orage avait atteint son maximum et que les nuages ne pouvaient porter davantage de furie. J'étais dans l'erreur. Au-dessus de moi, le ciel s'est soudain mis à débouler, empli de bruits de pierres qui roulaient les unes sur les autres, se fracassaient et allaient buter contre une paroi invisible qui stoppait leur course. Toutes les cinq secondes, le feu né de l'entrechoquement des pierres se jetait sur la Red River et sur la forêt, reproduisant les couleurs d'un jour de fin du monde.

Instinctivement, je me suis jeté au sol pour me protéger et je l'ai aperçu, le marcheur, l'homme aveugle que j'avais cru mort, debout dans la rivière, totalement indifférent aux flots qui le fouettaient. Cette vision n'a duré qu'un instant, son sourire s'est fondu dans l'éclair et ne sont demeurés que les flots, l'écume, la rage de l'eau bouillonnante.

J'ai repoussé l'image de l'homme immobile, que j'ai classée parmi les mirages de la fatigue, et j'ai déchiré mon t-shirt pour bander ma main gauche, d'où un sang chaud s'écoulait entre le pouce et l'index. Je devais conserver ce qu'il me restait de forces. En jetant sur le sol mon t-shirt en lambeaux, j'ai aperçu une douzaine de points lumineux, de l'autre côté de la rivière, qui descendaient la côte en vacillant. Fred revenait avec du renfort. Dans plus ou moins vingt minutes, la troupe réunie par Fred m'aurait rejoint. D'ici son arrivée, je devais agir.

J'ai attendu une accalmie, un moment où les pierres se tairaient, et j'ai crié le nom de Maddy à m'en arracher les poumons. Un gémissement apeuré m'a répondu, venu du creux de la forêt, là où l'obscurité se condense et où tous les arbres se liguent pour ne devenir qu'un seul et même arbre se démultipliant, et j'ai foncé. Je me suis glissé entre les sapins, dont les branches me lacéraient les bras et imprégnaient ma peau de leur odeur de résine, et j'ai abouti dans un sentier embroussaillé qui prenait naissance au milieu des sapins, parmi lesquels je progressais maintenant plus facilement.

La gorge en feu, je continuais de hurler le nom de Maddy, Maddy, crisse, réponds, Maddy, je t'en prie, puis un souffle tonitruant m'a projeté vers l'arrière, j'ai entendu un crépitement et j'ai vu les flammes, qui embrasaient la cime d'un arbre sec. Mon cœur battait à tout rompre, ma tête avait été remplacée par un tas d'os douloureux, mais je n'avais rien de cassé. Je me suis péniblement relevé, j'ai contourné l'arbre en priant pour que l'averse empêche le feu de se propager, et j'ai entendu une autre plainte, un gémissement qui se terminait par mon nom, Ric.

Je me suis précipité en direction de la plainte, écartant furieusement les branches qui me bloquaient encore le passage, jusqu'à ce qu'un immense chêne, perdu au milieu des conifères, me prenne dans ses bras et que la nuit où je sombrais ait raison de la véhémence de la tempête.

*

Une fumée épaisse, poursuivie par le rugissement du feu qui cherchait son oxygène dans la moindre aiguille d'épinette, courait au-dessus de moi quand j'ai rouvert les yeux. Le corps couvert de feuilles trempes et de boue, j'ai rampé jusqu'où la fumée se dispersait à travers les cris des oiseaux qui fuyaient, oiseaux de nuit et oiseaux de jour dont les piaillements précédaient les froissements d'ailes. Totalement désorienté, je ne savais plus quelle direction prendre et je hurlais inutilement le nom de Maddy dans le fracas de l'incendie qui défiait le ciel de l'étouffer après lui avoir donné naissance dans la fulgurance.

Puis une biche aux abois, accompagnée de deux faons, a détalé en poussant des bramements syncopés. Ces animaux descendaient à la rivière. Je devais les suivre. Ma lourdeur était cependant telle que je les ai vite perdus de vue. Je n'entendais les bramements de la mère que de loin en loin et me prenait au visage tout ce que la forêt recèle de pièges et d'obstacles pour ralentir votre course. Et je hurlais de plus belle, Maddy, Maddy, je t'en prie, en imaginant son corps rongé par les flammes et ses plaintes à jamais asphyxiées.

En principe, j'aurais dû atteindre la rivière depuis longtemps, mais je ne rencontrais sur mon chemin que des arbres, des arbres et encore des arbres. Au lieu de me diriger vers l'ouest, je m'étais enfoncé dans la forêt, trompé par l'écho des bramements qui se répercutaient sur la montagne. J'allais revenir sur mes pas quand une clairière s'est ouverte devant moi, un abattis que la rivière, avec l'aide de la pluie, avait transformé en marécage. Je m'y suis engagé, j'ai pataugé dans l'herbe et la vase, et j'ai enfin atteint la Red River, dont la beauté catastrophique me donnait presque envie de m'y jeter.

Puis elles m'ont sauté au visage, les Chutes rouges, trois cataractes grondantes qui charriaient la fureur du ciel et jetaient leurs eaux tourmentées dans un bassin bouillonnant d'où émergeaient les bras de Charlotte McCormick, de Vic Vaillancourt et de Chris Julian, six bras tendus vers le sommet des chutes où vacillait la silhouette évanescente de ma première victime, Betty Duncan, qui a volé dans le torrent en agitant ses membres mous, ses membres mous qui ont frappé l'eau rouge et m'ont arraché un cri de rage, un hurlement incontrôlé accusant la violence d'entacher la splendeur du monde.

J'ai prolongé mon cri et j'ai secoué la tête pour faire disparaître les visions déchirantes dans lesquelles le sourire implorant de Charlotte luttait avec le souvenir répugnant de Vaillancourt pour m'attirer à elle, puis j'ai aperçu un faon, de l'autre côté de la rivière, qui humait l'air chargé d'odeurs de feu aux côtés de sa mère. L'autre faon manquait à l'appel, probablement emporté par le courant, et la biche arborait un panache qui se découpait sur la noirceur d'un groupe de cèdres.

À ce moment, j'ai su que la tempête m'avait rendu fou. J'ai fermé les yeux quelques instants pour retenir le rire dément qui montait en moi, puis j'ai regardé en aval, là où auraient dû se trouver Fred et les campeurs qu'il avait rassemblés. Aucune lueur, aucun point lumineux ne m'indiquait que des hommes tentaient de franchir la rivière. Je m'étais trop éloigné, ou alors j'avais tout inventé, du cadavre du marcheur se vidant de son sifflement sur le quai jusqu'à la douzaine de lampes torches qui dévalaient la côte en direction de la Red River. Le feu n'existait pas. L'orage n'était qu'un leurre. Ric Dubois, le pseudo-romancier qui fomentait des meurtres sordides, déraillait à la vitesse des éclairs zébrant l'horizon.

Ce constat posé, j'ai laissé fuser le rire qui me démangeait et me suis avancé de quelques pas dans la rivière, pareil au clown affranchi qui courait vers l'océan, offrant mon corps épuisé à la pluie, à l'orage et au vent. L'eau presque tiède lavait mes plaies, mêlait un peu de mon sang à celui de ses autres victimes et arrachait une à une les feuilles collées à ma peau, qui disparaissaient instantanément sous les flots. Je n'avais plus envie de bouger, plus envie de courir derrière les hurlements que poussait la tempête. Je souriais innocemment et j'étais bien.

Deux autres pas me suffiraient pour être entièrement immergé, deux autres pas et la rivière m'emporterait. J'ai poussé du pied gauche un amas d'algues vaseuses qui s'accrochaient à ma jambe et une douleur cuisante m'a transpercé l'épaule. J'ai à peine eu le temps de me retourner qu'il se jetait sur moi, le marcheur aux yeux blancs, qui me parlait sans me parler, me voyait sans me voir, et sifflait dans l'orage des mots proches du hululement, des mots incompréhensibles destinés aux morts de la Red River. Alors j'ai hululé aussi, mon sourire plus impitoyable que le sien, j'ai levé les bras au ciel, j'ai enfoncé son énorme tête sous les vagues et l'y ai maintenue jusqu'à ce qu'il cesse de se débattre et que j'aie la certitude que plus jamais il ne foulerait la terre ferme. Quand je n'ai plus senti aucune résistance, j'ai continué à avancer, deux autres pas et la rivière m'emporterait, deux autres pas et je pourrais me reposer, pendant que la voix de Maddy, la voix de Maddy perdue dans les bois, chantait à ma mémoire un air qui s'égrenait en notes discordantes.

III

DERNIÈRES PERTURBATIONS

Au milieu de la course de notre vie,
je perdis le véritable chemin,
et je m'égarai dans une forêt obscure.

Dante ALIGHIERI,
La Divine Comédie

Du fond de la rivière, j'entendais la fillette aux tresses blondes qui s'exclamait c'est lui, c'est lui, sa voix de plus en plus ténue, ses avertissements lancés depuis une forêt qui s'éloignait, puis je me suis senti soulevé, extirpé des eaux sourdes, parmi les voix plus graves d'hommes épuisés qui criaient à leur tour c'est lui, c'est lui. Je me souviens ensuite de la douleur, de la chaleur de l'eau que je vomissais sur ma poitrine, des imperméables noirs dont le bruit luisant m'entourait, puis j'ai dû m'endormir, car le soleil se levait quand j'ai perçu le ronflement des avions-citernes qui larguaient leur cargaison sur l'incendie, un soleil d'après la tempête ignorant tout du chaos de la dernière nuit.

À mes côtés, une femme aux gestes précis, le front barré de ces profondes rides que crée le voisinage de la douleur, extirpait d'une trousse de secours des instruments qu'elle plaçait sur mon cœur ou plantait dans ma chair, indifférente aux supplications de Fred, qui lui demandait si j'allais mourir ou rester fou.

Replié dans le doux engourdissement où m'avaient plongé les sédatifs administrés par la femme inquiète, je me posais les mêmes questions. Je préférais néanmoins la mort à la folie qui s'était dévêtue devant moi pour me montrer l'univers qui était le sien. Je ne voulais plus de jeunes filles nues bredouillant au bout d'un quai, plus de hurlements, plus de Betty Duncan ni de corps basculant du haut des Chutes. Je préférais la mort, mais je savais déjà, aux rides qui se détendaient sur le front de la femme, que j'allais survivre à la tempête, à Chris Julian, à Charlotte McCormick, à Victor Vaillancourt et à l'homme que Fred et moi n'avions pu sauver la veille, parce que Fred aussi avait perdu la carte, parce que Fred ne pouvait logiquement tenter de porter secours à un homme qu'il savait déjà mort et enterré.

Devant sa mine défaite, j'ai tenté de lui dire de ne pas s'en faire, que j'étais trop nul pour crever tout de suite et qu'on en finisse, mais je ne suis parvenu à articuler que des mots mous, aussi mous que mes lèvres et mon corps entier, qu'on soulevait maintenant pour l'allonger sur une civière et qu'on transportait sur une barge accostée sous un saule qui léchait lascivement la rivière. Près de moi, Fred me pressait de répéter ce que je lui avais dit, j'ai rien entendu, Ric, pendant que la barge s'ébranlait, fendait la rivière calme, et que je bavais d'autres mots mous pour rassurer Fred, qui n'avait pas l'air soulagé du tout. Il jetait des coups d'œil nerveux à la femme qui offrait au soleil son visage blanc, aux gars qui ramaient, aux poissons morts qui voguaient ventre en l'air dans les sillons creusés par les rames, se demandant cette fois si mon défaut d'élocution serait permanent et s'il faudrait me nourrir à la petite cuillère.

Quand la barge a doucement frappé le quai, j'ai constaté que le type que je n'avais pu ranimer s'y trouvait encore, emmailloté dans une enveloppe de plastique noir où il devait commencer à cuire. On m'a installé près de lui le temps d'approcher le véhicule qui nous emmènerait à l'hélicoptère, dont les pales cliquetaient déjà dans le stationnement, et j'en ai profité pour m'excuser auprès du type emmailloté, désolé, Franck, j'ai fait ce que j'ai pu. Franck ne m'a pas répondu, parce que Franck était mort, tout simplement, mort en mars près d'une rivière gelée.

Alors que l'hélicoptère prenait son envol, tournant à quarante-cinq degrés au-dessus du stationnement, j'ai vu Fred qui descendait en courant du VUS de Hank et gesticulait dans le vent des pales, les pans de sa chemise volant derrière lui. J'ai aussi aperçu Max, qui se tenait à l'écart, le visage plissé à cause du soleil qui lui tapait dessus, puis la fille au bikini, qui bégayait des ri… ri… ric… par-dessus les cris de Fred, et une femme, à l'arrière-plan, qui pouvait être Maddy, le souvenir de Maddy ou son fantôme.

Lorsqu'on m'a donné mon congé de l'hôpital, personne ne m'attendait pour me prendre dans ses bras et m'entraîner vers la lumière et l'air pollués de la grande ville. J'étais Ric le solitaire et le serais jusqu'à ce qu'on m'embaume. J'ai fait mes adieux à cet endroit où j'espérais ne revenir que les pieds devant et j'ai traversé les portes coulissantes me redonnant accès à la liberté dont j'avais besoin pour retrouver Maddy. C'était la seule espèce de liberté qui m'importait pour le moment, et je comptais bien m'en servir pour revirer les Chutes rouges à l'envers s'il le fallait.

À l'extérieur de l'hôpital, le soleil qui faisait étinceler les chromes des dizaines de voitures alignées dans le stationnement m'a accueilli avec un sourire féroce. J'ai machinalement cherché mes verres fumés dans la poche de la chemise trop grande que Fred m'avait apportée, avec un cornet de frites et un Coke, au cours de l'une de ces visites où il m'avait juré qu'il me casserait la gueule sans hésiter la prochaine fois que je voudrais me jeter dans une rivière ou dans un brasier. D'accord, Fred. On en reparlera, Fred.

Hormis mon portefeuille, mes poches étaient aussi vides que mon estomac, dont les gargouillements devaient s'entendre à deux mètres. Je me suis donc rabattu sur ma casquette des Red Sox, autre cadeau de Fred, que j'ai abaissée sur mon front tacheté d'ecchymoses sur le déclin, puis j'ai hélé un taxi pour aller prendre ce qui serait mon premier vrai repas depuis dix jours.

J'ai demandé au chauffeur de m'amener au Cristal, un restaurant haut de gamme où j'avais mes entrées quand je jouais à la pute pour Julian. Durant le trajet, j'ai compté les billets qu'il me restait et j'en avais suffisamment pour me payer un festin si ça me chantait. Dan, le serveur qui faisait partie des meubles du Cristal, m'a accueilli chaleureusement, me faisant les remarques d'usage sur ma longue absence, et m'a conduit à ma table, la numéro 7, près d'une baie vitrée donnant sur une cour intérieure où les fleurs poussaient dans des blocs de béton.

J'ai d'abord commandé un scotch hors de prix, que j'ai siroté en regardant les moineaux sautiller sur le sol pavé d'ardoises, et j'ai savouré la chaleur de l'alcool qui descendait dans ma poitrine comme s'il rentrait enfin à la maison. Quand j'ai vu le fond de mon verre, j'étais déjà presque soûl, ce qui ne m'a pas empêché d'en commander un deuxième, ne serait-ce que pour faire plaisir à mon organisme. J'ai accompagné ça d'un steak saignant, spécialité de la maison, mais la viande, contrairement au liquide, ne passait pas. J'avais vu trop de sang, au cours des dernières semaines, trop de chairs à vif qui bombardaient mon esprit de flashs tous plus scabreux les uns que les autres, pour saliver devant le jus rougeâtre qui s'étalait dans mon assiette.

Mon troisième scotch terminé, je suis parti en laissant un généreux pourboire, puisque c'était probablement la dernière fois que je venais à cet endroit, et j'ai hélé un autre taxi pour me rendre chez moi, c'est-à-dire au loft que j'occupais avant que ma vie de pute prenne fin dans l'eau d'une piscine.

En sortant du taxi, la chaleur du bitume m'a fait vaciller et je suis resté quelques instants sur le trottoir, appuyé contre une poubelle de laquelle s'élevait un fumet de pisse chaude qui a fait remonter jusqu'à ma gorge les trois bouchées de viande que j'avais avalées. Je n'avais pas oublié les odeurs de la ville. J'avais simplement oublié qu'elles se composent presque exclusivement de la puanteur de l'homme et de tout ce qu'il déverse dans ses dépotoirs et ses égouts. Je ne resterais pas longtemps dans ce condensé d'humanité.

Après avoir retrouvé mon équilibre, je me suis dirigé d'un pas que je voulais assuré vers les larges portes vitrées que Jack, le portier de mon immeuble, ouvrait toutes grandes pour moi. J'ai salué Jack en soulevant ma casquette, puis je suis monté au vingtième étage. Le loft anonyme que j'occupais depuis trop longtemps sentait le renfermé, et je n'ai franchement pas été enchanté de la vue que j'avais sur la montagne depuis mes larges fenêtres. Cette montagne n'était en fait qu'une colline au regard du Massif bleu, dont les grondements m'avaient poursuivi jusqu'en ville, vibrant sous l'asphalte surchauffé, sous le ciment des trottoirs craquelés, sous le tapis de mon salon, accompagnés de tous les bruits qui sourdaient du paysage des Chutes.

Même si les médecins m'avaient déclaré apte à reprendre une vie normale, ce qui m'avait fait éclater d'un rire irrépressible et valu deux comprimés de Valium supplémentaires, j'entendais encore le feu qui crépitait à la cime des arbres, les bramements et les glapissements des animaux qui fuyaient et, par-dessus tout, les sifflements de l'homme qui voulait ma peau et dont j'avais maintenu la tête sous l'eau sans lui donner le loisir de demander grâce.

Malgré les indications que j'avais données à Bouchard quand il était venu se recueillir sur mon lit d'hôpital, aucun corps n'avait été retrouvé. Ou vous êtes fou, avait déclaré Bouchard, ou il s'est fait bouffer par les requins, ce qui revenait au même. Je n'avais pas été assez crétin pour lui avouer que c'est moi qui avais noyé le type et qu'il ressemblait au petit frère de Frankenstein, mais Bouchard se trompait, il y avait un corps, dans la rivière ou ailleurs. Je me souvenais trop bien de la dureté du crâne, de mes doigts qui glissaient dans la chevelure grasse et clairsemée, des bras qui cherchaient à s'agripper à la fluidité de l'eau et de l'odeur de charogne qui m'était montée au nez quand le type avait arrêté de gigoter.

Chaque soir, à l'hôpital, alors qu'on baissait l'éclairage pour la nuit et que les bruits se faisaient feutrés, je me raidissais dans mon lit, certain qu'à un moment ou à un autre, j'entendrais le sifflement de l'homme se rapprocher le long des corridors pour s'arrêter devant ma porte, ses pas hésitants faisant crisser le linoléum javellisé, et ce sentiment persistait, même ici, même dans cet appartement quasi vide où les seuls éléments de décor étaient les livres de Julian, les affiches annonçant la parution de ces livres, de même que les certificats encadrés attestant les nombreux prix remportés par le grand Chris Julian.

Je me suis avancé au milieu de la pièce centrale et, alors que je déposais mes clés sur la table basse, une ombre furtive s'est faufilée derrière mon reflet dans les larges fenêtres. Instinctivement, j'ai attrapé un cendrier de verre dont les éclats ont volé en même temps que la vitre qui protégeait l'un des certificats de Julian. Un silence glacial est ensuite retombé sur la pièce, traversé seulement du bruit de ma respiration sifflante, et je me suis dirigé vers la chambre, où personne ne se cachait derrière les rideaux, ni sous le lit, ni dans la penderie. Il n'y avait personne non plus dans le bureau où, en principe, j'écrivais mes romans pourris, pas plus que dans la salle de bains. L'ombre que j'avais aperçue n'existait que dans ma tête, dissimulée parmi les images que ma mémoire conservait des Chutes rouges.

J'ai déniché une bouteille de Bulleit dans l'une des armoires et, en souvenir du bon vieux temps, je me suis assis sur le sofa, face aux fenêtres, pour regarder les pigeons chier sur la ville. Quand les lampadaires se sont allumés, aucune ombre ne s'était penchée sur mon corps avachi, aucun souffle n'avait effleuré ma nuque, mais quelqu'un, dans le couloir, attendait que je m'endorme pour me rejoindre dans le sommeil cauchemardesque où, nuit après nuit, un bras lourd s'abattait sur mon épaule et m'enfonçait dans la Red River.

*

Un panneau indiquant « À vendre » avait été planté devant la maison de Chris Julian, sur lequel une agente d'immeuble aux longs cheveux roux vous promettait la demeure de vos rêves. J'ai fait un tour de reconnaissance pour m'assurer qu'il n'y avait personne dans les environs et j'ai enjambé la clôture séparant la cour avant du jardin en maudissant le ciel qui, dans sa miséricorde, aurait pu avoir la décence de m'achever plutôt que de me laisser aussi meurtri que si on m'avait passé au hachoir. Après avoir failli m'émasculer sur les montants de la clôture, j'ai atterri près d'un bosquet d'églantiers qui ont eu droit à quelques taloches et je me suis dirigé vers la piscine en époussetant mon pantalon.

Rien n'avait changé depuis ma dernière visite. Les transats n'avaient pas été déplacés, la bouteille de scotch non plus, qui répandait ses reflets dorés sur la table basse. Quant à moi, je voyais toujours Julian, immobile sous sa chemise gonflée, qui contemplait le fond bleu azur de sa piscine à travers les filets rougeâtres évoquant les flots de la Red River.

Fidèle à mes habitudes, je me suis allongé sur un transat et me suis servi un verre de Glenmorangie, avec lequel j'ai fait descendre un cachet d'hydromorphone en vue d'atténuer le feu qui me donnait l'impression qu'on avait appliqué sur mon dos une croix de fer incandescente.

Le scotch était trop chaud, ainsi que cette journée qui s'annonçait caniculaire mais, le cachet aidant, je m'enfonçais doucement dans le transat, flottant avec Julian parmi les souvenirs délavés de Betty Duncan qui souriait sur sa photo de graduation.

Je m'étais souvent imaginé ce qu'avait pu être la vie de Betty avant qu'une ordure croise son chemin, et je la voyais invariablement sur cette photo ou sur un terrain de basket, ses pieds chaussés d'espadrilles blanches qui pointaient gracieusement vers le sol quand elle sautait vers le panier comme on aimerait se précipiter vers les nuages. Je la voyais aussi près d'une rivière, qui façonnait des poissons de sable qu'elle renvoyait à l'eau douce, et c'est là que l'écran se déchirait, que le sourire de Betty devant les poissons frétillants se décomposait et que le ciel s'ouvrait. Les chaussures blanches se mettaient alors à courir, aspergeant de boue les jambes nues, puis les chaussures quittaient la berge en s'envolant, mais pas vers les nuages, non, et je ne distinguais plus que les deux jambes derrière la silhouette à contre-jour d'un homme qui emportait Betty dans la rivière, Betty et ses pieds blancs qui contemplait la pluie se mariant aux minuscules bulles qui s'échappaient de sa bouche, rondes et claires et de plus en plus minuscules, des grains de sable ou de poussière qui s'élevaient vers un ciel voilé.

Une envie de hurler, venue de cette partie de mon cerveau qui ne sert que quand je suis sur le point de tout casser, m'a brûlé l'œsophage, et j'ai lancé mon verre de Glenmorangie dans la piscine en criant à Julian qu'il était un salaud, comme si je ne le lui avais pas assez répété, un hostie de sans-cœur, pendant que le verre, sous l'impulsion de mon lancer, s'inclinait de gauche à droite tel un petit bateau de cristal voguant vers l'éloignement constant de l'horizon, sans terre où accoster, puis sombrait dans l'azur trompeur de la piscine en répandant son ambre sur les nuées roses et voilées du crépuscule.

J'ai approché la bouteille de scotch de mes lèvres alors que le bateau s'enfonçait et j'ai avalé une gorgée pour Betty, une gorgée pour Charlotte, une gorgée pour la fille au bikini. Aux femmes blessées, ai-je ajouté, et j'ai bu jusqu'à ce qu'un haut-le-cœur me soulève l'estomac et m'oblige à me lever, mais je n'ai pas vomi, j'ai seulement craché mon dégoût à la face de Julian. Ce sont les nouveaux occupants de cette maison de rêve, quatre chambres à coucher et des arbres centenaires, qui vomiraient dans l'eau chlorée lorsqu'ils apercevraient les spectres de Julian et de Betty dans le jardin, marcheurs aux gestes mécaniques qui s'esquisseraient dans les feuillages ombrageant la piscine, quatre chambres à coucher et des fenêtres ouvrant sur la verdure.

J'ai plaint cette famille qui ne se doutait de rien, qui allait ouvrir une bouteille de champagne le soir du déménagement, le père et la mère assis sur leurs chaises neuves, écoutant le doux clapotement de la piscine pendant que les enfants se cacheraient dans les bosquets plantés sous la baie vitrée du bureau de Julian, où une lampe avait été allumée, probablement par l'agente immobilière au sourire rempli de promesses.

La bouteille de Glen à la main, je me suis dirigé vers le reflet de la lampe et j'ai posé mes mains en visière sur la baie vitrée que maculait une substance poisseuse qui avait la consistance de la glaire. Rien n'avait bougé non plus dans l'antre de Julian. Le désordre y était le même que l'année précédente, un indescriptible fouillis où les verres renversés côtoyaient les vêtements jetés n'importe comment, les livres déchirés et les cartons de pizza que les fourmis avaient depuis longtemps désertés. Ce n'était pas l'agente immobilière qui avait ouvert la lampe.

L'agente immobilière n'était pas entrée dans cette pièce, sinon pour en ressortir en tenant son foulard de soie devant sa bouche.

J'ai poussé la porte qui donnait sur le jardin et celle-ci n'a pas résisté. L'endroit sentait encore le moisi, mais aussi la sueur. On aurait dit que quelqu'un y travaillait chaque jour dans la pénombre suffocante, Julian, autrement dit le fantôme de Julian, qui se matérialisait tous les matins dans le brouillard s'élevant de la piscine et flottait jusqu'à son bureau pour se sauver de l'enfer où Betty Duncan l'avait entraîné. Or Betty Duncan était une condamnation à perpétuité et Julian ne s'en sortirait jamais, ce que prouvaient les dessins chiffonnés près des figures de suppliciés, des représentations sommaires de pendus, de femmes aux bouches grandes ouvertes, les cheveux dressés sur le crâne, et de personnages chutant du haut des cieux, pareils à ceux qu'on avait gravés sur mon auto et sur la porte de ma roulotte. Puis, dominant toutes les autres, l'esquisse d'un homme aux yeux globuleux qui ne pouvait être que le marcheur.

Un nuage, pour un instant, a assombri la pièce, et je me suis mis à chuter aussi, pendant que mes jambes s'enroulaient autour de celles des suppliciés et qu'un air vicié emplissait mes poumons. Du revers de la main, j'ai balayé les feuilles éparpillées sur le sous-main, qui ont voleté comme des feuilles d'automne dans la douceur d'un jour sans vent et se sont déposées au sol, l'esquisse du marcheur sur le dessus. Si j'ignorais encore qui était venu s'exercer la main sur ma voiture et ma roulotte, je savais maintenant que cette personne s'était présentée chez Julian pour lui faire entrevoir ces visions infernales dont il aurait un ultime aperçu lorsqu'il introduirait dans sa bouche le canon de son colt. Je ne trouverais rien de plus dans cette maison.

J'ai jeté un dernier coup d'œil au jardin et j'ai constaté que les statues nichées à chaque extrémité de la piscine s'étaient imperceptiblement déplacées. Elles avaient quitté le couvert des arbres et se trouvaient maintenant dans l'ombre des feuillages, qui s'étalait à l'oblique sur les allées, couvertes de mousse et de moisissures qui les faisaient paraître très anciennes, pareilles à des vestiges exhumés des fins fonds du temps humain. Mais peut-être l'avancée des statues n'était-elle qu'une illusion créée par la lumière, de même que la photo de la femme rousse, sur l'écriteau « À vendre », qui arborait une chevelure courte, légèrement bouclée, lorsque je suis repassé devant et que j'ai imprimé son nom dans ma mémoire, Marie, Marie Saintonge.

Après être passé chez Julian, ma décision était prise, je retournerais aux Chutes rouges le jour même. Si une personne saine d'esprit s'était trouvée dans les parages, elle m'aurait sûrement déconseillé ce voyage, me disant que j'allais encore me foutre dans le pétrin, mais j'étais aussi seul que peut l'être une vieille pute que son mac a jetée à la rue et je n'étais pas ce qu'on peut appeler un homme équilibré. Si je restais dans cette ville puante à me tourner les pouces, j'aurais l'impression d'être un traître, un pisseux qui cachait sa lâcheté sous un paquet de menteries au moment même où la belle fille, à la fin du roman ou du film, attend désespérément qu'on lui porte secours.

Je suis donc retourné à mon appartement y rassembler les quelques affaires auxquelles je tenais, c'est-à-dire très peu de choses. Lorsque j'ai refermé la porte, j'ai su que je ne remettrais jamais les pieds dans cet endroit et je n'en ai ressenti aucune tristesse, aucune nostalgie, les jours que j'y abandonnais ne faisant pas partie de ce qu'on appelle des jours heureux. S'il existait, le bonheur se trouvait ailleurs, et je devais coûte que coûte faire un détour par les Chutes, où je comptais découvrir quelle direction il me fallait prendre pour avoir ne serait-ce qu'une chance sur un million de tomber dessus.

Après avoir rayé mon nom de ma boîte aux lettres, j'ai laissé mes clés à la réception, avec un chèque couvrant les trois prochains mois de loyer, et me suis rendu dans une agence de location d'autos, où je me suis encore délesté d'une partie de mes économies.

Quand le pont reliant la ville au continent a disparu dans un nuage de smog, j'ai également su que je ne le retraverserais jamais. Ce pont marquait la frontière entre mon ancienne et ma nouvelle vie, entre Ric le bouffon et Ric le dingue, et je préférais de loin la folie qui me poussait à appuyer sur l'accélérateur à la vacuité dans laquelle j'avais évolué pendant vingt ans sans me rendre compte qu'on ne peut pas respirer dans le vide. Je réapprenais à respirer et, s'il fallait pour cela que j'aille chercher mon air au creux de la Red River, avec dans mon dos l'ombre d'un noyé, j'étais prêt à courir le risque.

J'ai fait monter l'indicateur de vitesse à cent quarante et, dans le vent qui me fouettait les tempes, j'ai parcouru les quatre cents kilomètres qui me séparaient de la fin de l'histoire dont le dernier chapitre venait d'être amorcé.

Douze, m'a annoncé Fred en réglant la température de son barbecue, avec toi ça va faire treize, puis il a retourné les galettes de bœuf haché trop minces, qui goûteraient le carton ou la semelle de botte, au choix. Porté par un vent léger, leur parfum se mélangeait à l'odeur de bois calciné qui demeurait dans l'air pour nous rappeler qu'une partie de la forêt avait cédé devant la puissance des flammes et que des braises rougeoyaient encore sous les pelletées de terre dont tous les campeurs s'étaient acharnés à recouvrir le feu à sa lisière menaçante, une trentaine d'hommes et de femmes qui avaient lutté jusqu'à l'épuisement, jusqu'à ce que le danger recule et les jette fourbus sur le bord de la rivière où ils avaient lavé leurs plaies, leurs bras balafrés, leurs pieds enflés.

Le jour même, la plupart d'entre eux avaient pris la route, fermant à moitié leurs roulottes, laissant les tables à pique-nique découvertes, les outils en désordre dans les remises, jetant le contenu de leurs frigidaires dans de grands sacs qui déborderaient des poubelles et visant le premier motel assez éloigné des Chutes rouges pour leur garantir quelques heures de sommeil durant lesquelles ils ne craindraient pas d'être immobilisés par l'orage. Mais son vacarme les poursuivrait, de même que le rugissement du feu et son odeur, qui avait imprégné leurs vêtements, leur peau, qui s'était logée dans leurs narines pendant que leurs yeux s'emplissaient de picotements, de sueur et de larmes noires.

Quelques heures plus tôt, Fred m'avait accueilli comme s'il voyait son petit frère revenir de la guerre, persuadé que j'avais laissé la plupart de mes neurones au combat et que mon cerveau devait ressembler à un champ de bataille. Il m'avait sauté dans les bras, hostie de Dubois, t'es plus pâle qu'un drap, et s'était empressé de sortir le steak haché pour me redonner des couleurs. Je n'avais pas osé lui dire que le dernier morceau de viande que je m'étais payé avait servi à nourrir la faune qui pullulait dans nos ordures, tant il était heureux de se retrouver en famille, avec un petit frère sur qui il pourrait compter pour repousser la violence qui entachait son éden.

Tout en s'activant de l'intérieur de sa roulotte à son barbecue, il m'avait mis au fait des dernières nouvelles. Selon lui, nous n'étions plus que treize personnes au camping, un chiffre qui portait malchance et signifiait que, sur le plateau dominant la Red River, il y avait une personne de trop. Il m'avait aussi appris que l'homme qu'on avait sorti de sa chaloupe la nuit de l'incendie était un inconnu dont même Bouchard et son équipe n'étaient pas parvenus à déterminer l'identité. Un revenant, avait-il murmuré, un inexistant, tout en jurant qu'il avait reconnu Franck Fréchette, calvaire ! Ça faisait beaucoup de fantômes, en comptant le marcheur qui, s'il était ressorti de la flotte, n'avait pas cru bon de signaler aux imbéciles qui ratissaient le secteur qu'il tenait encore sur ses deux jambes.

La mine grave, Fred a répété que le John Doe qui m'avait crevé dans les bras était le jumeau de Fréchette, j'en mettrais ma main au feu, hostie, et il nous a servi nos hamburgers sur des pains aussi noirs que la viande, que nous avons généreusement arrosée de ketchup pour faire passer le tout. Il terminait son deuxième hamburger quand il m'a demandé ce que je comptais faire. Retrouver Maddy, ai-je répondu, morte ou vive, après quoi j'irais voir ailleurs au cas où je tomberais sur une plage, un champ de maïs ou un bout de désert qui me donnerait envie de m'arrêter, de planter ma tente et de regarder le soleil couchant en mangeant des marshmallows carbonisés.

Fred était moins catégorique. Il ne partirait pas non plus tant qu'il n'aurait pas découvert ce qu'était devenue Maddy, même s'il devait rester aux Chutes jusqu'à l'arrivée du froid, mais il reviendrait l'année prochaine, parce qu'il n'avait nulle part ailleurs où aller quand l'été se pointait et que la montagne l'appelait, soulevant en lui l'irrésistible envie d'offrir sa solitude à la foudre et aux frissons de l'aube.

Alors qu'il me décrivait ces petits matins où il descendait la rivière avant que la marmaille se lève, seul avec les oiseaux et les poissons qui venaient gober des mouches à la surface, j'ai compris à quel bonheur tranquille il faisait allusion pour l'avoir aussi connu une ou deux fois dans ma vie, lorsque j'étais enfant et que je ne cherchais rien, sinon l'entièreté du moment présent. Cette époque était révolue et je doutais de pouvoir goûter de nouveau un jour à cette sérénité que ne froissait aucune aspérité. Trop de morts rampaient derrière moi, fictifs ou de chair autrefois chaude, trop d'alcool et de néons, trop de nuits de baise laissant la bouche incapable de prononcer les mots que murmurent les corps scellés. Trop de mensonges.

Les Chutes rouges devaient en effet être un endroit magnifique quand on ne s'enfargeait pas dans les cadavres. J'enviais Fred de croire que la puissance des aubes brumeuses pourrait effacer leur empreinte et je n'allais pas tenter de le détromper. Il se rendrait compte bien assez vite que quand on a vu la mort étendue de tout son long sur un quai de bois, avec ses lèvres bleues et sa peau livide, cette image ne peut plus nous quitter. Inutile de conseiller à Fred de ramasser ses affaires et de s'acheter un camp à l'autre bout de la province. Fred ne voulait qu'une chose. Tremper ses gros pieds dans la Red River pour ensuite aller se taper deux frites sauce à la cantine en commentant le dernier match de baseball avec Max ou en regardant Maddy préparer sa salade de chou.

Moi aussi, je désirais plus que tout revoir Maddy, une mèche de cheveux sur son front rougi par la chaleur, changer le filtre de sa cafetière en me recommandant de mâchouiller des cure-dents ou d'aller faire le tour du camping au pas de course plutôt que de fixer la porte du frigidaire comme un zombie pendant que le café coulait, parce qu'il ne serait pas prêt avant dix bonnes minutes, le foutu café. Lovely Maddy.

Par où on commence ? ai-je lancé à Fred, qui essuyait le ketchup qui lui coulait sur le menton avec le linge à vaisselle fleuri qu'il s'était noué autour du cou. Par le prochain orage, a-t-il décrété sous le ciel lavé où pas un nuage, pas un filament de cirrus n'entachait la pureté du bleu.

*

En attendant l'orage qui nous permettrait peut-être de déterminer où se terrait Maddy, j'ai poursuivi mes recherches, ne dormant que quelques heures par nuit et me fichant bien des onze autres tarés, douze en comptant Fred, dont mes allées et venues pouvaient perturber le sommeil.

La police continuait d'enquêter de son côté, mais n'était parvenue à aucun résultat jusqu'à maintenant. On cherchait toujours la voiture de Maddy, qui n'avait pas traversé la frontière états-unienne, contrairement à ce qu'avait prétendu la meilleure amie de Maddy, on surveillait son compte en banque, au cas où des retraits y seraient effectués, on tentait de retracer son cellulaire, tout cela en vain. Si Maddy était encore de ce monde sous la forme d'une femme vivante, elle s'était réfugiée dans un no man's land où se perdaient toutes les pistes qui auraient pu nous faire croire qu'elle respirait encore.

Le lendemain de mon retour aux Chutes, ma première destination a été le snack de Fall-Jonction, qui constituait l'arrêt obligé de tous les gens qui passaient dans la région et ne voulaient pas crever de faim avant de se retrouver en pleine brousse. Julie, la serveuse dont le regard semblait s'être éteint au cours des dernières semaines, m'a tout de suite reconnu, même si je n'étais allé au snack qu'une fois, au début de l'été, alors que les conversations fusaient d'une table à l'autre et qu'on prenait des paris sur les orages qui ébranleraient la région.

Les orages avaient frappé depuis et ce n'est pas avec le sourire chaleureux qu'elle réservait à sa clientèle que Julie m'a accueilli. Dès qu'elle m'a vu entrer, elle a esquissé un mouvement de recul, à peine perceptible, mais ses yeux l'ont trahie, des yeux qui disaient qu'elle ne voulait rien entendre à propos du camping des Chutes, de ses drames, de ses femmes mortes et encore hurlantes. Sorry, Julie. Je me suis assis au comptoir, la cuirette du tabouret a grincé et j'ai déposé devant moi une photo de Maddy prise dans un photomaton. Autant y aller directement, puisque Julie savait que je n'étais pas là pour lui vendre un aspirateur ou la convertir aux préceptes de Jéhovah.

Elle a observé la photo pendant un instant et a hoché la tête. Non, elle ne connaissait pas cette fille. Qu'est-ce qui lui est arrivé ? Disparue, ai-je répondu, ajoutant du même coup un peu d'ombre au regard déjà sombre de Julie, qui a fait glisser la photo sur le comptoir jusqu'au type qui sentait le bran de scie, assis à deux tabourets de moi, comme lors de ma première visite au snack. Il était le seul autre client de la place, avec l'homme installé de dos sur une banquette, au fond du restaurant, qui faisait tinter sa cuillère contre sa tasse toutes les cinq secondes, ce qui ne paraissait déranger ni Julie ni le grand type, mais me donnait envie d'aller lui arracher sa cuillère pour la lancer à bout de bras.

Le grand type a saisi la photo et l'a examinée de près pour me la rendre aussitôt en disant Fréchette, c'est la fille à Fréchette, elle travaille au camping.

Enfin, c'est là qu'elle travaillait, ça fait un bout de temps que je l'ai pas vue. J'en ai profité pour lui demander ce qu'il savait de Fréchette et il m'a résumé sa biographie, dont le dernier chapitre se déroulait durant une tempête de neige, une tempête du torrieux, et se terminait près du pont de la rivière de la Craque. Mort gelé, a conclu le type en levant son verre de bière à la mémoire de Fréchette, puis il a éructé en même temps qu'un tintement résonnait au fond de la salle, plus insistant que les précédents. L'homme à la cuillère avait quelque chose à ajouter.

J'ai attrapé la bière que je venais de commander pour faire passer la mort de Fréchette et suis allé rejoindre l'homme qui fixait son café comme si sa vie entière y était concentrée. Madeleine Fréchette, ça vous dit quelque chose ? ai-je demandé. J'ai poussé la photo sous son nez et sa cuillère s'est subitement mise à trembler, frappant frénétiquement la porcelaine et faisant déborder le café refroidi dans sa soucoupe. Fréchette, a-t-il hoqueté, Fréchette, je m'appelle Franck, puis il s'est brusquement levé et s'est précipité vers la sortie en traînant une jambe raide dont le pied tourné à quarante-cinq degrés raclait le linoléum en grinçant par à-coups.

La surprise passée, j'ai couru derrière lui pendant que Julie et le grand type, au comptoir, me regardaient avec des gueules pendantes, comme si je poursuivais un courant d'air. En sortant, j'ai reçu en plein visage le vent chaud qui descendait de la montagne. En d'autres temps, ce vent me serait apparu comme un présage d'instants de plénitude et je me serais réjoui des promesses d'avenir qu'il contenait, mais en ce moment, je ne pensais qu'aux nuages qui suivraient. J'ai jeté un coup d'œil à gauche et à droite et j'ai aperçu l'homme, qui entrait dans le bois de l'autre côté de la route. Il était impossible qu'il ait pu se rendre là aussi vite, mais je ne me suis pas posé de questions. J'ai foncé, entendant à peine le crissement de pneus et les coups de klaxons qu'accompagnaient dans mon dos de franches injures, crisse de malade, tu vois pas clair, et je suis entré dans le bois là où j'avais vu l'homme disparaître.

Aucun bruit de course ne me parvenait, aucun raclement de jambe, aucune respiration haletante. Les seuls sons que j'entendais étaient ceux de la nuée de mouches qui formaient autour de ma tête un cercle qui se reconstituait sans cesse malgré mes gesticulations. J'ai poursuivi sur une centaine de mètres en criant le nom que l'homme prétendait être le sien, Franck, Franck. Pas de réponse, il avait bel et bien disparu. Sur ma gauche, cependant, sous les branches basses et les fougères, une espadrille rouge était à demi enfoncée dans le sol. L'espadrille de Maddy, l'une de celles qu'elle portait le soir où elle m'avait ordonné de rentrer chez moi.

*

La police a débarqué trois quarts d'heure plus tard avec un chien qui se nommait Jeff, un énorme berger allemand dont l'intelligence du regard était telle qu'on s'attendait presque à ce qu'il se mette à parler. Si ce chien-là ne retrouvait pas Maddy, personne ne la retrouverait.

Pendant que je téléphonais depuis le snack où Julie et le grand type du comptoir me considéraient toujours comme un cinglé, j'avais prié pour que Bouchard ne fasse pas partie de l'équipe qui rappliquerait toutes sirènes hurlantes. Autant espérer qu'une mouche ignore un bout de charogne. C'était son enquête et Bouchard suivrait Jeff le chien à quatre pattes s'il avait des chances de découvrir ne serait-ce qu'un indice susceptible de l'éclairer sur l'affaire démente dont il avait hérité.

Ainsi que je le prévoyais, j'ai encore eu droit à un interrogatoire musclé. Qu'est-ce que je foutais dans le bois, à cet endroit précisément ? Est-ce que j'avais déplacé l'espadrille ? Est-ce que j'étais certain qu'elle appartenait à Madeleine Fréchette ? On m'avait déjà posé ces questions au téléphone, mais Bouchard voulait me regarder en pleine face quand j'y répondrais de nouveau, m'examiner le blanc des yeux, soupeser mes intonations, voir si mes mains ne tremblaient pas un peu, et elles tremblaient, car l'espadrille à l'origine du branle-bas de combat qui s'organisait dans la forêt prouvait que Maddy avait été poursuivie, sinon pourquoi avoir abandonné sa chaussure. J'avais maintenant la preuve que Maddy n'avait pas quitté la région et que, pour des raisons que tout le monde ignorait, elle avait couru dans ce sous-bois, à des kilomètres des Chutes, mais à quelques dizaines de mètres seulement du snack et des dernières habitations de Fall-Jonction. Interrogez les gens de la place, Bouchard, interrogez la serveuse, interrogez le pompiste, c'est impossible que personne n'ait rien remarqué.

Chaque chose en son temps, m'a interrompu Bouchard, puis il m'a dit de respirer par le nez, vous hyperventilez, Dubois, et de lui décrire une autre fois l'homme que j'avais suivi. D'après Julie et le grand type du comptoir, Alphonse Simard, avec sa patte raide, n'aurait pu courir de l'autre côté de la route et me semer le temps de crier lapin. D'ailleurs, Simard n'allait plus dans le bois depuis l'accident qui lui avait coûté une jambe et une partie de sa tête durant la tempête de la Saint-Valentin, deux années plus tôt, une tempête du torrieux, avait encore dit le grand type, comme si le torrieux se pointait chaque fois qu'une bordée de neige blanchissait le Massif. J'avais dû le confondre avec un autre homme pendant que Simard allait pisser derrière le snack.

J'aurais mis ma main au feu que personne ne trouverait de trace d'urine fraîche sur le mur arrière du snack. J'ai tout de même fermé ma gueule. Julie et son acolyte avaient raison, ce Simard n'avait rien d'un sprinteur ni d'un coureur de fond. J'avais pourtant vu un homme, j'en aurais cette fois mis mes deux mains au feu, pénétrer sous le couvert des arbres avec sa jambe traînante. Puis, aussi clairement que vous apparaissent deux phares fonçant droit sur vous en pleine nuit, j'ai revu le marcheur qui s'avançait sur les chemins de gravier du camping en soulevant péniblement ses jambes infirmes et j'ai murmuré c'est lui, c'est lui…

Bouchard, dont la patience à mon endroit avait commencé à s'émousser dès la première minute de notre première rencontre, m'a ordonné de parler plus fort, arrêtez de marmonner, Dubois, on vous entend pas. Qu'il aille au diable, j'ai continué à marmonner, c'est lui, câlisse, c'est lui. Lorsque quelques aboiements ont retenti, j'ai détalé, indifférent aux vociférations de Bouchard qui m'interdisait, nom de Dieu, d'aller brouiller les pistes et bousiller ses indices.

Vous m'entendez, Dubois, sinon je vous embarque pour obstruction à une enquête policière. Il pouvait bien m'embarquer pour le meurtre de la reine d'Angleterre, je m'en foutais éperdument. Je n'avais que l'espadrille rouge de Maddy en tête, couverte de boue, pareille à l'espadrille blanche de Betty Duncan, et je fonçais vers les aboiements pendant que les branches me fouettaient le visage, que leurs racines se tendaient pour me faire trébucher et qu'une armée de moustiques me pompaient le sang.

Quand j'ai enfin aperçu le berger allemand, qui souriait de toutes ses grandes dents de chien fier de lui, son maître remettait à un des policiers qui l'accompagnaient un sac de plastique renfermant un petit objet argenté, une barrette en forme de triangle, la barrette de Maddy, celle qu'elle portait le dernier soir où je l'avais vue. Mais pas de Maddy dans les parages, pas de corps épuisé affalé contre un arbre, le souffle court et braillant une histoire que personne ne comprenait. Seulement une barrette, une misérable barrette dont l'attache s'était brisée et qui prouvait, hors de tout doute, que Maddy était passée par là, que Maddy avait couru, que Maddy avait eu une hostie de peur de chien.

Les recherches se sont poursuivies jusqu'à la tombée de la nuit. De l'intérieur de la voiture de police où Bouchard m'avait confiné, sous la garde d'un agent qui faisait rageusement péter sa gomme balloune pour que je comprenne bien que c'était lui qui avait le gros bout du bâton, je ne voyais que les lointaines lueurs d'une lampe de poche qui, parfois, pointait vers le ciel ou vers la route, balayant au passage quelques nuées d'insectes. Je n'entendais cependant pas le chien, dont je guettais anxieusement les aboiements. Je n'entendais que l'éclatement des balloounes que gonflait l'une après l'autre l'agent Morin, puis des voix d'hommes qui se lançaient des appels à partir de différents points de la forêt.

Il faisait nuit noire quand tous les faisceaux se sont réunis et que Bouchard, la mine basse et l'air crevé, est ressorti des bois avec son équipe. Jeff n'avait pas retrouvé Maddy. Maddy Fréchette était introuvable.

La bouteille de rye à laquelle Fred et moi puisions sans retenue n'allait pas tenir longtemps. Assis de part et d'autre de la table de formica de ma roulotte, nous écoutions le vent qui forcissait en conjecturant quant à la venue proche de l'orage, quant à la présence de Maddy en face du snack, quant à l'identité de l'homme qui m'avait guidé vers l'espadrille rouge et quant à la vélocité d'Alphonse Simard qui, selon Fred, avait vu dans le bois des affaires qui se racontent pas, d'où le tempérament taciturne du bonhomme, que tout le monde croyait fou. On avait essayé de faire le tri dans tout ça mais, à mesure que le niveau de la bouteille baissait, nos hypothèses prenaient du mou et nous avancions en titubant au cœur d'une forêt où allaient bientôt apparaître des farfadets.

Ç'a pas de crisse de bon sens, s'est exclamé Fred en frappant son poing contre la table, qui a réagi en renversant mon verre, m'obligeant à me servir une autre rasade de l'élixir bon marché qui servait de carburant à nos divagations.

Après que Jeff le chien eut déclaré forfait, Bouchard m'avait laissé partir, probablement parce qu'il m'aurait tordu le cou si j'étais demeuré dans son champ de vision, et j'avais trouvé Fred assis près de ma roulotte à mon retour, la tête entre les mains et un quarante onces de Canadian Club à ses pieds, se balançant d'avant en arrière en alignant des ça se peut pas larmoyants. Quand il m'avait entendu arriver, il s'était levé d'un bond, bouteille brandie devant lui, jambes en position de combat, prêt à se précipiter sur moi et à m'écraser de tout son poids, puis il m'avait reconnu et m'avait agoni d'injures en me demandant où est-ce que, crisse, j'étais passé.

Fred s'était fait un sang d'encre pour moi, certain qu'on me retrouverait le lendemain matin attaché au bout du quai, le corps démembré ou percé d'hameçons dont la brillance sous le soleil levant attirerait le regard du premier lève-tôt qui passerait par là et regretterait amèrement d'avoir tourné le dos au plaisir lascif des grasses matinées. Fais-moi plus jamais ça, avait-il ajouté, puis il s'était envoyé une double portion de Canadian Club avant que je l'invite à entrer pour lui raconter à quoi j'avais occupé ma journée.

Fred en savait maintenant autant que moi, l'espadrille abandonnée, la barrette brisée, la battue de la police, les aboiements de Jeff et l'impasse à laquelle Bouchard et ses hommes avaient été acculés. Je l'avais également mis au courant pour le marcheur, tant qu'à passer pour un cinglé, mais Fred demeurait sceptique. Ton histoire est pleine de trous, Ric, et il me désignait les trous qu'il avait repérés en posant le doigt sur un schéma imaginaire, au milieu la table, tout en essayant de digérer l'épisode de la rivière, que je ne lui avais jusque-là raconté qu'à demi.

Si t'as noyé ce gars-là, Ric, comment tu peux l'avoir revu en face du snack ? Ç'a pas de maudit bon sens. Ça n'en avait aucun, en effet, et je ne savais plus quoi penser. De toute façon, j'étais à ce point fourbu que j'avais de la difficulté à reconnaître mon propre visage, mes lèvres fendues et mes joues tailladées par les branches, qui se reflétaient dans la fenêtre jouxtant la table et me donnaient l'air du gars qui vient de se bagarrer à coups de bouteille pétée sur le coin d'un bar, quand la nuit glisse vers un matin morose, et que la seule perspective de rencontrer son regard vide dans le miroir sale des toilettes lui donne envie de se faire casser la gueule.

Je me perdais au creux de mon regard de plus en plus vide, le nez quasi collé à la vitre, quand mon verre s'est renversé une deuxième fois, non sous la force d'impact du poing de Fred s'abattant sur le formica, mais parce que les traits d'un autre visage se mélangeaient aux reflets du mien dans la fenêtre maculée de marques grasses.

Sans prendre le temps d'expliquer à Fred ce qui me prenait, je me suis rué à l'extérieur. Le marcheur n'était plus là, ni devant ni derrière la roulotte. J'ai tout de même cru apercevoir une forme orange, dans la poussière que soulevait le vent sur le chemin de gravier, le tracteur de Betty D., qui s'en allait seul à la rivière. J'ai levé la main pour saluer son conducteur fantôme et j'ai suivi les conseils de mon cerveau d'homme soûl, qui me recommandait de retourner boire un verre.

*

Fred ronflait dans mon fauteuil quand j'ai su qu'un nouvel événement allait se produire, qui nous donnerait les réponses que nous attendions ou, au contraire, nous laisserait pétrifiés devant l'inexplicable. Le matin se levait et aucune lumière franche ne parvenait à percer le couvert nuageux. À la couleur du temps, on se serait cru en fin de journée, quand le soleil n'illumine plus que l'horizon, mais la grisaille qui enveloppait les Chutes n'évoquait en rien la légèreté des brunantes où les derniers chants des oiseaux résonnent dans la pureté de l'atmosphère pour se disperser, telles de minuscules bulles de matière cristalline, dans ces régions éthérées qu'effleure la cime des arbres.

Non, l'humidité que transportait le vent en ce matin qui ne verrait pas le soleil ne laissait espérer aucune fraîcheur, aucun chant dont la délicatesse ferait éclater l'aube. L'air saturé se chargeait de l'odeur des marais fétides que la vie a désertés et le silence qui stagnait sur les bois sombres pesait comme une mise en garde contre la manifestation imminente des forces qui alimentaient cette langueur.

Sans faire de bruit, je suis sorti de la roulotte pour descendre à la rivière, car j'avais l'intuition que c'est là, entre la montagne et le promontoire où dormaient les quelques campeurs que la peur n'avait pas touchés d'assez près pour atteindre leur sommeil, que se situerait l'épicentre de la catastrophe, qui nous ferait entrevoir ce bref moment où l'inertie du temps bascule dans l'écroulement précipité du silence.

En m'approchant du quai, j'ai fait détaler un coyote qui s'abreuvait sur la grève et qui s'est retourné vers moi, le regard effarouché, après avoir parcouru une cinquantaine de mètres. Lui aussi savait qu'une tempête allait renverser la rivière et qu'il devait s'éloigner des hommes qui susciteraient cette tempête. J'ai esquissé un geste pour m'approcher de lui et, après une brève hésitation, il a émis un jappement contrarié qui pouvait passer pour un avertissement contre le déchaînement des cieux, et il s'est enfoncé dans le sous-bois. Je ne reverrais pas ce coyote, ni aujourd'hui ni dans un quelconque avenir, car si je survivais au désastre que j'entrevoyais, ce ne serait que pour sombrer dans l'une de ces anfractuosités du temps où mon regard ne serait plus jamais le même.

La folie avait projeté sur moi son souffle froid au moment de l'incendie, elle m'avait jeté nu dans l'eau tumultueuse, mais ce n'est pas elle qui m'attendrait aujourd'hui. Ce serait sa sœur, plus cruelle à certains égards, cette forme de lucidité admettant l'irrationnel comme seule vérité.

J'ai marché jusqu'au bout du quai et m'y suis assis. Pas une vague ne troublait la surface de la Red River. Seuls quelques patineurs évoluaient gracieusement près du quai, à la recherche d'insectes pour leur déjeuner. Je me suis penché pour les observer et j'ai aperçu le reflet de Charlotte McCormick, prisonnière de ce corps cireux qui ne bougeait plus qu'au gré des mouvements de l'eau. Elle ondoyait dans sa robe de morte, déchirée sur le ventre, et me souriait tristement, ses paupières closes avalant la douceur liquide qui leur promettait le repos éternel.

Dis-moi ce qui s'est passé, Charlotte, dis-le-moi, je t'en prie. En guise de réponse, elle a doucement allongé son bras chargé de breloques en direction de la montagne. Peut-être m'enjoignait-elle de fuir, mais je refusais de quitter ce quai. C'est ici que tout avait commencé et c'est ici que tout se terminerait. J'étais prêt pour la grande finale et ne ressentais plus la peur qui m'avait fait chavirer dans la rivière. Je n'éprouvais que cette vague inquiétude qui fait battre votre cœur un peu plus rapidement devant les possibles manifestations de l'inconnu.

Face au soleil qui ne se lèverait pas, je me suis allumé une cigarette et me suis étendu sur le dos, mon corps parallèle à celui de Charlotte, mon bras gauche sous ma nuque, et j'ai soufflé quelques ronds de fumée qui demeuraient suspendus dans l'air chargé et se contorsionnaient pour former des figures lentes, serpentins, ficelles effilochées ou spirales qui n'atteindraient jamais les nuages. J'ai dispersé le dernier cercle avec mon mégot et j'ai attendu qu'un bruit de pas ou un souffle de vent m'annonce que le processus qui secouerait l'indolence de ce matin gris se mette en branle.

Puis un frisson a parcouru mes jambes. Quelque chose, dans le ciel, s'approchait, une rumeur qui semblait aussi sourdre de la montagne, s'élever de la surface lisse de la rivière, ruisseler entre les pierres. Un bruit dont les ondes prenaient naissance dans la parfaite immobilité du jour.

Le souffle un peu plus court, les mains un peu plus moites, je me suis relevé pour accueillir la rumeur qui grandissait mais demeurait invisible, ne touchait ni les feuilles molles des bouleaux ni les fougères ployant sous les bouleaux, qui s'alanguissaient de cette paresse propre aux heures somnolentes. Puis un énorme nuage a franchi la montagne, obscurcissant le jour absent et provoquant l'éveil des grenouilles des bois, dont les coassements saccadés ont empli le silence lugubre qui étouffait l'atmosphère.

Au même instant, l'une des poutres qui soutenaient le quai s'est rompue et je me suis retrouvé à l'eau, près de la main baguée de Charlotte McCormick qui me désignait la montagne, encore et toujours la montagne. J'ai jeté un coup d'œil derrière moi, cherchant dans la pénombre la silhouette de Fred ou du coyote. Personne à l'horizon. J'étais seul avec Charlotte, dont la main douce, pourtant si douce, a effleuré ma jambe pour y enfoncer l'ongle de son index. Un peu de mon sang s'est alors mêlé aux eaux rosâtres de la Red River et j'ai plongé, j'ai nagé sur le lit de pierres et de sable qui tapissait le fond de la rivière, remontant ici et là pour reprendre mon souffle dans l'air compact, puis replongeant au cœur des particules que soulevaient mes mouvements.

Peu de temps après, j'étais sur la rive opposée, parmi les arbres calcinés au milieu desquels s'ouvrait un ancien sentier que j'ai suivi jusqu'où la végétation n'avait pas été touchée. De ma position, je ne pouvais plus voir le visage de Charlotte, dont le cadavre souriant avait probablement été écrasé par le quai, mais je percevais encore l'éclat de ses bijoux, ses doigts graciles qui créaient des légers remous sous la surface pour m'indiquer la direction à prendre, là, vers cet objet à demi enfoncé dans le sentier, près duquel je me suis agenouillé comme on s'agenouille auprès d'une relique, l'espadrille de Maddy, sa deuxième espadrille, que j'ai délicatement extirpée de l'humus en me demandant comment cette chaussure avait pu aboutir à des kilomètres de l'autre chaussure, alors que Maddy aurait dû être en route pour l'Ohio ou l'Arizona.

J'ai examiné la chaussure, dont la semelle était trouée là où l'avant du pied prend appui, puis j'ai fouillé la terre et, à un mètre du trou creusé par l'espadrille, j'ai trouvé une deuxième barrette, broyée par une botte dont l'empreinte marquait encore le sentier.

*

J'ai marché pendant des heures sous un ciel qui s'appesantissait au lieu de déverser son fiel sur l'inquiétude qui paralysait la forêt, essayant inutilement de maintenir la direction que Charlotte m'avait montrée, car il me fallait sans cesse bifurquer à cause des obstacles qui obstruaient ma route, de la boue dans laquelle mes chaussures s'engluaient, des rochers moussus, des pentes abruptes.

J'allais atteindre l'un des sommets du Massif quand un éclair a illuminé une paroi rocheuse. Devant moi, quatre personnages gravés dans la pierre depuis des siècles ou des décennies ouvraient grand la bouche pour aspirer l'air qui se raréfiait. Je m'en suis rapproché et, en voyant leurs paupières lourdes de trop de secrets, j'ai compris qu'ils marquaient la frontière entre le réel tel qu'il m'apparaissait et ce versant de l'Univers où l'invisible prenait forme. C'est ici que mon destin allait se jouer, sur cette ligne de démarcation qui, si je la franchissais, risquait de me couper du monde des vivants. Je me suis penché sur l'un des visages torturés et j'ai aperçu un objet noir, au pied de la paroi, qui luisait sur un lit de mousse. Le téléphone de Maddy, avec lequel, dans une dernière tentative pour appeler à l'aide, elle avait dû essayer de capter un signal. J'ai ramassé le téléphone, l'ai glissé dans l'une de mes poches, à côté de l'espadrille que j'avais nouée à ma ceinture, et j'ai franchi la frontière qui me séparait de Maddy.

Avant d'atteindre la calotte de granit qui coiffait le sommet, j'ai trouvé le trousseau de clés de Maddy, suspendu à un arbre rabougri. Je l'ai délicatement décroché et l'ai observé comme si je venais de résoudre une énigme qui m'avait jusque-là paru insoluble. Cet objet n'avait pu se retrouver accroché à une branche par hasard ni par accident. C'est Maddy qui l'y avait laissé, semant derrière elle des indices qui permettaient de suivre sa trace. Surexcité à l'idée que Maddy se trouvait peut-être tout près de moi, je me suis hissé sur le sommet et j'ai hurlé son nom, cherchant mon air ainsi que le faisaient les personnages de la paroi, agitant le trousseau de clés au bout de mes bras et tournant sur moi-même en vue de déceler un autre indice dans les anfractuosités de la pierre.

Mais la pierre était nue et l'horizon, de toutes parts, était bloqué par les masses noires qui s'étaient réunies pour suspendre le cours du temps. J'ai consulté ma montre, dix-neuf heures vingt-trois et la nuit se pointait. Lorsque j'ai relevé la tête, une femme, en bas de la montagne, courait sur une route étroite qui plongeait sous les arbres. Au risque de me casser la gueule, je me suis rué entre les sapins centenaires et j'ai dévalé le Massif.

Après une succession de descentes plus escarpées les unes que les autres, les pentes se sont peu à peu adoucies, des feuillus se sont mêlés aux conifères, et j'ai débouché sur un chemin de gravier désert au bout duquel se dressait une maison borgne entourée de rubans jaunes qui s'effilochaient dans le vent. Quant à la femme, elle avait disparu.

Il m'a fallu quelques instants pour me ressaisir et me décider à marcher vers cette maison que j'avais déjà vue, avec tant d'autres choses, parmi les croquis éparpillés sur le sous-main de Julian. La noirceur tombait si rapidement que je n'arrivais à distinguer que les rubans jaunes qui entouraient la maison et dessinaient dans l'obscurité des formes flottantes dont la couleur irréelle me dévoilait la nature du drame qui s'était produit à cet endroit.

Sous mes pieds, le sol se dérobait, ainsi qu'il se dérobe dans ces rêves où l'on perçoit la friabilité de la matière puis, aux abords de la maison, la terre a retrouvé sa consistance. Je me suis arrêté au bas de l'escalier qui menait à la galerie, plus ou moins certain d'avoir envie de le gravir. Dans la grande baie vitrée qui s'ouvrait sur la gauche, une marque poisseuse, pareille à celle qui maculait l'une des fenêtres du bureau de Chris Julian, dégoulinait en repliant ses glaires sur elles-mêmes. J'ai tâté les marches du bout du pied pour en vérifier la solidité et je suis monté sur la galerie pendant que, derrière moi, s'élevaient les grondements sourds du tonnerre, qui fourbissait lentement ses armes.

Près de moi, deux chaises de bois brut regardaient la montagne. J'ai choisi la première, qui a grincé sous mon poids, et j'ai observé le paysage. Sur le plus haut sommet du Massif, une gueule de loup s'ouvrait à l'extrémité d'une falaise. Je connaissais aussi cet animal pour l'avoir vu happer les vents qui fouettaient la montagne et arracher à coups de dents les masques de martyrs griffonnés par Julian. Un seul motif pouvait expliquer la parenté entre l'obsession de Julian et le décor où j'avais abouti. Julian était venu ici, Julian avait entendu le loup et avait marché vers ce bâtiment, au bout du chemin, qu'il avait aperçu en rêve. La fin de son roman se trouvait à l'intérieur de cette maison borgne sur laquelle allait s'abattre la tempête. Les membres endoloris par ma course à travers bois, je me suis redressé et je suis entré.

Sur l'un des murs, des bonhommes allumettes, pareils à d'étranges blessures noires sur la surface pâle, enfonçaient les ongles de leurs trois petits doigts dans la peinture qui s'écaillait. Près d'eux, un personnage à l'énorme tête suçait entre ses lèvres molles la patte arrachée d'un des bonhommes. Le marcheur. L'homme que j'avais noyé dans la Red River.

*

Jusqu'à la nuit tombée, je suis demeuré assis devant le mur qu'une main hystérique avait transformé en fresque délirante. Je me suis enfoncé dans un fauteuil taché de vin, de café et de nourriture séchée dont les rongeurs, en l'absence du propriétaire des lieux, avaient grignoté le tissu, et j'ai essayé de comprendre pourquoi on pouvait avoir envie de barbouiller son mur ainsi. À force d'observer les figures rudimentaires qui s'y bousculaient, j'avais l'impression qu'elles s'étaient mises à bouger, s'engageant dans une gigue démente et aspergeant le mur de gouttelettes noires qui, peu à peu, formaient une constellation spiroïdale autour d'eux.

Tout m'indiquait qu'il me fallait m'éloigner rapidement de cette maison, mais une intense fatigue s'était abattue sur moi quand j'avais découvert ces personnages qu'une force d'attraction plus puissante que la volonté de vivre poussait vers le gouffre. J'étais happé par cette force, propulsé dans un tourbillon d'images incohérentes qui se heurtaient avant de s'éloigner et de se frapper de nouveau. Du sang giclait, des membres se détachaient des torses écorchés pour se greffer à l'un ou l'autre des corps malingres qui griffaient le mur, et je savais que la vérité se trouvait là, dans le fourmillement surgi du désordre de cette maison où la mort était passée, avait laissé ses marques au milieu du chaos et bavé sur les vitres poussiéreuses orientées vers le Massif bleu.

Dans un prodigieux effort pour combattre l'abattement qui me rivait au fauteuil, je suis parvenu à me lever en vue d'inspecter la maison, mais la police était passée par là après la mort, recueillant dans l'âtre les restes calcinés d'objets dont je préférais ignorer la nature. Seule la fresque où agonisaient quelques êtres maudits avait échappé à la perquisition. Si j'en jugeais aux vêtements éparpillés dans le salon et aux touffes de cheveux rasés qui s'étaient amalgamés sur le carrelage de la salle de bains, cette fresque avait été peinte par une femme, une femme rousse que j'ai nommée Red, comme la Red River.

Après avoir examiné mes yeux malades dans le miroir devant lequel Red s'était rasée, j'ai enfoncé la porte verrouillée d'une pièce qui, avec sa fenêtre condamnée, ressemblait davantage à une crypte qu'à une pièce dans laquelle on a l'intention de vivre. J'en ai exploré tous les recoins, me demandant comment il était possible qu'on veuille s'enfermer dans un tel endroit, et je n'ai trouvé d'autre réponse que la peur, dont l'odeur imprégnait encore la poussière de plâtre. De crainte d'être contaminé par l'effroi qui avait poussé le propriétaire des lieux à construire son propre tombeau, je suis retourné au salon, j'ai vidé d'un trait le fond de la bouteille de rouge qui traînait sur la table basse et je suis sorti dans la nuit noire où quelques éclairs, au loin, témoignaient de la chaleur qui pesait sur les nuages.

La lampe de poche dont je m'étais muni parvenait à peine à percer la brume qui montait du sol et j'avançais dans un monde inhospitalier où il me semblait, à chaque pas, qu'un être tapi dans l'obscurité allait se jeter sur moi. Puis un souffle rauque est monté de derrière le hangar que j'avais aperçu en arrivant et j'ai demandé qui était là. Dans le silence qui m'entourait, une chouette a hululé et j'ai contourné le hangar, posant délicatement les pieds sur le sol pour éviter d'y faire craquer les branches que recouvraient quelques bouquets de fleurs fanées. Au coin du bâtiment, j'ai levé ma lampe de poche et le corps massif du marcheur s'est découpé dans le halo aussi jaunâtre que le sourire qu'il affichait en me fixant de ses yeux morts.

Nous nous sommes regardés pendant un temps qui m'a paru interminable, puis j'ai prononcé ces paroles insensées, vous n'êtes pas Maddy, auxquelles l'homme a répondu par un hululement proche du rire, avant de basculer dans une fosse où il a continué à rire, à hululer, à rire, pendant que ses bras, dans des mouvements mécaniques, cherchaient à s'agripper à la terre qui s'effritait.

Je perdais les pédales. Ce que je voyais n'existait pas. Le marcheur n'existait pas. Les membres engourdis, je suis retourné à la maison et j'ai bu devant la fresque qui se métamorphosait, j'ai bu jusqu'à crouler de sommeil en plein milieu d'un concert de rires dominé par les hululements d'un loup mordant les nuages.

*

L'horloge posée sur le manteau de la cheminée marquait dix heures quand je me suis éveillé dans la maison de la femme rousse, une bouteille de bourbon à mes pieds. L'orage aurait dû se déclarer depuis longtemps, mais le ciel demeurait uniformément immobile. La journée serait encore écrasante, à l'image de mes pensées, qui me ramenaient sans cesse à l'homme au rire démentiel qui s'était enseveli sous mes yeux en grattant les parois de sa fosse.

J'ai jeté un coup d'œil à la baie vitrée. Rien à signaler. En franchissant la montagne, j'étais entré dans un monde déserté où la ruine s'installait peu à peu. Si je m'y attardais, je prendrais les couleurs du lieu. Ma peau pâlirait jusqu'à devenir grise, de la couleur du roc dont était façonnée la montagne, mes gestes se feraient de plus en plus lents, mes souvenirs plus lisses, et je me fondrais aux décombres qui m'entouraient. Pour échapper au triste sort des pierres, il me fallait faire la lumière sur le cauchemar de la femme qui avait peint sur ses murs les motifs de son obsession.

J'ai d'abord trouvé de quoi préparer du café dans la cuisine et, après avoir grignoté quelques biscottes ramollies par l'humidité, j'ai cherché un objet qui puisse me servir d'arme en cas de besoin. Peine perdue, la police avait tout emporté, tout ce qui pouvait blesser ou tuer, tout ce qui avait peut-être tué. Je me suis rabattu sur un bâton de marche et je suis sorti.

Dehors, l'air était plus dense que la veille et des voiles de brouillard rasaient le sol pour se faufiler entre les arbres. Au bas de la galerie, un sentier d'herbe tapée menait derrière le hangar. Je m'y suis engagé et j'ai constaté qu'il y avait bel et bien une fosse, à une dizaine de mètres du bâtiment, de laquelle on semblait avoir récemment exhumé un corps, ainsi que l'indiquaient les bouts de ruban jaune arrachés par l'orage. Aucun homme aux membres raides n'y reposait toutefois, aucune créature grand-guignolesque enfouie sous la terre noire.

Un bouquet de fleurs sauvages, marguerites, renoncules et centaurées, avait cependant été déposé près de la fosse. J'ai soulevé le bouquet, qu'attachait un bout de ficelle grise, et j'ai aperçu un morceau de bois sur lequel quelqu'un avait gravé un nom, Franck, précédé de ces deux mots : ci-gît. Je m'appelle Franck, avait dit Alphonse Simard en faisant tinter sa cuillère contre sa soucoupe, c'est Franck Fréchette, calvaire, avait braillé Fred, deux Franck qui n'étaient pas qui ils disaient être, et les lettres se sont mises à danser, à tourner autour de moi avec les rubans sur lesquels ondulait le mot *danger, danger, danger...*

Je me suis appuyé contre un arbre et j'ai jeté le bouquet, qui a disparu au fond de la fosse en répandant autour de lui une âcre odeur de sève fraîche. Ce trou boueux n'attendait peut-être que ma dépouille pour que l'histoire s'achève, mais c'est moi qui écrivais, et je refusais de creuser ma propre tombe. J'ai planté le bâton de marche dans la terre meuble, pour que la personne qui avait apporté le bouquet sache que quelqu'un était passé par là, et j'ai quitté le cercle de langueur qui s'élargissait autour de la maison borgne.

*

Je n'ai rencontré personne sur le chemin creusé d'ornières et de nids-de-poule qui avait l'allure d'une impasse désertée par ceux qui avaient eu le tort de s'y engager. Les quelques camps et chalets disséminés dans le sous-bois étaient tous fermés, leurs fenêtres barrées de planches rapidement clouées, leurs portes cadenassées. J'en ai déduit qu'une menace attendue depuis longtemps s'était manifestée dans les grondements du Massif et avait contraint les gens à fuir.

Ici et là, des arbres malades n'attendaient que la prochaine rafale pour se coucher dans les fossés ou s'allonger en travers de la route. Lorsque dix, vingt ou trente arbres auraient cédé à la vieillesse ou à la maladie, le lieu se refermerait et la maison borgne prendrait l'allure de ces cabanes aux murs penchés que le malheur a abandonnées à leur sort.

J'avais l'impression que je n'arriverais jamais nulle part quand la route a enfin bifurqué à quatre-vingt-dix degrés et qu'au bas d'une légère pente, j'ai aperçu la rivière tranquille où Franck Fréchette avait rendu l'âme par un jour de tempête et de glace. Pendant un moment, je me suis retrouvé au cœur de cette tempête de vents implacables, ne percevant autour de moi que l'infini de ces blancheurs mortelles qui vous forcent à plier l'échine, et je suis tombé à genoux près de la rivière en même temps que la blancheur s'estompait dans la végétation bordant la rive. Chris Julian, à travers ses écrits posthumes, venait encore de me faire signe en me jetant au visage quelques pelletées de neige fraîche. Ou j'étais sur la bonne voie, ou je fonçais droit au cœur de l'enfer de Julian.

En haut de la côte qui remontait la vallée, se dressait le clocher de Fall-Jonction, d'un gris mat sur l'anthracite d'un ciel prêt à se déchaîner. C'est dans cette direction que je suis reparti, cherchant dans les fossés un éclat de lumière reflété par la boucle d'une ceinture ou le cadran d'une montre, puis j'ai trouvé l'objet que je cherchais au sommet de la côte, une chaîne d'argent, la chaîne que triturait sans cesse Maddy autour de son cou, disposée en un cercle parfait sur une pierre plate. Ça ne pouvait être que Maddy, encore, qui l'avait placée ainsi, ou alors l'assassin qui suivait ses traces, pour rappeler à quiconque passerait par là que tout n'est que recommencement, que la mort n'a pas de fin et qu'elle revient infatigablement sur ses pas pour faucher celui ou celle qui a oublié de regarder par-dessus son épaule. Le message était limpide, quoi que vous fassiez, vous aboutissiez toujours au même endroit, face à vous-même et à votre passé.

J'ai ramassé la chaîne, dans l'espoir de briser ainsi le cercle de l'assassin. Quand je l'ai mise dans ma poche, un vent d'une fraîcheur invraisemblable dans la moiteur du jour est venu de la montagne, qui jetait son ombre au relief accidenté sur la vallée et m'appelait à elle. J'ai ignoré le grondement qui roulait sous mes pieds, j'ai gravi la côte et j'ai jeté un coup d'œil au snack, dont la toiture était tachée de marques de rouille. Un boiteux venu de la forêt, en face, y entrait à ce moment. J'ai attendu que la porte se soit refermée sur le boiteux et j'ai suivi la courbe du cercle tracé par Maddy Fréchette ou son poursuivant.

*

Je me suis égaré de nombreuses fois, tâchant de m'orienter à l'aide de repères devant lesquels je repassais incessamment, comme si le cercle que je suivais était en réalité une spirale vers le centre de laquelle j'étais aspiré. Sous les arbres, la chaleur devenait quasi insupportable et des essaims de mouches noires s'acharnaient sur ma peau humide, qui se couvrait de croûtes de sang séché là où je me grattais frénétiquement pour tenter de soulager une démangeaison qui venait aussi bien des piqûres qui se multipliaient sur mon corps entier que de la bestiole qui grouillait dans mon ventre et faisait monter mon anxiété à chaque pas.

Autour de moi, les couleurs se dissipaient dans le gris brumeux de la fin du jour et, bientôt, je n'ai plus perçu que la pâleur de ma peau, que l'enflure des veines irriguant la main que j'approchais de mon visage pour y essuyer la sueur. La nuit tombait, j'étais perdu et ne retrouverais mon chemin que le lendemain, à moins d'être condamné à ne jamais franchir l'issue de cette forêt humide où je pourrirais avec les bouts de bois sur lesquels je perdais pied en accusant le ciel et ses saints les plus fameux d'être à l'origine de ma stupidité.

Alors que j'étais sur le point de baisser les bras et d'attendre le lever du jour pour poursuivre mon chemin, j'ai aperçu les angles noirs de l'un de ces bâtiments qui se dressent miraculeusement sur la route des pauvres nouilles ayant eu la témérité de s'aventurer en pleine brousse sans nourriture ni boussole.

J'ai marché jusqu'au bâtiment en espérant y être accueilli par la lumière invitante d'une lampe, puis j'ai reconnu la fenêtre aveugle, sur laquelle un bout de plastique troué craquait imperceptiblement. J'étais de retour à la maison borgne, où se refermait le cercle de Maddy, de la femme rousse ou de l'assassin. J'ai hésité à y entrer, mais puisque tout devait se conclure dans cette maison dont j'avais vainement tenté de m'éloigner, j'ai poussé la porte et j'ai appuyé sur l'interrupteur. Un éclairage jaune, presque chaud, s'est répandu sur la pièce, du fond de laquelle s'élevait un grésillement monotone entrecoupé de bruits de friture plus intenses.

Je me suis avancé de quelques pas et j'ai découvert une vieille radio parmi les objets abandonnés sur le plancher. Quelqu'un était passé par là durant la journée, Red, la femme rousse, venue chercher des vêtements ou des provisions, ou alors Maddy, qui tentait par tous les moyens de sortir du cercle où l'objet de sa peur la ramenait.

J'ai appelé son nom à travers le grésillement de plus en plus insistant. J'ai ouvert la porte de la chambre du fond, où quelques draps traînaient près du lit, puis celle de la pièce aveugle, de laquelle se dégageait une sinistre odeur de poussière et d'effroi. Personne ne se trouvait dans cette pièce, hormis le rongeur aux yeux jaunâtres que mon intrusion a fait fuir dans un grattement précipité de griffes.

J'ai refermé la porte comme on ferme la chambre d'un défunt et les bruits de friture, jusque-là supportables, se sont intensifiés, saturant l'espace dont ils voulaient repousser les limites. Si je ne faisais pas taire ces bruits, ma tête allait exploser en même temps que les objets qui m'entouraient. J'allais éteindre cette foutue radio lorsqu'une voix morne, venue de ces dimensions lointaines du fond desquelles des êtres perdus lancent d'inutiles appels de détresse, a soudainement annoncé les funérailles de Maddy Fréchette, morte noyée dans la Red River quelques jours plus tôt. Puis le son lugubre de cloches sonnant le glas a repoussé la voix dans le lieu de son exil et le crissement est revenu, le grésillement assourdissant.

J'ai donné un coup de pied à la radio, qui s'est fracassée contre le mur des pendus, des crucifiés, des maudits, et je l'ai piétinée jusqu'à être certain qu'aucun son ne sortirait plus de cet appareil. Le silence a duré une dizaine de secondes, puis un nouveau grésillement a fait vaciller la lumière, suivi d'un puissant coup de tonnerre qui s'est conjugué au grondement de la montagne, sous lequel, au milieu des roulements sourds, j'entendais encore la musique funèbre m'annonçant la mort de Maddy Fréchette, vingt-huit ans, échouée dans une rivière rouge.

Cette musique était le fruit de mon épuisement, tout comme la voix qui m'avait annoncé la mort de Maddy et me conjurait maintenant de retourner aux Chutes, peu importe la tempête, pour qu'on m'y dise si une femme dépouillée de ses chaussures avait été repêchée dans la Red River. J'ai décidé d'écouter la voix et j'ai ramassé tout ce qui pouvait me servir pour une expédition nocturne en plein orage, lampe torche, thermos rempli de café brûlant, imperméable ayant appartenu au père, au frère ou à l'amant de Red, et un deuxième coup de tonnerre, plus puissant que le premier, a fait trembler les murs.

Tout de suite après, la pluie mitraillait la forêt, accompagnée de vents adverses qui battaient les fenêtres et secouaient la porte d'entrée. En quelques instants, un voile blanc s'était installé sur la nuit, évoquant ces tempêtes hivernales où l'on ne voit pas à un mètre devant soi. Des feuilles molles se plaquaient contre la baie vitrée, animées d'un souffle agonisant, des branches se rompaient sous les déflagrations du ciel et, toutes les cinq secondes, une goutte de pluie tombait du plafond dans une tasse oubliée sur la table basse, scandant un temps ne correspondant en rien à l'urgence du moment.

Cette maison était malsaine, je devais partir, mais l'angoisse s'était emparée de moi et je demeurais là, les pieds cloués au plancher, à observer la noirceur criblée de blanc qui s'étalait au-delà de la porte d'entrée. Puis la voix de la radio a de nouveau surgi derrière moi, quinze millimètres, disait-elle en soufflant frénétiquement, vingt millimètres, vingt-cinq millimètres, avant qu'un sinistre craquement éteigne toutes les lumières et que je n'entende plus, malgré le vacarme au dehors, que la goutte d'eau qui mesurait le temps dans lequel l'angoisse voulait me confiner.

Les mains moites, j'ai braqué devant moi le faisceau de la lampe torche que j'avais empruntée à la femme rousse. Dans la fenêtre de la porte d'entrée, un homme aux cheveux hirsutes et à la barbe de trois jours me renvoyait le reflet de mes yeux rougis. C'est à cela que je ressemblais maintenant, à un homme perdu dans la tourmente. J'ai machinalement passé la main dans mes cheveux et un autre visage, dont aucune main ne lissait la chevelure, s'est superposé au reflet du mien, une face baveuse qui s'est écrasée contre la vitre en y faisant glisser ses lèvres mouillées, qui s'écartaient sur des gencives malades, noires et purulentes.

Cette fois, c'en était trop. J'ignorais si ce visage était réel ou s'il n'était qu'une autre des manifestations de la peur qui vous assaille devant les miroirs trop clairs et je m'en foutais. J'allais mettre un terme à ce délire absurde et quitter la maison borgne avant de me mettre à barbouiller les murs et à fredonner des comptines au son d'une radio grésillante. J'ai en vain cherché autour de moi de quoi fendre la face baveuse, mais tout avait été confisqué, tout ce qui pouvait blesser, puis j'ai aperçu le tisonnier, dont l'extrémité dépassait des coussins du sofa, sous lesquels on l'avait dissimulé pour se défendre des inconnus qui rôdaient sous la neige ou la pluie.

Quand j'ai levé le tisonnier à bout de bras, l'autre visage n'était plus à la fenêtre. Ne restait que le mien, un visage prêt à tuer pour retrouver un semblant de raison. J'ai reculé jusqu'au sofa et m'y suis effondré. Je suais à grosses gouttes sous mon imperméable et n'arrivais pas à bouger, hypnotisé par la pluie, dont le voile strié de nuit, devant la baie vitrée, se déchirait en tombant du toit. De temps à autre, le faisceau tremblant de ma lampe torche rencontrait un éclair, pour balayer ensuite le mur des damnés et me révéler qu'une nouvelle victime avait rejoint dans leur enfer les loques agonisantes qui me faisaient face, une femme battant des pieds dans des flots représentés par quelques lignes ondulées.

Cette créature ridicule, avec sa bouche en forme de O et ses pieds triangulaires, dont les trois orteils s'écartaient comme les doigts d'une fourche, ne pouvait cependant être Maddy Fréchette. J'ai saisi le stylo-feutre qui roulait sur le plancher, poussé par les secousses qui faisaient trembler la maison, et me suis avancé vers le mur en vue de redonner quelques couleurs à la nageuse qui se faisait passer pour Maddy.

J'ajoutais un peu de poudre sur ses joues, rose vif, quand un bruit de plastique froissé m'est parvenu de la chambre aveugle. J'ai tendu l'oreille, percevant à travers le froissement des grognements de douleur ou de rage, puis, armé du tisonnier, j'ai ouvert la porte à toute volée. Le visage était là, la face baveuse, ses traits comprimés par le plastique sur lequel elle s'écrasait, pareille à ces figures gainées de nylon se penchant sur les cris des femmes sacrifiées à la folie.

Je n'ai pas réfléchi. J'ai levé le tisonnier et j'ai frappé jusqu'à ce que le bruit sourd d'un corps s'affaissant me confirme que l'enfoiré qui voulait me baver dessus était désormais hors d'état de nuire. Au lieu de sortir pour achever le type et le transporter dans un marais ou une tourbière où les animaux et les larves se chargeraient de le faire disparaître, je suis retourné au salon, habité par un calme étrange que n'affectaient en rien les zébrures qui déchiraient la baie vitrée. Debout devant la large fenêtre, j'ai laissé tomber le tisonnier, qui a égrené ses notes métalliques au milieu de la foudre, et j'ai observé le loup qui hurlait sur la falaise. Lorsque le loup a été avalé par un nuage, je me suis traîné jusqu'au sofa, faisant rouler sur le tapis souillé la bouteille de rouge qu'on avait ouverte à mon intention.

*

À mon réveil, quelques oiseaux chantaient, des merles et des mésanges, dont je voyais passer les frêles silhouettes sur le jour voilé. Je devinais toutefois que le soleil percerait bientôt les nuages et me révélerait enfin l'envergure du désordre sous lequel croulait cette maison. Après avoir avalé à même le thermos préparé la veille une gorgée de café froid qui m'a fait l'effet d'une gifle, mon premier réflexe a été de m'approcher du mur des damnés pour voir si un nouveau dessin y était apparu, celui d'un homme au crâne fendu, par exemple, qui basculait vers l'arrière en élargissant les yeux d'incompréhension. La fresque était telle que durant la nuit, à la différence que les coups de crayon ou de pinceau qui la parcouraient étaient plus pâles, presque sur le point de s'effacer.

Le tisonnier, cependant, était maculé d'une substance blanchâtre que ma seule imagination ne pouvait avoir créée. Je l'ai examinée de près et me suis senti blêmir. Je n'avais jamais vu de cervelle humaine, mais j'avais déjà vu du sang. Les taches brunes qui avaient séché à l'extrémité de l'objet étaient de même nature.

J'ai poussé le tisonnier du bout du pied et, tel un automate, je suis sorti. Aucun corps n'était couché sous la fenêtre auparavant aveugle dont le plastique lacéré voletait doucement dans l'air matinal. Une large trace s'ouvrait toutefois dans l'herbe que personne n'avait tondue depuis le début de l'été, la trace d'un objet massif qu'on avait traîné parmi les épervières qui avaient colonisé l'herbe longue. Cette trace s'arrêtait derrière le hangar, au pied de la fosse maintenant remplie de terre noire.

Si je sacrais mon camp sans savoir ce qui gisait sous ce monticule, j'étais un homme foutu. Le souvenir de la face baveuse me hanterait jusqu'à la fin de mes jours. Je me suis donc agenouillé et j'ai creusé la terre à mains nues, rattrapant avec mes bras plaqués contre mon torse les plaques de boue qui roulaient sur le bord de la fosse ou s'échouaient avec un bruit mat dans le trou de plus en plus profond, de plus en plus noir. Quand j'ai frappé la surface dure du roc, je n'avais rien trouvé, à l'exception du bouquet que j'y avais lancé la veille et du morceau de bois où on pouvait lire le nom de Franck.

Je n'ai pas cherché à comprendre quel monstre ou quelle hantise on avait voulu ensevelir dans cette fosse. Je suis retourné à la maison me laver les mains et le visage et j'ai jeté un dernier coup d'œil à la baie vitrée.

Sur la falaise dont la pierre fendue s'ouvrait telle une gueule de loup, une femme rousse, minuscule à cette distance, ouvrait largement les bras dans le brouillard qui se dissipait. M'a-t-elle fait un signe de la main ? Je le crois, un au revoir timide, lancé du fond d'un désespoir que rien ni personne ne pouvait atténuer, puis elle s'est laissée tomber dans le vide, ses bras et ses jambes battant l'air, sa robe volant autour de sa culotte qui formait un triangle blanc sur le gris de la pierre. Puis la femme a disparu dans un lent cri d'oiseau.

Il m'aurait fallu signaler cet envol, mais je savais que, si on retrouvait la femme rousse, elle aurait pris l'apparence d'un oiseau de nuit, grand-duc, engoulevent ou nyctale. Je savais que, de son bec fendu, perleraient quelques gouttes de sang qui lui redonneraient vie, avant que la montagne façonne son corps à même la pierre ou la glaise de ses entrailles et la condamne à marcher inlassablement sous ce déguisement de femme-oiseau.

Je pouvais bien entendu me tromper quant à la réalité des enfants infirmes dont accouchait le Massif bleu, mais j'avais la certitude que cette montagne qui sacrifiait des femmes sur ses falaises abritait trop de fantômes pour les garder tous en son sein. Le marcheur que j'avais cru noyer était l'un de ces errants qui, nés de la montagne, avaient désormais l'âge de ses pierres.

Ce sont ces spectres qui faisaient bafouiller Sandy. Ce sont également eux qui étaient entrés dans la fresque de la femme rousse et qui avaient poussé Julian au suicide pour ensuite s'attaquer à Charlie et à Vaillancourt. Julian n'avait rien inventé. Son roman n'était autre que la chronique d'un pays qui cachait ses morts et se taisait devant les grondements d'une montagne plus grande que lui. Malgré ses efforts, l'inspecteur Bouchard ne retrouverait jamais l'assassin des Chutes.

Je me suis éloigné de la baie vitrée qui avait servi de théâtre aux visions fantomatiques de la femme rousse et j'ai refermé derrière moi la porte de la maison borgne. Lorsque j'ai pris le chemin des Chutes rouges, le soleil, ainsi que je l'avais prévu, perçait les nuages.

J'ai été accueilli aux Chutes par le bruit d'un hélicoptère qui survolait la route inondée par le dernier orage. Mes vêtements étaient en lambeaux, les semelles de mes chaussures béaient et je devais ressembler à un zombie, mais personne n'était là, ni jeune fille en bikini ni fillette aux tresses blondes, pour s'enfuir à la vue de l'homme qui s'avançait entre les roulottes en traînant les pieds.

Le camping était vide, sans que s'en dégage pour autant la tristesse des endroits désertés. Il y régnait plutôt l'atmosphère calme de ces villages dont tous les habitants sont partis à la tombola ou à la kermesse, laissant les portes et les fenêtres ouvertes, persuadés qu'aucun intrus ne violerait l'intimité de leur maison durant leur absence. Ici et là, un jouet attendait à l'ombre des roulottes le retour de l'enfant qui avait couru à toutes jambes pour se rendre à la fête, un ballon de plage aux couleurs vives, un camion de pompier, un tracteur de plastique orange. Des serviettes également colorées, suspendues à côté de vêtements d'été, flottaient doucement dans l'air enfin libéré de son humidité.

Puis la clameur d'un groupe d'estivants réunis m'est parvenue au loin, accompagnée par intermittence du vrombissement de l'hélicoptère qui traçait maintenant des cercles au-dessus de la Red River. J'ai suivi la clameur en accélérant le pas et je les ai tous trouvés, tous ceux qui étaient restés, debout sur le sable ou sur le quai. Certains battaient des bras en direction de l'engin jaune et noir, pareil à un immense bourdon, qui butinait la cime des arbres et se dirigeait vers le stationnement, d'autres se cachaient le nez derrière leurs mouchoirs ou dessinaient du bout du pied dans le sable, tête basse et épaules voûtées. Au milieu d'eux, une jeune fille qui avait passé un vêtement tissé de larges mailles sur son bikini rayé se tenait immobile, les bras aussi raides que la chevelure qui descendait jusqu'au milieu de son dos.

La fête était terminée et avait fait place à la désolation des lendemains de joie, quand les gobelets de carton écrasés témoignent des plaisirs brefs qui ont piétiné le sol poussiéreux. Sur le rivage, je voyais Fred et Max enlever leurs chaussures de la même façon qu'ils l'avaient fait quelques semaines plus tôt, courbés sous le poids d'une tâche contre laquelle tout leur être luttait, je voyais Sandy remuer les lèvres et se mettre à trembler, et je voyais un corps, immergé dans l'eau rose, dont la lenteur était à l'origine de la morgue qui s'imprimait sur les visages.

Fred et Max entraient dans la rivière quand je les ai rejoints pour repêcher la dépouille de Maddy Fréchette, dont une voix d'outre-tombe m'avait annoncé la mort pas plus tard que la veille. La voix s'était trompée quant au moment des funérailles, elle s'était aussi trompée quant au moment de la noyade, mais elle avait dit vrai en m'apprenant que je n'embrasserais jamais Maddy Fréchette, la fille du bar, la fille de la cantine.

Devant le regard que Fred et Max m'ont jeté lorsqu'ils ont aperçu ma gueule de déterré, j'ai cru un instant que c'est mon corps qu'ils avaient vu flotter au bout du quai, avec ma tête des mauvais jours barbouillée de dessins morbides. Ils se trouvaient simplement en face d'un revenant, du fantôme d'un homme qu'ils avaient cru perdu. Je leur expliquerais plus tard d'où je revenais vraiment. J'ai mis mon bras sous les épaules de Maddy et, avec toute la délicatesse dont nous étions capables, nous l'avons hissée sur le quai.

*

J'aurais aimé dire qu'elle semblait se reposer, mais il n'y avait plus personne, sous le visage inanimé, pour profiter du repos que suggèrent les yeux clos, plus de Maddy, plus de fille repoussant la mèche de cheveux fous qui lui chatouillait la peau. J'ai effleuré du bout des doigts les égratignures qui laceraient ses épaules et ses joues, j'ai cherché en vain la blessure qui lui avait été fatale, puis j'ai pudiquement embrassé son front.

À mes côtés, Fred et Max braillaient en ravalant leurs larmes, pas capables d'expulser de leurs gorges les gémissements qui les étouffaient, et je braillais avec eux, avec la fille qui triturait le vêtement qui cachait à peine son bikini, avec la femme qui consolait la fille, avec la Terre entière se désolant de la perte de Maddy Fréchette, échouée par un jour de fête sur les rives d'un cours d'eau qui se parait de rouge pour transporter ses morts.

Le ciel, au-delà de la montagne, s'auréolait du rose orangé annonçant d'autres jours de chaleur que je ne connaîtrais pas, car cette fois, c'était vrai, je n'avais plus rien à faire ici. Le roman que j'étais venu y écrire s'était écrit sans moi, la fille qui n'aurait jamais dû devenir l'une des victimes du mal qui voyageait de la montagne à la rivière avait couru en vain, et la seule personne qui aurait peut-être pu expliquer pourquoi elle avait couru ainsi avait fait le saut de l'ange du haut d'une falaise.

Les yeux rivés sur les couleurs du couchant qui rosissait les joues de Maddy Fréchette, je me suis écarté pour permettre aux brancardiers venus avec l'hélicoptère d'emmener son corps là où il deviendrait cendres, son corps seulement, mais pas Maddy, non, pas Maddy Fréchette. La vraie Maddy demeurerait éternellement derrière le comptoir de sa cantine, où elle continuerait à servir à Fred ses hamburgers matinaux avant de disparaître, de revenir derrière son comptoir, puis de disparaître encore dans le vacarme de l'orage, puisque tout n'est que recommencement, cercle tracé dans l'épuisement sans fin du temps.

On embarquait le corps dans la camionnette de Hank, aussi sonné que tout le monde par la trop grande familiarité de cette scène, quand l'inspecteur Bouchard, plus abattu et cerné que jamais, a demandé qui avait découvert la dépouille. Sur le quai où le soleil pâle ne parvenait plus à aviver l'éclat des vêtements conçus pour l'été, une adolescente au maillot rayé de jaune s'est avancée d'un pas en bredouillant mad, mad, mad…

Debout sous la fine pluie,
il déplie et étire ses membres en grimaçant,
telle une statue antique
ébranlant sa gangue de marbre.

Patrick SENÉCAL,
Il y aura des morts

Les hot dogs que Max avait tenu à nous préparer en l'honneur de Maddy passaient de travers et Max avait à peine touché au sien. Il laissait les mouches s'engluer dans le ketchup qui débordait dans l'assiette et traçait avec son couteau des spirales dégueulasses où surnageaient des ailes rouges et des têtes écrasées. Après sa deuxième bière, qui n'était probablement que la dixième ou la onzième de sa courte vie, il était parti en titubant, suivi par d'autres mouches qui aimaient l'odeur du désespoir.

J'aurais eu envie de partir aussi, mais j'étais scotché à l'une des chaises de plastique collantes que Fred avait sorties de sa roulotte pour les disposer autour d'une table de plastique également collante couverte de miettes qui s'agglutinaient sur mes avant-bras. Je devais par ailleurs des explications à Fred, qui attendait que je lui dise enfin où j'avais disparu durant les dernières quarante-huit heures.

Je lui ai donc fait signe de me passer la bouteille de Canadian Club et, avant de piquer du nez dans mon assiette, je lui ai décrit ma randonnée en montagne dans le détail, depuis la deuxième espadrille de Maddy jusqu'à la radio fantôme, en passant par la gueule baveuse qui appartenait peut-être à un gars qui s'appelait Franck, je ne le savais pas et ne voulais plus le savoir, tout ça était un cauchemar et les cauchemars finissent toujours en queue de poisson, Fred, ils s'interrompent au moment où on va embrasser le vide, nous laissant en suspens au bord d'un précipice où on peut perdre pied n'importe quand, n'importe quand, Fred, et c'est ça qui est le pire, ne pas savoir quand on va tomber, quand on va ouvrir grand les bras pour accueillir la mort, comme la femme rousse, qui s'était prise pour un oiseau ou n'en pouvait tout simplement plus de fuir ce qui n'avait même pas à la rattraper, parce que tout ça était entré pour de bon dans sa tête, et qu'à moins de recourir à la lobotomie, elle avait le choix entre s'exercer à la haute voltige au bord d'une falaise ou se faire décapiter.

Voyant que j'étais à deux doigts de la crise de nerfs, Fred s'est levé, a mis sa grosse patte sur mon épaule et m'a dit je te crois, Ric, ton histoire a pas de maudite allure et c'est pour ça que je te crois, t'aurais pas pu inventer ça tout seul. Il n'avait jamais si bien dit, car ce n'est pas moi qui avais écrit cette histoire, mais Chris Julian, avec l'aide de la montagne, de la Red River et des êtres torturés qui lui étaient apparus pendant qu'il conversait avec ses démons.

Tout compte fait, Julian ne s'était pas suicidé. Il avait été tué par ses personnages, par la pression qu'ils exerçaient sur lui, et parce que les statues de pierre, dans son jardin, s'étaient mises à lui sourire et à se rapprocher de lui, centimètre par centimètre, marchant de concert avec tous ces revenants qui profitent de ce que la peur vous prend aux tripes pour emprunter les traits du seul visage susceptible de vous faire hurler quand la nuit tombe, le vôtre. Les spectres de la Red River ne différaient en rien, ils s'étaient formés à même la matière de la montagne, des orages et des bourrasques, et je ne saurais jamais si j'avais tué un homme peut-être nommé Franck à travers la fenêtre aveugle d'une maison borgne.

Plusieurs choses, comme celles-là, continueraient de m'échapper, plusieurs choses que je ne chercherais pas à expliquer, parce qu'il est inutile d'essayer de comprendre les grondements d'une montagne ou d'un ciel qui rumine interminablement sa colère. Je ne raconterais non plus cette histoire à personne d'autre que Fred, ni dans un roman, ni à la police, ni à ceux qui avaient eu la chance de contourner les Chutes rouges pour aller planter leur tente ailleurs. Cette histoire était l'histoire d'un rescapé et elle mourrait avec moi lorsque le marcheur, un soir de mars et de tempête, viendrait frapper à ma fenêtre.

*

Les funérailles de Maddy ont eu lieu une semaine plus tard et je n'y ai pas assisté. Le lendemain de ma dernière cuite avec Fred, j'ai préféré retourner au chalet de Maddy, question de lui faire mes adieux dans un lieu qui ne sentait ni l'eau bénite ni la fumée des cierges, mais avait plutôt l'odeur des bougies qu'on allume pour se réchauffer durant la tempête. En montant sur la galerie, j'ai aperçu une bonne femme, dessinée sur le chambranle de la porte. Elle devait être là depuis longtemps, car les lignes prolongeant ses bras, qu'elle tendait dans l'espoir qu'un passant entende enfin ses supplications, commençaient à s'estomper. J'ai sorti un mouchoir de mes poches pour effacer aussi la tête, les pieds, la jupe. Maddy était morte et il ne servait à rien de laisser hurler ce personnage.

Le moral à zéro, j'ai ramassé la bouteille de rouge que quelqu'un, une femme rousse, probablement, avait oubliée sur l'une des marches de l'escalier. J'en ai avalé une large rasade, en souvenir de Red, et je suis parti sans me retourner. De retour à ma roulotte, j'ai chargé mes bagages dans ma voiture et je suis passé saluer Fred et Max, qui affichaient des gueules aussi longues qu'une messe du dimanche, parce qu'ils savaient que mes adieux étaient de véritables adieux et qu'ils ne me reverraient jamais. On s'est donné quelques tapes dans le dos, on s'est forcés à rire des blagues qu'on se sentait obligés de lancer, puis j'ai marché vers ma voiture avant que Fred me demande en mariage pour me retenir. Take care, les gars.

Quelques jours après, j'apprendrais par les journaux que l'enquête sur la disparition de Marie Saintonge piétinait toujours. Je n'ai pas cherché à en savoir davantage. Les enquêtes portant sur la mort de Charlotte McCormick, infirmière dans un hôpital pour enfants, de Vic Vaillancourt, menuisier, et de Maddy Fréchette, serveuse, n'avaient mené nulle part non plus. Ces événements faisaient partie des mystères qui donnent leur teinte définitive à un lieu, rouge sombre, ou bleu acier, de la couleur des glaces emprisonnant certaines rivières.

Quant à l'assassin des Chutes rouges, il n'avait pas été retrouvé. S'il existait, il était déjà loin, arpentant les bords d'un cours d'eau où sa prochaine victime nageait innocemment sous des nuages annonçant l'orage, ignorant que, même au cœur des lieux les plus isolés, vous n'êtes jamais seul.

*

Avant de lever le camp définitivement, j'ai fait un dernier arrêt au snack de Fall-Jonction, où Julie m'a accueilli avec son sourire des beaux jours, comme si rien ne s'était produit. Je terminais mon café imbuvable quand l'homme à l'odeur de bran de scie est arrivé, aussi réglé qu'un métronome, et a commandé une bière à Julie, qui la lui a servie en parlant des averses qu'on annonçait pour la fin de la journée, dix millimètres, quinze millimètres, avec des vents violents et de la grêle, y aura pas un chat au snack. Pendant qu'elle détaillait les dégâts causés par le dernier orage, je me suis approché d'Alphonse Simard, l'homme à la cuillère, qui continuait à mesurer le temps, à s'enfermer dans cette scansion qui lui permettait de supporter la perspective de la mort ou de traverser cette continuelle tempête qu'est la folie.

Sans attendre sa permission, je me suis assis devant lui et lui ai demandé de me raconter, mais Simard n'avait plus de langage que cette suite de sons et de mots hachurés qui faisaient frémir Sandy sous le soleil de plomb des Chutes. Je m'apprêtais à le laisser quand il a posé ses mains sur les miennes et a dit pierre, tempête, toi, toi, faisant écho aux accusations de la fillette aux tresses blondes, c'est lui, c'est lui. J'ai arrêté de respirer un instant et j'ai retiré mes mains de sous les siennes.

Conscient qu'il était sur le point de perdre son interlocuteur, Simard a sorti un canif de sa poche et s'est mis à creuser le bois de la table pour y dessiner un bonhomme allumettes, toi, toi, a-t-il répété, et un homme aux membres désarticulés qui pouvait être associé au marcheur, qu'il a cette fois nommé lui, criant presque pour que je comprenne ce qu'il essayait de m'expliquer. Il a ensuite tracé une zébrure lacérant un ciel nuageux d'où partaient des flèches qui reliaient l'homme qu'il avait nommé toi à celui qu'il avait appelé lui. Ses mains de plus en plus agitées faisaient déraper son couteau sur la table et entaillaient ses doigts abîmés, qu'il essuyait rapidement sur sa chemise avant de poursuivre, de creuser de la pointe de son canif d'autres cercles, d'autres flèches, d'autres arbres.

Au moment où je me suis levé pour partir, la table était remplie de dessins semblables à ceux de Julian, de Vaillancourt, de la femme rousse, et j'avais compris qu'ils venaient tous de cet enfer qu'enflamme la peur. Simard y habitait aussi, pataugeant dans l'eau des miroirs où cette peur multipliait ses reflets. Je n'allais pas l'y rejoindre ni prêter foi aux mauvais augures qui noircissaient la table.

Je lui ai fait mes adieux et, en passant devant Julie, j'ai constaté qu'elle ressassait inlassablement la même rengaine, quinze millimètres, vingt millimètres, en essuyant son comptoir là où elle l'avait déjà essuyé dix fois, vingt fois, trente fois. Je l'ai saluée sans attendre qu'elle me sourie en retour, car elle regardait déjà la pluie à venir battre les fenêtres du snack déserté, et j'ai pris la route sous les nuages qui, dans quelques heures, inonderaient la région.

En fin de journée, je téléphonais à Gilbert Dugas, l'agent de Julian, pour lui annoncer que je lui rembourserais sous peu les soixante-quinze mille dollars qu'il m'avait avancés et qu'il pouvait rayer Chris Julian de la liste de ses auteurs. Quand j'ai raccroché, tous mes fonds de tiroir étaient vides, j'étais aussi pauvre qu'au moment où j'avais rencontré Julian, mais j'étais enfin libre de partir pour l'Arkansas.

En claquant la portière de ma voiture, j'ai fouillé dans mes poches pour y trouver la chaîne d'argent de Maddy, que j'ai serrée au creux de ma main. Elle me tiendrait lieu de talisman ou de porte-bonheur jusqu'à ce que je comprenne, dans un signe du ciel, que j'avais atteint ma destination finale.

Il faisait nuit quand j'ai franchi la frontière du pays et qu'un éclair, dans mon rétroviseur, m'a signalé l'approche de l'orage. J'ai aussi cru voir, dans l'obscurité d'un tournant, un homme aux membres raides qui battait des bras vers le ciel, mais ce n'était qu'une illusion, tout comme la voix, à la radio, qui m'annonçait la mort de Ric Dubois, quarante-trois ans, dans un accident de la route au fin fond de l'Arkansas.

Remerciements

Mes remerciements les plus sincères et les plus chaleureux vont d'abord à Jacques et à Caroline Fortin, qui dirigent les Québec Amérique de main de maître et me soutiennent depuis des années. Je tiens aussi à remercier Danielle Laurin, qui a assuré la direction littéraire de *Tempêtes* de façon remarquable, Audrey Chapdelaine, coordonnatrice de la production, Alexandra Valiquette, qui fait voyager mes romans et à qui je dois quelques bières, Nathalie Ranger, qui me fait pour sa part voyager à travers le Québec, de même que tous les membres de l'équipe de Québec Amérique – graphistes, réviseures, monteurs, monteuses et autres – qui m'ont aidée à donner sa forme finale à ce roman. Je leur suis reconnaissante pour leur patience, leur professionnalisme, et parce qu'ils acceptent de bonne grâce, de publication en publication, mes repentirs et corrections de dernière minute.

Je remercie enfin Pierre, mon chum, pour ses encouragements continuels, pour ses conseils, et pour n'avoir pas pris ses jambes à son cou après avoir lu mon manuscrit.